Ricardo Labuto Gondim

CURVAS &
ABISMOS

Copyright© 2025 Ricardo Labuto Gondim

Todos os direitos dessa edição reservados à editora AVEC.

Nenhuma parte desta publicação poderá ser reproduzida, seja por meios mecânicos, eletrônicos ou em cópia reprográfica, sem a autorização prévia da editora.

Editor: Artur Avecchi
Capa: Ricardo Labuto Gondim (imagens Pixabay)
Diagramação: Luiz Gustavo Souza
Revisão: Gabriela Coiradas

1ª edição, 2025
Impresso no Brasil/ Printed in Brazil

Dados Internacionais de catalogação na Publicação (CIP)
(Câmara Brasileira do Livro, SP, Brasil)

G 637

Gondim, Ricardo Labuto

Curvas e abismos / Ricardo Labuto Gondim. – Porto Alegre : Avec, 2025.

ISBN 978-85-5447-268-9

1. Ficção brasileira   2. Romance policial   I. Título

CDD 869.93

Índice para catálogo sistemático:
1.Ficção : Literatura brasileira 869.93

Ficha catalográfica elaborada por Ana Lúcia Merege — 4667/CRB7

Caixa Postal 7501
CEP 90430-970 — Porto Alegre — RS
✉ contato@aveceditora.com.br
🖱 www.aveceditora.com.br
🐦 📷 📘 @aveceditora

Ricardo Labuto Gondim

CURVAS & ABISMOS

SUMÁRIO

01. INTÁTIL 13

02. TANGÍVEL 23

03. A SOMBRA 43

04. SIGNO 53

05. O SIGNO DOS TRÊS 61

06. STREAMING 69

07. PANDORA 73

08. AGULHAS 83

09. O KIN 87

10. SEQUESTRO 95

11. VÂNIA 113

12. CH²S 123

13. SALTO AGULHA 129

14. VÉUS 145

15. UMA IGREJA NO COSMOS 157

16. UMA SUBIDA AO MONTE 169

17. ROTINA 179

18. LETÍCIA 185

19. PILLOW TALK 189

20. ORAÇÃO 197

21. EXORCISMO 199

22. CAVALCANTI 205

23. SUÍTE EROS 219

24. O TAMBOR 231

25. O ÓBOLO DE CARONTE 241

26. IMPROVISO 249

27. CONTANDINO 257

28. A PEÇA 261

29. O SENADOR 267

30. NAVA DO CREPÚSCULO 283

31. A CILADA 291

32. SALOMÉ 299

"— Deve ser um homem extremamente seguro de si.
— Se é disso que está seguro, então não está seguro
de coisa alguma. Essa é a última coisa de que
um homem deveria estar seguro"

Joseph Conrad, *Nostromo*

"Meus amigos queridos, como esperar que eu tome
essas imagens difusas por figuras vivas e reais?"

John Fante, *Pergunte ao pó*

"Viu-se arrebatado para o lá e o outrora,
sem deixar qualquer vestígio,
a ponto de suspender o espaço e o tempo"

Thomas Mann, *A montanha mágica*

"Disfarçam-se de anjos de luz, a trazer o
Inferno sempre junto de si"

Kramer e Sprenger, *Malleus Maleficarum* (1487)

Carla Bley

LIFE GOES ON
Carla Bley, Andy Sheppard, Steve Swallow

BEAUTIFUL TELEPHONES (1 – 3)
Carla Bley, Andy Sheppard, Steve Swallow

01. INTÁTIL

Apesar da vigilância do século sobre nossos CPFs, RGs, CNHs e cangotes, e a despeito de viver no mesmo bairro, na mesma rua e no mesmo apartamento há mais de quarenta anos, Bosco desapareceu.

Do modo mais infeliz, sumiço é rotina. Naquele ano de 2022, foram duzentos por dia. Coisa de seis *Boeing 737 MAX 10* lotados caindo toda semana. Como desaparecer não é crime nem gera inquérito, gera inquietude, é raro a polícia se mexer. É assim que as coisas são. Desconhecer a causa, não saber se o descaminho foi voluntário, forçado ou imprevisto, dificulta o trabalho.

Como encontrar um tipo cordial, mas discreto, ali pelos sessenta e cinco anos, entre duzentos milhões de pessoas, vinte e seis estados, um Distrito Federal e mais de oito milhões e meio de quilômetros quadrados? Que fazem fronteiras com Argentina, Bolívia, Colômbia, Guiana Francesa, Guiana, Paraguai, Peru, Suriname, Uruguai e Venezuela, sendo que algumas dessas divisas estão demarcadas por canteiros ou linhas pintadas no chão. Sem considerar os azares, os sepultamentos indigentes ou clandestinos.

Pedro Bosco, professor universitário, vivendo em comodidade no apartamento herdado na Tijuca, nunca provocou o escândalo ou os cochichos. Seus alunos de estatística o estimavam como homem comedido e justo.

Bosco fumava desbragadamente, mas não bebia, não jogava, nunca irritou o marido da mulher do próximo e avisava quando ia atrasar. Não frequentava a missa aos domingos, mas também não aprontava.

Dona Rosa, esposa da vida inteira, pensava o pior. A filha, doutora Elisa, uma pediatra bem-sucedida que adorava o pai, também.

De minha parte, não fiz hipóteses. Existe uma estética para cada vício. Em geral, os homens aparentam o que são. É verdade que muita gente engana muito bem. Como em *Hamlet*, "Que alguém possa sorrir, e sorrir, e ser um grandessíssimo filho da puta[1]" é coisa comum. Mas não parecia o caso.

Fazia uma semana que o professor tinha evaporado quando uma cliente agressiva, ciumenta patológica, médica carente de tratamento, me recomendou à sua colega, a filha do Bosco. Fui encontrar a doutora Elisa em seu consultório pediátrico na Barra, uma segunda-feira, no horário em que as crianças estavam dormindo.

No elevador, reparei em meu reflexo no painel de fundo. Eu tinha espelho em casa, mas não prestava atenção nele. O *jeans* estava *okay*.

---

1 "That one may smile, and smile, and be a villain", Ato I, Cena 5.

A camisa de colarinho com mangas dobradas parecia mais amassada do que convinha. O rosto também. Depois dos quarenta, existem noites em que a face amarrota e não tem jeito, é assim que as coisas são. Eu estava cansado, dormia mal desde sempre, vinha trabalhando demais e comendo de menos. Mas a imaturidade do tênis até que atenuava meu abatimento.

Doutora Elisa não esperou o fim dos cumprimentos e civilidades para começar a chorar. Fiz o que sempre rende dividendos, fechei a matraca. O que mais eu podia fazer? Trazia más notícias. Não ia enganar a moça nem lucrar com seu desespero. Com o ciúme, tudo bem, há quem mereça o chifre, vocação de muita gente. Mas com o desespero, não.

— Minha colega no hospital disse que o senhor já foi da polícia — ela mencionou.

— É. Fui. Prendi a pessoa errada, me rebaixaram, eu saí.

Ela se melindrou.

— Isso é… uma coisa…

— A pessoa errada era um vereador com oito quilos de cocaína. Mas a droga, como sempre, não tinha dono. Doutora Elisa, eu preciso explicar umas questões…

A primeira vítima da angústia é a atenção. Expliquei as dificuldades pausadamente. Ela ouviu chorando em silêncio. A maquiagem resistiu o quanto pôde, mas acabou formando um afresco em ruínas. Havia uma caixa de lenços de papel na mesa. Ofereci, tracei um círculo imaginário em meu próprio rosto, ela entendeu. As lágrimas resistiram certificadas pela dor autêntica. Toquei a mão dela sobre a mesa, fiz sinal de espera, levantei e catei um copo d'água. Esperei.

— Nesse caso, seu…

— Ira. É como me chamam. Eu não posso ajudar muito, doutora Elisa. Vou refazer o protocolo da polícia, isto é, enviar mensagens de texto, *WhatsApp* e *e-mails* pro seu pai. Checar as redes sociais dele e de seus amigos. Fazer contato com os amigos próximos e colegas da universidade. Passear pelo bairro com a foto dele, colar a foto nos murais da região e, se a senhora autorizar, em um ou outro poste. Vou checar os prontos-socorros, os hospitais e as clínicas no entorno do apartamento. Fazer o circuito dos grandes hospitais e… dos lugares onde eu tenho que procurar.

Ela fechou os olhos.

— O Instituto Médico Legal? — perguntou.

— Os IML, sim. No Rio, Caxias e Niterói, que tem dois. As clínicas psiquiátricas também.

— Papai não conhece nada em Niterói.

Ignorei.

— Não vou visitar as carceragens. Se seu pai estivesse preso, a polícia saberia.

— Preso? Meu pai?

— Este país gosta de prender, doutora. Prende com razão e sem razão. Tem mãe faminta que roubou miojo e pegou quatorze dias. Tem o camarada que tentou roubar uma pasta de dentes e uma lata de patê e pegou nove meses. Mas tem gente que rouba o erário e vira presidente da Câmara. O carro do seu pai…

— Na garagem do prédio. A polícia revistou.

— Quero revistar do meu jeito. As possibilidades são dolorosas, a senhora entende. Mas é melhor do que não saber. — Coloquei um cartão sobre a mesa. — Esse é o valor da minha diária, o PIX e os contatos que só os clientes têm. Eu começo amanhã cedo. São três diárias adiantado. Sei que parece um pouco caro, mas não trabalho sozinho. Vou ligar todos os dias, no horário que a senhora determinar, pra dizer o que eu fiz e onde estive. Isso vai levar uns cinco ou seis dias. No final, vou prestar contas e apresentar os comprovantes de que estive onde disse que estive.

Fiz as perguntas cabíveis e incabíveis. Levantei que Bosco era um camarada comum, coisa que a maioria de nós não é. No fundo, ou na superfície, somos todos idiotas, cada um à sua maneira.

É assim que as coisas são.

*

O problema da tecnologia é que ela é ótima. Elisa transferiu o adiantamento na hora, me passou uma montanha de dados e uma dúzia de fotos do pai. Os celulares dos amigos do Bosco chegaram depois, mas na mesma noite.

Acionei Valesca assim que entrei no melhor carro do mundo, o novo. Quando eu era *poliça*, tinha um *Gol* velho, famoso em todas as delegacias do Rio como arma biológica. Quem fosse atropelado poderia morrer de tétano, herpes, antraz ou coisa pior. Agora eu dirigia um *Onix* Branco *Summit* discretíssimo. Só faltavam umas vinte prestações.

Valesca atendeu com sua voz de *Halls Extra Forte*. Ela disse apenas…

— Hã?

— Sou eu, Val. Preciso te ver.

— Venha me ver.

— Ligo antes de tocar o interfone?

— Pode tocar o interfone. "Lírio" — e desligou.

Eu jamais visitava Valesca sem avisar. Não queria comprometer ninguém, nem a mim. Chama-se "autopreservação".

Em meu ano de estreia como *poliça*, convenci Ieda, uma garota de programa, a abrir o verbo na DP. Ela não era suspeita de nada, mas testemunha do espancamento de outra moça, vítima do amante viciado. Ieda estava com medo de circular por aí e dar de frente com o camarada, no que fez muito bem. O mundo perdeu o sentido do trágico. As pessoas matam e morrem por um nada. Ainda mais uma prostituta. Eu sugeri o depoimento para tirá-la das ruas.

Na hora me deu um estalo.

— Ieda, deixa a bolsa com uma amiga.

Ela estranhou e me olhou como quem pergunta.

Então a ficha caiu.

Ela fez que sim balançando o aplique loiro mil vezes, saiu e voltou em dois minutos. Eu não sabia nem queria saber do flagrante, mas levei Ieda para a DP com a consciência leve como a bolsa. Imagina se a garota vai pegar o cigarro e derruba um papelote de coca no piso da delegacia. Se não dou voz de prisão, me comprometo. Fico devendo a quem viu. Se prendo, traio a garota que testemunharia a meu convite – e me queimo na "Terra da Noite". No submundo, onde a vida está à margem da vida, e a margem, à beira do abismo, a moeda de maior valor de face é a palavra empenhada. É assim que as coisas são.

Passava das onze quando cheguei em Copacabana. Encontrei vaga no estacionamento da Prado Júnior e paguei com dois rins. Caminhei um pedaço, recusei uns convites para o amor e acionei o interfone do prédio sem porteiros. Ouvi um barulho e dei a senha.

— Lírio.

Saindo do elevador no oitavo andar, vi o brilho e a sombra disputarem a lente do olho mágico e ouvi um concerto para trancas e fechadura. Valesca surgiu recortada pela luz da quitinete em um penhoar longo de seda, que velava as rendas francesas do *négligée*. Espólio de dias melhores, quando a beldade aposentada pelo tempo era uma cortesã dona de si, e não a *Madame* comissionada. Agora restavam as sedas, as rendas, a silhueta magra e os olhos azuis matizados pela catarata. Desconfio que Val não operava porque achava bonito.

— Você emagreceu — ela disse, com a voz que esnobava o tempo. — Andou doente?

— Minha doença é este país.

Havia uma simbiose entre o perfume de Valesca e o apartamento vetusto, de móveis antigos, remoçado pela fragrância. Enquanto ela se entendia com as trancas, escorreguei na poltrona agasalhada com plástico grosso.

— Cerveja, Ira?

— Se você insiste...

Eu estava ali pela cerveja. Queria conversar, jogar conversa fora. O que vinha fazer, podia fazer a distância. Eu estava tentando ser... humano, o que nem sempre é possível. Viver desumaniza.

O telefone tocou naquele instante. Havia oito celulares em uma mesinha redonda, dois por "agência", e um *laptop* com *mouse* sem fio. A transação fluiu com naturalidade. O cavalheiro vira o catálogo na *internet* e queria conhecer a moça chamada Dandara Drummond. Eu também queria. Valesca abrira a página da loira excepcional no *laptop*, de beleza agressiva e cortante, de causar inveja aos felinos.

— Ótima escolha — ela disse ao telefone, com voz selecionada. — Dandara é muito atenciosa. Você vai gostar.

Para não ter que levantar da cadeira, Valesca movia as montanhas e os homens com sua voz mentolada. O repertório vocal ia da irmã de caridade à velhinha senil, passando pela *femme fatale* que Kim Novak teria invejado. Não fosse a distância até os estúdios, Val poderia ser dubladora. Mas, por alguma razão desconhecida, ela nunca saía de casa. Ali estavam os celulares, o *laptop* e o planeta.

Em um minuto, ela combinou o programa do rapaz que comprava sorte a bom preço. Ligou para Dandara (que se chamava Carla) e depois articulou o Evandro, um ex-colega da Civil que rodava em táxi de cooperativa. *Old school.* Noventa quilos de malícia e, o mais importante, sutileza. O mundo gira melhor em banho-maria.

— Evandro, pega a Carla na Rua Barreiros, em Ramos. Escolta pra Dona Mariana em Botafogo e pode deixar lá, o cara é cliente da casa. Mandei o endereço pelo aplicativo. Uma coisa, o cliente está sóbrio. Então, Evandro, vai devagar, entendeu? De-va-gar, Evandro. — Desligou e olhou pra mim. — Com mais álcool é melhor. Carla não é metade do que parece nas fotos.

Apontei o *laptop* com o queixo.

— Metade já tá bom.

— Linda, né? E vai ela mesma. Quando sinto o cliente chumbado, às vezes mando outra garota.

— Por quê?

— Porque homem é bicho idiota, que confunde culote com bunda, e minhas meninas têm boletos, Ira.

— É digno.

— Todo mundo tem boletos, Ira.

— É verdade.

— Eu também tenho boletos, Ira.

— Pois é. Tem um camarada que sumiu...

Expliquei o caso do Bosco e transferi as fotos e os dados. Valesca estudou as fotos. Rechonchudo, calvo, olhar bondoso e boca comum, o que é incomum. Olhos são enciclopédias, mas a boca é o livro da angústia, dos segredos, das paixões *inconsumadas*.

Não parecia haver nada ali.

— Ira, alguns homens são desejados...

— Eu não faço o tipo.

— Faz. E no puteiro faz mais. É o que vocês compram. O negócio do puteiro não é o sexo, não é a carne, é a fantasia de ser desejado. Quem tem fome liga pra mim, não vai no puteiro. Essa coisa de se sentir desejado vicia, é nicotina. E eu conheço quem largou o *crack*, mas não larga a porra do cigarro. Este aqui, ó... é o *homem fixo*.

— ?

— Esse nasceu assim e viveu assim, *fixo*. Não vejo fantasia nenhuma.

— Ele faz o tipo...

— Que tipo?

— O que frequenta os lupanares.

— Todos os homens fazem. O órgão mais sexual da mulher é o ouvido.

— Sua intuição assustadora diz o quê?

— Que ele... qual é o nome? Então, o Bosco um dia foi subir no ônibus, caiu e bateu com a cabeça. Roubaram a carteira, o relógio, e ele acabou esquecido numa... como chama?

— Câmara fria — eu disse, assentindo. — Tente as redes sociais, Val. E fale com essa gente toda. Eu vou amanhecer no IML. São trinta necrópsias por dia e seis milhões de pessoas. Ele pode estar na fila.

— E fora da câmara fria, com as digitais virando água.

— Vou dar um pulo em Niterói também. Lembra daquela vez?

— Mais ou menos. O cara fazia o que em Niterói?

— Tinha uma morena...

— Sempre tem uma morena. — Ela estendeu a mão aberta. — Meu PIX?

— Aquela cerveja?

Cerveja artesanal com toques cítricos. Seria mais fácil o prédio e a Prado Júnior afundarem do que uma cerveja vagabunda de milho entrar na quitinete da Val. Ela bebia vermute, mas tinha sedas e reputação.

Não falamos mais no Bosco, que então não significava nada. Falamos do passado, interrompidos de tempos em tempos pelos celulares na mesinha. Do passado dela, prostituta de alta roda, e do nosso; duas décadas de colaboração que começaram com Ieda, a menina do flagrante na bolsa.

— Ieda ainda está por aí, Val?

— Casou.

— Ah, que bom.

— Também acho. Eu amo aquela menina, mas ela é uma tonta.

— O marido sabe?

— Claro que sabe, Ira. Mentira é rotina de otário, só a verdade é segura. A verdade é sua, você conta como quiser.

*

Vasculhamos os lugares de praxe sem encontrar o Bosco. Visitei os necrotérios, grandes hospitais e clínicas, revistei o carro. Valesca falou com uma Babel de gente. Nada.

A nota dolorosa foram os telefonemas à doutora Elisa. Seus longos silêncios eram um choro sentido. Bosco deve ter sido um pai maravilhoso.

Encerramos a busca no quinto dia. Fiz o relatório, prestei contas e conversei com a doutora. Disse a verdade. O hiato, o vazio, poderia persistir para sempre, talvez não fosse possível superá-lo. Era preciso *se acostumar*, é assim que as coisas são. Muita gente não percebe, mas é como tocamos o barco, nos acostumando aos incontroláveis da vida.

Os dias passaram, aflições muito banais pagaram o aluguel e as prestações do *Onix*. Sou grato aos homens e mulheres inseguros. Eu ganho mais com o ciúme do que com o chifre.

Só tive notícias do Bosco cerca de um ano depois. Por acaso, entre dois episódios bizarros.

02. TANGÍVEL

Um dia, um sábado que prometia ser lindo, meu celular tocou às cinco da manhã.

Nunca é bom.

— O quê...?

— Ira? Rodrigues.

Detetive Rodrigues com *s*. *Old school*. Um dos homens mais intuitivos que já conheci. E que me apoiou nos meus primeiros anos de *poliça*. Um estágio na *Homicídios*.

— Fala, Rô. Que que houve?

— Desculpa ligar a essa hora, mas você lembra do Emílio? Meu compadre, que aposentou tem uns seis anos...

— Lembro sim.

— Então, Ira. O Emílio faleceu.

— Rapaz, eu sinto muito. Como foi?

— Coração. Morreu dormindo. Mas dormindo na casa da amante, a Verinha. Tu conhece a Verinha?

Entendi o que viria e me preparei.

— Não, não conheço.

— Então, Ira. Eu não queria pedir isso pra mais ninguém na DP, entende?

— Ô.

— Posso contar contigo?

— Porra, Rô, agora. Só me diz pra onde eu vou.

Verinha, a amante do Emílio, morava na Glória. Eu estava vivendo em um edifício superpovoado na Moura Brasil, em Laranjeiras, nostálgico do subúrbio verde de Pilares. Cheguei em vinte minutos.

Rodrigues me esperava em frente ao edifício. Um abraço rápido e ele tamborilou no teto de um *Palio* muito rodado.

— Ira, esse é o possante do Emílio.

— Carro de *poliça* honesto.

— Com certeza.

— O que você planejou?

— Eu adiantei as coisas. Eu tenho um amigo médico no Salgado Filho, no Méier. Hoje não é o plantão dele, mas ele tá a caminho. Nós vamos levar o Emílio pra lá. Meu amigo disse pra dar entrada normalmente. Conforme os marcadores sorológicos, nem precisa de necrópsia, ele assina. Aí eu vou na casa do Emílio dar a notícia pra comadre.

Reparou na omissão do nome do médico? Chama-se "lealdade".

O elevador me reconciliou com a religião. Era velho, gemia e subia aos trancos. Encontramos a porta do apartamento encostada. Amplo, modesto e de bom gosto, com relíquias dos bons tempos. Os móveis eram mais antigos que os da Val, mas, misericórdia, livres de plásticos.

Verinha estava debruçada na janela da sala, fumando um cigarro.

— Verinha, este é amigo nosso, amigo do Emílio também. A gente vai resolver.

Ela me encarou com gratidão. Parecia triste e, ao mesmo tempo, embaraçada. A ficha mesmo só ia cair depois. Mais cedo ou mais tarde todas as fichas caem. Por isso o amor é tão urgente. Nossos dias são contados e curtos. É assim que as coisas são.

— Obrigada por tudo, moço.

Quase que eu solto "É um prazer", mas manobrei a tempo, saiu um "*Simsenhora*" meio amarrotado. Assenti de olhos baixos, para poupá-la de mim. Encontrei o corpo embalado, digo, limpo e vestido por Verinha e Rodrigues. Emílio jazia sereno. Tinha emendado um sono no outro.

— Tomei as providências — disse Rodrigues.

— Fez muito bem. Às vezes... 'cê sabe.

— Endurecem rápido.

— E demoram a relaxar.

A ciência precisa explicar por que o homem livre de sua alma imortal pesa o dobro. Atravessamos o corredor e a sala tentando algum controle sobre a matéria morta. Reparei que Verinha se debruçou na janela para não ver nem ouvir nada, pobre mulher. Aquele boneco desajeitado e frouxo, começando a amarelar, era o seu amor.

Elevadores são constrangimentos. Com um cadáver, o mal-estar maior. A máquina descendo aos trancos, gemendo em agonia pelo morto, foi a perfeição da aflição. Assim que os ferros da grade pantográfica se encolheram, meti o ombro na porta de madeira pesada, como se estivesse sufocando na cabine.

Porque estava.

Não tinha ninguém na portaria. Na rua além da grade, seis degraus abaixo, uns gatos pingados.

— Deixa o povo passar — disse Rodrigues, balançando o chaveiro do Emílio.

— Eu escoro o nosso amigo e você abre a porta do carro, Rô.

Ele saiu da portaria, escancarou o *Palio* e voltou. Olhando para os lados como ladrões, arrastamos o corpo e o acomodamos no banco do carona, amparando com o cinto.

— Me segue no teu carro, Ira.

Em meia-hora estávamos no Méier. Observei que Rodrigues articulava em voz alta enquanto dirigia. Poderia estar cantando, é verdade, mas sei que se despedia do Emílio. Tenho um amigo, legista do IML, que trabalha falando em voz alta, explicando o que vai fazer. Diz que é "para acalmar os clientes".

Rodrigues entrou de carro na Emergência do Salgado Filho e acenou para alguém com o distintivo na mão. Da calçada em que o esperava, vi a aproximação de dois enfermeiros. Rodrigues desceu do veículo e conversou com os rapazes. Um deles se agachou para olhar pelo vidro, abriu a porta do *Palio*, apalpou o corpo e constatou o óbito.

Veio a maca e foi-se o que restava do homem.

Rodrigues engatou a ré e livrou o espaço das ambulâncias. Acenando, avançou um pouquinho e imbicou no estacionamento rotativo. Voltou a pé em três minutos e entrou no meu carro.

— Vou deixar a herança da comadre aqui. Mais tarde alguém vem buscar. Já abusei demais de você.

— Aonde eu te levo agora, Rô? Pra viúva?

— Vou pegar meu carro na Verinha e voltar pra cá.

26

O retorno à Glória foi silencioso. Parei em frente ao prédio da Verinha.

— Ira, te devo — disse Rodrigues. Os olhos tinham um brilho triste. — Agradeço por mim, pela Verinha, pela viúva e pelo Emílio, que escapou do *bafafá post mortem*. Ninguém merece. A viúva, a comadre, muito menos.

— Posso fazer mais alguma coisa, Rô? Tô de boa, mano.

— Sabe a ironia? — disse, como se não tivesse ouvido. — Minha mulher tem um enterro hoje e me pediu pra fazer companhia. Um professor que sumiu, que ficou um ano sumido, apareceu morto nos Estados Unidos. Marido de uma amiga dela do clube de trabalhos manuais. Eu falei "Enterro, Márcia? Não, não, vamos pra praia", mas alguma coisa me deixou ligado, sabe? O cu não tem nada a ver com as calças, mas eu senti que a praia não ia rolar. Aí o Emílio... essa eu não esperava... puta vida.

— Sabe o nome do professor?

— Não.

— Ele morava onde?

— Tijuca.

— Onde é o enterro?

— Caju. Que merda, né, trocar a praia pelo Caju.

Rodrigues custou a sair do carro. Ele não estava ali, falar o trouxe de volta.

Existe uma coisa na morte que faz tudo parecer um sonho difuso e desconjuntado. A morte é banal, mas sua presença embaça a tangibilidade do mundo. Como se o corpo imantasse a realidade e a arrastasse para algum lugar. Tal como os buracos negros, deformando o tempo e o espaço. É difícil descrever, mas quem lidou com a morte sabe, é assim que as coisas são. A morte é um sumidouro.

Me despedi e segui para o Caju, o Cemitério São Francisco Xavier.

Estacionei ao lado daquele portão de ferro enorme, que separa um mundo do outro. Dei com o nome do Bosco, Pedro Bosco, na primeira capela à direita. Me esgueirei à esquerda, escalando os degraus da administração.

Disfarçando, espreitei a capela.

O caixão era um imenso monolito verde-escuro. Uma urna para conter a urna interna, de folhas de chumbo, coisa do translado internacional. Vi a doutora Elisa entre os presentes, mais perplexa que inconformada. O velório até que estava vazio. Para quem não o amava, Bosco morrera um ano antes.

Como foi que o Bosco saiu do país e entrou nos EUA sem deixar rastros? Pois foi o que aconteceu. Não era o momento de conversar, mas havia o que aprender com o caso.

Voltei pra casa interrogando o Vazio. Deixei rolar um *sitcom* no *streaming* e consegui dormir de novo. Um sono pesado e inquieto. Mais tarde, esquentei um congelado no micro-ondas. Decidi que merecia um chope no *escritório*, meu botequim favorito no Leblon.

A caminho do relaxamento, liguei para Valesca.

— Val, lembra do Bosco? O professor que sumiu ano passado?

— Lembro do professor que sumiu ano passado. Apareceu?

— Nos Estados Unidos.

— Rico?

— Morto.

— Morto?

— Muito morto.

— Rico é melhor. Você vai me contar?

— Não sei de nada ainda. Mas é intrigante.

— Que bom ouvir essa palavra de você.

— ?

— "Intrigante". Quem pasma com as coisas ainda tem coração.

*

Esperei quinze dias e liguei para a doutora Elisa. Um apetrecho eletrônico cheio de simpatia e opções atendeu. Deixei recado e esperei.

Ela retornou dois dias depois.

— Seu Ira?

— Não para os credores.

— É a doutora Elisa.

— Boa tarde, doutora. Obrigado por ligar.

— O senhor pode falar agora?

Não tinha nada pra fazer, estava sem trabalho, quase atrasando a prestação do *Onix*. Contudo, parecer ocupado é a *conditio sine qua non* para ser bem-sucedido.

— Com a senhora eu posso, doutora.

— Meu pai... apareceu.

— Eu soube.

Ela suspirou forte, com alívio, pois não precisaria explicar.

— Como o senhor...

— Sua mãe tem uma amiga no clube de trabalhos manuais. Uma coincidência, essas coisas. Eu sinto muito, doutora Elisa. Eu espero que a senhora não se aborreça comigo, mas eu preciso perguntar como aconteceu.

— Não sabemos. Foi lá fora.

— Onde?

— Estados Unidos. A cidade mais antiga dos Estados Unidos. Na Flórida.

— Saint Augustine.

— O senhor conhece?

— É uma cidade famosa.

Saint Augustine deve ser um lugar ótimo para um tipo peculiar de turista. Tem uns nove cemitérios e túmulos nos lugares mais inesperados. Dentro de lojas, ruas, caminhos, passagens para pedestres e nos jardins da universidade. Não chega a ser espantoso para uma cidade fundada em 1565.

— A senhora descobriu o que seu pai fazia lá?

— Não.

— Perdão, mas o que a senhora apurou, doutora Elisa?

— Ele sofreu um infarto agudo do miocárdio. Encontraram o corpo… numa cripta… um cemitério local. Seu Ira, isso tá me consumindo…

Ela fez o silêncio que reconheci. Esperei.

— Meu marido foi buscar meu pai. Eu não fui, não pude, não deu. Não tive coragem.

Culpa. Sinto o cheiro de longe. Hora de fazer um mínimo pelo Outro.

— Foi uma decisão muito prudente, doutora Elisa. Me permita, a senhora fez muito bem. A polícia tem alguma suspeita?

— A polícia de lá?

— Sim.

— O Celso, meu marido, disse que foram todos muito gentis, mas que ele foi interrogado por horas. Eles não sabiam nada e perguntaram tudo.

— Olha, se a senhora tiver mais informações, poderia me ligar? Eu não quero parecer mórbido, doutora Elisa, mas entender o que aconteceu com o seu pai é um dever profissional. Eu tenho um lema, não aceito fazer menos do que eu posso.

Eu poderia acrescentar que tinha aprendido meu lema com uma mulher mais velha, muito capaz, inteligentíssima, mas deixei para outra ocasião.

— Uma coisa eu sei, seu Ira. Ele foi encontrado sem passaporte. Estava com a identidade brasileira na carteira. Só por isso foi identificado. Pedro Bosco nunca entrou nos Estados Unidos.

— Tinha dinheiro na carteira?

— Mais de quinhentos dólares. Isso é importante?

— Tudo é importante. A senhora me autoriza a ligar daqui a uns meses?

— Pode ligar, não tem problema. Se eu souber alguma coisa, ligo antes.

Quem descobriu alguma coisa fui eu. No caminho de outra bizarrice.

*

As pessoas não sabem, nem acreditam quando ouvem, mas, volta e meia, as empresas contratam detetives para investigar seus funcionários. Medida de segurança. Rotina. Mas executada com altíssimo nível de segredo e cuidado, pois o que se quer evitar são justamente os escândalos.

Muita gente já se demitiu, ou saiu de férias e se demitiu, para evitar a prisão. A pessoa fica em silêncio, pois, do contrário, confessa um crime, e tira o rabo dali. A carreira desce pelo ralo. Ninguém vai saber o que ela fez, mas, onde for necessário, vão saber que fez. É assim que as coisas são.

A única operação com o mesmo nível de sigilo da contrainteligência corporativa é a própria espionagem. Sim, é comum, é caro e é crime. Envolve a intrusão das redes corporativas, escuta telefônica, escuta ambiental, suborno de funcionários, espionagem fotográfica, interceptação de correspondência e análise de "resíduos administrativos", isto é, o exame do lixo.

Em geral, a espionagem corporativa é operada por empresas registradas em paraísos fiscais. Impossível apurar se você não é governo – até porque as tais empresas prestam serviços aos governos. Da arapongagem à "guerra ao terror", tudo foi terceirizado.

Mesmo sem espionagem, a informação vaza da empresa. Eu gostaria de dizer que as pessoas são ingênuas e falam demais, mas, em geral, são levianas. Não têm compromisso com a própria palavra, vão ter com o quê? Os vaidosos gostam de fofocar, bazofiar e se mostrar informados. Dados estratégicos surgem de graça no *happy hour*, no salão do cabeleireiro e no botequim. O consumo regular de uísque e cocaína nas rodas decisórias favorece o mercado.

Uma vez investiguei o alto executivo de uma corretora, chantageado há meses devido ao nariz irrequieto. Se uma coisa dessas vaza, o capital da empresa esvazia de um dia para o outro. Daí o acordo de demissão – um prêmio – que envolveu a internação do sujeito em uma clínica seletíssima no Uruguai. Quando, tempos depois, errou uma curva, voou sobre o abismo e pousou com o *Porsche* numas árvores, já não era problema de ninguém.

Quem chama atenção por algum motivo é sondado. O camarada com filhos em idade escolar que aparece de carro novo. O Fulano que posta fotos na casa de praia. O Sicrano que posa na novidade do barco. A exemplo dos ladrões, assaltantes e sequestradores, as empresas também vigiam as redes sociais.

Na contramão, os que reclamam da falta de dinheiro constante, ou que se dizem endividados, também entram na lista.

Em alguns departamentos, a medida é permanente, com a seleção cíclica e intervalada dos investigados. É assim que as coisas são.

Naquela semana, eu estava seguindo a assistente executiva do diretor de uma *telecom*. Uma ruiva bonita, competente, que fazia a diretoria andar na ausência d'*O Homem*, como chamavam o diretor que viajava muito. A ruiva era mãe de um menino bonito e mulher de um burguês muito babaca. Em poucos dias, descobri que ela tinha um amante e mudei o eixo da investigação. Era importante saber se o sedutor não era um espião em atividade profissional.

Eu os segui até um motel bacana na Zona Norte. Nada de carro, nem de um nem de outro, o casal foi de táxi. Observei que o motorista dirigia em silêncio, isto é, não parecia conhecer nenhum dos dois. No que imbicaram no motel, estacionei, tranquei meu carro e tomei posição. Fiz sinal quando o táxi saiu. O camarada chegou a esboçar um sorriso. Pensou que era sorte.

Sentei no banco de trás, no lado oposto ao do motorista, para me fazer visível. Saquei uma cédula de dinheiro estalando de nova.

— Pra você — eu disse.

O motorista olhou a nota, relanceou os olhos para mim e me procurou no retrovisor.

— Isso é o quê? — perguntou, cabreiro.

— Quem pagou a corrida até o motel? A mulher ou o rapaz?

— Você é polícia?

— Não interessa quem eu sou, companheiro. O senhor eu sei que é taxista.

Ele entendeu que estava identificado e que a bronca podia ser maior que sua brabeza. Em uma cidade como o Rio, não convém bancar o esperto, o machão, o herói. Muito menos fazer inimigos. Ninguém sabe quem é quem. Há traficantes demais, milicianos demais e autoridades que fariam ambos corarem.

Tive que insistir.

— Quem pagou a corrida?

— O rapaz.

— Pagou como?

— Quis pagar com dinheiro, mas eu tô sem troco.

— Pagou como?

— Com PIX.

— O nome do bacana?

— Pra quê?

— Pra colocar no círculo de oração da minha igreja.

Ele resmungou, passou a mão aberta no cenho e relanceou o dinheiro na ponta dos meus dedos.

— Me dá duas dessa.

— É justo — eu disse, sacando a outra cédula engatilhada no bolso. O alvo do assédio tem que acreditar que está levando vantagem; é o que solta a língua. — Encosta, me dá o nome e volta. Vou ficar ali onde você me pegou.

O namorado ou o malandro, eu não sabia, chamava Douglas Alguma Coisa Que Não Vem Ao Caso, qualquer coisa assim.

O taxista deu a volta, parou um pouquinho depois do meu carro – e cobrou a corrida. É um mundo sujo.

Mudei o carro de posição, liguei pra Valesca, passei o nome completo do Douglas, cruzei os braços e cravei os olhos no retrovisor. Horas depois, um táxi entrou vazio. Não deu outra, era a saída do casal.

Segui o táxi sem embaraços. A beldade ruiva desceu a quatro quilômetros do motel. Dei uma boa olhada nela.

Dizem que o apogeu da mulher são os trinta anos, mas isso porque o próprio Balzac tinha trinta quando começou o seu livro. Trinta anos são o zênite e o ocaso da juventude. A ruiva tinha quarenta. E sustentava o olhar, a altivez e a segurança dos quarenta. Que mulher. Que sapatos. Que intimidade com os saltos. Que classe.

Já o Douglas não tinha muito mais que trinta. Parecia perplexo com todas as virtudes que encontrara na mesma mulher. Ele seguiu no táxi para a Linha Amarela, sentido Barra da Tijuca. Dei *linha na pipa*, acompanhei o carro a uma distância segura. Faltava um terço do caminho até a Barra quando Val me ligou.

— O cara existe, Ira.

— Que bom. A maioria das pessoas não existe.

— Não?

— Estão todas mortas. É o que explica o sucesso dos filmes de zumbi.

— Ele é solteiro.

— Eu também sou, mas não saio me gabando por aí.

— Capitão reformado do Exército.

— Repete, Val. Não entendi.

— Entendeu. Capitão reformado.

— Puta que pariu.

— "Merda" é mais elegante.

— Merda, então. Reformado por quê?

— Reformado como maluco.

— Merda. Dá pra saber o que foi?

— Não dá pra saber o que foi.

— Setor de Inteligência?

— Não dá pra saber. Mas essa não é a bomba.

Eu me preparei. Ela esperou.

— Mostrou o padre, reza a missa, Val.

— O cara tem "alvará de licença de registro de detetive particular".

— Merda.

— Nesse caso, "puta que pariu" é melhor. Coincidência ou bote?

— O problema da coincidência é que ela existe. Eventualmente. Episodicamente. Rarissimamente. Mas existe. Pelo menos pra quem tem medo de ser injusto. Eu não quero prejudicar a moça se ela não tem culpa.

— Bonita?

— Linda.

— O cara pode estar a fim.

— Eu estou.

— É fácil engrossar esse angu, Ira.

— ?

— Eu ligo amanhã quando ela estiver no trabalho. Jogo no ventilador. "Quem avisa, amiga é, seu amante é detetive particular."

— Aí a gente observa o circo.

— Aí a gente observa o circo. Se pegar fogo, ela entrou de gaiato. Se prevenir o cara, tá na jogada. Mas isso se for jogada, Ira. Mulher muito bonita atrai tudo de bom e de ruim. Quando uma mulher bonita diz que é difícil ser bonita, sabe por que as outras debocham?

— Porque não têm como saber.

— Porque não têm como saber.

— Alguma intuição, Val?

— Ela é inocente.

Na Barra, Douglas desceu do táxi em frente a um quiosque. Dei a volta, parei o carro no acostamento e observei pela *Canon* armada com *tele* de 300 mm. Moreno, bonito, altura mediana. Não era um atleta, mas traía a formação militar. Tinha aquela rigidez de quem vestiu a camisa com cabide e tudo.

Tirei fotos que ampliei no visor da câmera em busca de algum indício de instabilidade emocional. Nada. Os olhos não eram fixos ou agitados, sem sombras de um vendaval interior. Parecia um rapaz tranquilo, nem simpático nem antipático, mas alerta.

Ele tomou o suco de alguma coisa com cor-de-sofá-velho-e-encardido-de-tecido-bege, comeu um sanduíche metido a besta, verde de tanto mato, atravessou a Lúcio Costa e pegou o *Uber*. Desceu em um edifício com portaria de hotel e mil e um apartamentos. O dado relevante é que ele foi chamado pelos porteiros e, no balcão, recebeu a correspondência. Endereço quente. O camarada vivia ali há algum tempo.

Tomei nota do nome do condomínio, passei os dados para Valesca e liguei para o Chefe de Segurança da *telecom*, um ex-oficial do setor de inteligência da Marinha. Um homem relativamente jovem, mas qualificado, glacial, mas direto. E digo que é fácil trabalhar com gente assim. Val não sabia quem ele era, mas o conhecia pelo código "Mijo

Gelado". Eu tomava cuidado com isso, pois sei que o apelido poderia custar o cliente.

— Sou eu. Ira.

— Hum.

— Nossa amiga tem um namorado detetive.

— Hum-hum.

— Ex-capitão do Exército. Reformado como maluco.

— Sei.

— Minha assistente vai ligar pra ela amanhã às dez em ponto e fazer fofoca. Você precisa monitorar a reação.

— Dez horas. Entendi.

— Tranquilidade?

— Eu te ligo.

— Ok.

— O procedimento fica suspenso. Manda o relatório por *e-mail* até as sete da manhã.

— Pode deixar.

— Pode deixar uma porra. Você esqueceu de trancar o arquivo na última vez.

— Não vou mais esquecer. Você não vai deixar.

Ele desligou.

Fui pra casa, tomei um banho quente, entrei em um *short* velho, tomei uma dose de uísque e, muito à vontade, relaxado, abri o *laptop*. Fiz o relatório objetivo e breve. Inseri fotos escolhidas a dedo. Tranquei o arquivo com criptografia AES de 256 *bit* (Mijo Gelado combinara a senha ao me passar o *job*). Uma banalidade inexpugnável. Em tese, nem o FBI poderia quebrar.

Enviei ao *e-mail* determinado. Apaguei tudo, absolutamente tudo, na câmera e no celular. No *laptop*, pelo método Gutmann, que sobrescreve os arquivos até sangrar. Eu era pago pra isso. Tinha um compromisso e um contrato de sigilo que era melhor nem reler.

Mijo Gelado ligou dois dias depois.

— Nossa amiga reagiu. Ela entendeu que o namorado podia ser um grampo. Pode ser que seja.

— O que ela disse?

— Disse pro tal do Douglas sumir. Se ele tentar algum contato, ela ameaçou acionar a segurança da empresa.

— Não estou surpreso.

— Nós assumimos daqui.

"Nós assumimos daqui" significava retroagir a investigação e esmiuçar o último ano de atividades da ruiva na companhia. Com lupa, microscópio e telescópio.

— Você acha que pegou pra ela? — me atrevi.

Ele fez uma pausa. Deve ter concluído que a pergunta era honesta.

— Acho que foi uma indiscrição. Ela agora vai tomar mais cuidado.

— O chefe dela vai saber?

— Eu nunca vi tanta gente infeliz — respondeu, ignorando a pergunta. Ele não ia dividir uma decisão executiva comigo. Só perguntei porque as pessoas se distraem e tropeçam. Qualquer pessoa, mesmo ele, o *iceberg* em que o *Titanic* bateu. — Esse contrato acabou, Ira. As diárias foram depositadas.

— Recibo?

— Pra isso, não. O seu caso agora é o Douglas.

— O que você quer?

— O contratante.

— A mulher é bonita demais, pode ser coincidência.

— Coincidência é superstição. A crença dos vencidos.

E desligou. Liguei para a Val.

— Val, sabia que a coincidência é a superstição dos vencidos?

— Dos vencedores também.

— Olha, Val, deleta tudo. E com aquele programinha que eu pedi pra instalar. Qualquer papelzinho aí, queima.

— O de sempre.

— É o protocolo, mas nunca é demais repetir. Eu mesmo vacilei uma vez.

— "Uma vez só é pouco". E a mulher?

— Entrou de gaiato. A bola da vez é o Douglas. Mijo Gelado quer o entorno do cara. Vou fazer teu PIX agora.

Cinco minutos depois, recebi a foto de uma fogueirinha na pia da cozinha da Val. É assim que as coisas são. É assim que têm de ser.

*

A vigilância 24/7 do Douglas começou no dia seguinte. Convoquei Alberto Pereira, detetive particular *old school*, que conhecia desde os tempos de *poliça*. Um camarada bacana, mas infeliz.

— Me casei três vezes com duas mulheres maravilhosas — dizia.

A terceira, cheia de merdinha e regrinhas, era o modelo da tirania com glacê, aporrinhando o pobre sem levantar a voz. Al preferia operar à noite – e não podemos culpá-lo por isso.

— Al, o camarada se chama Douglas. Minha assistente levantou o que deu. Te mandei o *zap* com os dados e a foto. Dá uma olhada, decora o que for pra decorar e deleta. Não faz que nem esses políticos burros. Me liga se precisar. Te rendo de manhã.

— Já é, Nêgo.

Naquela semana, Alberto e eu nos revezamos para ir ao *shopping*, à livraria, à praia, ao supermercado, a dois restaurantes e ao *IMAX*, tudo no entorno da Barra. Douglas era um lobo solitário que flertava aqui e ali sem saber aonde ia, o que queria, nem mesmo o que fazia. Val não disse que o Bosco era "o homem fixo"? Então, Douglas era "o homem aleatório", uma folha ao vento.

Penso que Mijo Gelado, chefe de segurança de uma *telecom*, tinha providenciado o *hack* do celular do camarada. A investigação poderia terminar a qualquer momento. Eu contava com as precauções do Douglas, um semi-idiota, para pagar as prestações do *Onix*. Mas teria que resolver o caso em tempo razoável para ficar bem na fita.

No oitavo dia, Alberto me rendeu às cinco da tarde. Eu estava cochilando no carro. Ele bateu no vidro e ocupou o banco do carona tão rápido que nem deu pra disfarçar.

— Não deixa ninguém dormir aí não, Nêgo.

— Eu tenho instintos. Ele tá em casa.

— Ontem ele também não saiu. A essa altura, já manjou a gente, Ira.

Alberto *jogava um verde*. Ele queria entender o método que eu não explicava. Esperei que ele retornasse ao seu carro e se aproximasse. No que saí, ele ocupou exatamente a minha vaga, como fazíamos há quatro dias, ostensivamente, sem que eu dissesse o porquê.

Segui para o quiosque frequentado por Douglas e estacionei no acostamento. Fiz o flanelinha sorrir, atravessei a Lúcio Costa e sentei de frente para o mar da Barra. Pedi uma caipirinha de lima-da-pérsia com adoçante. Chama-se "autocuidado".

Passava das seis. O céu tinha uma qualidade azul-ardósia que só existe no Atlântico. O celular vibrou. "Funcionou", pensei, "é o aviso do Alberto." Mas não fiz menção de alcançar o aparelho no bolso. Fiquei na minha.

Douglas surgiu muito perto de mim, bloqueando a visão do horizonte e tocando o encosto da outra cadeira.

— Boa noite, Ira. Posso?

— À vontade — respondi, muito tranquilo.

Ele arrastou a cadeira e sentou à minha esquerda. Um gesto educado para desimpedir a visão do oceano, do horizonte e das coroas lindas que jogavam vôlei. Mas não deixei de reparar que seu braço direito estava a um movimento da minha traqueia.

É um mundo sujo.

03. A SOMBRA

— "Ira" — ele disse, sem se voltar. Fingindo interesse nas quatro beldades maduras que jogavam vôlei na areia. — Nome de guerra de Iracy Barbosa, o *poliça* que saiu limpo. Agora, detetive privado em tempo integral. Na minha cola, não sei por quê.

— Você não vai beber nada, Douglas?

— Hoje não.

— Pede aquele suco cor-de-sofá-da-vó que você bebeu outro dia. Parece muito gostoso.

Ele não sorriu. Acenou ao garçom e pediu o suco pelo número.

— Dezoito, por favor. — Voltou-se de repente. — O que você quer?

— Não prefere se confessar?

— Você não é padre.

— Eu fui seminarista.

— Eu sei. Você largou o seminário no quinto ano, faltavam três. Estava tão bem preparado que passou pra Civil em terceiro lugar.

Ergui o copo de caipirinha. Um cumprimento honesto.

— Te felicito — eu disse.

— Você me detectou porque seguia A Vermelha?

— "A Vermelha"? Que bonito. Belo como é bela. É, eu seguia A Vermelha.

— Adianta eu dizer que gostava dela?

— Não muda nada.

— Foi o marido ou a empresa?

— Você sabe como as coisas são.

— Eles querem saber se eu ia usar a Vermelha como fonte.

— Isso nós já sabemos.

— Eu gostava dela.

— Não muda nada. Mas eu lamento por você. Sinceramente.

— Jura? Tem adultério na história, ô, seminarista.

— Eu não julgo. Como ouvi outro dia, nunca vi tanta gente infeliz.

— Falta oração? — provocou.

— Falta diálogo. Ninguém conversa mais. As pessoas só querem ser ouvidas.

Calei. Ele parecia à vontade com o silêncio, mas não estava. Era ele na frigideira, não eu. É indesejável ser objeto de interesse de uma companhia que move vinte bilhões por ano.

Sequei a caipirinha e pedi uma cerveja. Eu me cuido.

— Dizem que você é um cara correto, Ira.

— Corre o boato e é verdade, eu mesmo espalhei.

Veio um novo silêncio.

— Eu tenho uma proposta — ele disse, depois de muito tempo, olhando as coroas do vôlei sem ver, alteando o corpo para sacar um chaveiro do bolso. — Parei meu carro ali, tá vendo? Ali... tá vendo o carro do Alberto, que me seguiu? Ali, ó, um, dois... quatro carros depois do Alberto. Isso, esse mesmo. Pode revistar meu carro. E já segue nele pro meu apartamento. Olha o que você quiser, fotografa, preenche o relatório. Ninguém nunca vai saber como você entrou. Fica entre nós. Tem cerveja na geladeira. Deixa a chave na portaria.

Sorri e peguei a chave. Ele reagiu espantado. Esperava ter que insistir.

— Liga pra recepção do prédio — pedi. — Avisa que Iracy Barbosa tá indo no teu carro pegar um documento pra você.

Antes de me apropriar do veículo do Douglas, acenei ao Alberto, que abriu a janela do possante. Esbocei toda a questão.

— Mentira que vais cair numa arapuca dessas, Ira. Que malandro é você?

Eu sorri, mas não disse nada.

— E eu? — Alberto insistiu. — O que eu faço, Nêgo? Te sigo, fico aqui...

— Fica de olho no Douglas. Qualquer coisa, cola nele. Aliás, se for o caso, oferece uma carona até o prédio. O jogo mudou.

— Que maluquice, Nêgo. Que doideira. Vou ficar no maior esgano...

— Você vai superar, Alberto. Relaxa.

*

Parei na guarita da garagem do prédio. Mostrei o RG ao segurança para ser consignado. Estacionei em uma vaga de visitante, saí do carro procurando as câmeras e me mostrei. Tomei o elevador para o décimo primeiro andar encarando as lentes. Fui gravado sem gestos furtivos, sem nada nas mãos nem volumes no corpo. Com data, horário, tudo direitinho. Chama-se "autopreservação". Douglas estava vivo naquele mesmo horário sob as câmeras do quiosque. O que viria depois, não sabíamos.

Nem ele nem eu.

Diante da porta do apartamento, introduzi a chave e girei o êmbolo em silêncio. A porta se abriu para um *flat* com divisões na cozinha e no banheiro. Uma cortina rígida de três folhas jazia recolhida. Pude ver a cama arrumada como no quartel. O ambiente era limpo, organizado e moderno.

Um homem robusto de sessenta e poucos anos, muito bronzeado e saudável, jazia na poltrona voltada para a porta. Dois arianos dolicocéfalos o escoltavam de pé, sinistros. Ternos e gravatas do melhor, sem ostentação.

— Boa noite, seu Iracy — disse o moreno, com forte sotaque nordestino.

— Me chame de Ira. Tudo a ver com meus métodos.

O camarada sorriu.

— Eles disseram que o senhor é bem-humorado.

— *Eles* quem?

O homem abarcou o universo com um gesto mínimo da mão direita. Indicou a segunda poltrona, afastada a uma distância segura.

— Eu não moro aqui, mas estou autorizado a oferecer uma bebida.

— Aceito uma cerveja, obrigado.

Um dos arianos foi à cozinha e voltou com a *long neck* fechada. Me entregou sem animosidade.

— Obrigado — eu disse, e ele assentiu.

— Então, seu Ira — continuou o moreno. — O rapaz não sabe para quem trabalha.

— Eles nunca sabem.

— O senhor já trabalhou assim?

— Eu sou profissional, não sou criança.

— Pagam bem.

— Eu ganho bem.

— Eu represento uma dessas honradas empresas. Ela recebeu um pedido e executou o serviço. A operação infelizmente não foi bem-sucedida. Mas não houve imperícia nem falha, foi uma contingência. Coisas do futebol, seu Ira.

— O senhor é da diretoria do clube?

— Eu opero um *bureau* que administra crises. As pessoas me conhecem como Chico Lobista. Se precisar de mim, estou em Brasília. Asa Sul. Meu cartão.

O cartão saltou do bolso, foi interceptado pelo ariano e me alcançou. Estava escrito apenas "Chico". Havia dois números de celular, um número diferente para o *WhatsApp* e um endereço de e-mail.

— Esse cartão não passa às mãos de qualquer um. Em Brasília, ele abre portas.

— Não duvido, seu Chico.

— Eu vim de longe para lhe poupar muito trabalho. Não há nada a ser apurado nem nada contra o Douglas. O caso é de infidelidade, só isso. O rapaz parece ter o coração partido, mas as leis da República seguem intocadas. Mesmo assim, se eu puder lhe prestar um favor… Eu acredito em cooperação e entendimento.

— O senhor pode, sim, me prestar um favor.

A face de Chico esvaziou-se de expressão. Ele se preparou para não reagir ao que eu dissesse. Esperava um pedido de dinheiro, meu sossega-leão.

— Há alguns meses, um brasileiro sem passaporte foi encontrado morto na Flórida. Em tese, ele nunca entrou nos Estados Unidos. Eu queria saber o que aconteceu. A filha precisa saber.

Chico me estudou. A expressão era tão vazia que me fez lembrar o falecido Emílio. Somente a fixidez astuciosa do olhar traía a vida e o seu interesse. Escapuli do embaraço com o primeiro gole na cerveja.

— Esse é o *seu* trabalho, seu Ira. Não é o meu. Meus favores são de outra ordem — insinuou.

— Conheço pessoas como o senhor, seu Chico.

— Ah, é? E que tipo eu sou?

— O tipo que pode muito mais do que diz.

Ele sorriu, aquiescendo. Mas houve um intervalo. Uma meditação. O homem tinha "raposa" escrito na testa, em neon.

— O nome.

— Pedro Bosco. Tenho o CPF e o RG.

— Envie pra esse *WhatsApp* — e apontou o cartão que dançava em meus dedos. — Vou ver o que posso fazer como prova da minha boa vontade. É só isso que o senhor deseja? Curioso, curioso. Com sua licença, tem uma aeronave me esperando aqui do lado, em Jacarepaguá.

— O senhor apostou alto. E se o rapaz não me convence a vir?

Ele me encarou com falsa surpresa.

— O rapaz não tinha que convencer ninguém, seu Ira. Só tinha que entregar o convite. Eu também conheço pessoas como o senhor.

*

— Camarada, como é que você entra numa roubada dessas? — Douglas se assustou com as chaves surgindo diante de seus olhos. Pode ser que não me esperasse, vai saber? A surpresa foi uma vingança mínima, mesquinha, mas muito íntima. Segurei a vontade de rir. — Trabalhar sem saber pra quem? Isso é coisa de bandido.

— Como você sabe que eu não sou bandido?

— Não sei se é ou não. Mas se não é, não vale a pena fingir. Quando as pessoas nos temem, elas nos ferem. Medo é maquiavelismo de otário.

Sentei, acenei ao garçom e pedi outra caipirinha de lima-da-pérsia. Não entrei naquele apartamento sem adrenalina.

— Começou como, Douglas? Me conta.

— Um *zap*. A foto d'A Vermelha. Dez mil adiantados.

— Fase inicial?

— Não passei disso.

— Vou te dizer o que aconteceu. Algum concorrente contratou uma empresa de fora do país. A empresa acionou os contatos no Brasil. Os contatos deram *start* na operação. Como você deve ter formação em inteligência militar, é jovem, boa-pinta, apostaram em você. Acontece o tempo todo. Rotina. Mas podia ter sido uma coisa grave.

— O que, por exemplo?

— Não interessa. As *telecons* movimentaram mais de duzentos bilhões de reais no ano passado ou retrasado. Quem é o que diante dessa grana? Saber demais é um perigo, mas não saber nada é pior. Você conhece aquele senhor moreno?

— Não. Nunca vi. Não sei quem é. Disseram que alguém viria. Ele chegou e me disse o que fazer.

— Te pagou alguma coisa?

Ele me encarou desconfiado.

— Eu não quero te *morder*, Douglas. Quero entender como eles operam.

— Ele disse que não foi minha culpa.

— Foi.

Pense em todas as pessoas bem-sucedidas que você conhece. Exclua os genuinamente brilhantes (é fácil, são um ou dois). Observe o grupo que restar. O que essas pessoas têm em comum? Sim, exatamente, o atributo essencial para vencer neste mundo é a mediocridade. Nada concede mais conformação ao jogo. Depois é que entram as qualidades pessoais. Douglas, um semi-idiota, me encarou com legítima ânsia de saber, no que ganhou minha simpatia. Tinha futuro, o rapaz.

— Mais dia, menos dia, eu chegaria no seu nome, Douglas. Fosse pela placa do carro, pelo registro no *flat*, pelo *Google Images*… mas cheguei no mesmo dia.

— O PIX no táxi.

— Eles não sabem o que você fez com pressa de amar a ruiva. Mas sabem que a casa caiu muito rápido — rematei. — Se pagaram um bônus, é pra esfriar rápido.

— O que você faria no meu lugar?

— O que você deveria fazer: pega o dinheiro e vai passear. Vai pra um *resort*, esfria também. Seja visto tranquilo em algum lugar. Eles precisam saber que acabou e que você está *pianinho*.

— E A Vermelha?

— Duzentos bilhões, Douglas. Qual parte você não entendeu? Arranja uma morena. Sempre tem uma morena.

*

Por falar em morena, havia uma mensagem em meu celular que eu não queria ler. Estava magoado, apaguei sem abrir. Eu sabia que não seria nada de mais, uma burocracia talvez. Mas minha paciência tinha acabado e eu não queria sair pra comprar.

Mandei uma mensagem a Mijo Gelado e encerrei o caso. Ele me ligou muito cedo na manhã seguinte. Narrei o episódio com detalhes, falei do pedido feito ao Chico, mas omiti o nome do Bosco. Mijo Gelado bancou a investigação e tinha o direito de saber. Lealdade, sabe como é.

Ele ouviu sem interromper. No fim, suspirou.

— Não vai dar em nada. A gente nunca vai saber.

— Faz diferença? — perguntei, mesmo conhecendo a resposta.

— Nenhuma. Espionagem vem de todo lado a toda hora.

— A ruiva é inocente.

— Isso eu já sabia.

— E agora?

— O tal de Douglas se queimou, não serve mais, é menos um pra aporrinhar. Enviou o relatório?

— Agora. Trancado.

— Tirou foto do cartão do lobista?

— Lógico.

— Vou checar, mas é perda de tempo. Lobista é lobo, não é bobo. O seu pagamento deve entrar depois do almoço. No máximo amanhã de manhã.

E desligou.

O PIX entrou naquela tarde. Paguei Alberto, que, prevendo o fim do caso, já estava em outra: o pai fazendeiro queria saber como o Júnior, estudante universitário, andava gastando a mesada na cidade grande.

— Dinheiro mole, hem, Al?

— O da *telecom*?

— O do agro.

— Ira, o coroa vai ficar muito chateado.

— O garoto tá aprontando?

— Ao contrário. Não para de estudar.

*

O contato inacreditável de Brasília aconteceu na outra semana.

Princípio de toda loucura.

04. SIGNO

Contratado por Regina Ritter, uma advogada que era cliente há anos, eu estava na campana de um dentista.

Gostava dela, uma mulher bonita, indócil e muito direta. Alguém a havia magoado no passado – o Ritter, antes de bancar o valente por causa de um para-lama amassado e levar um tiro na órbita ocular. A placa do assassino era fria – *poliça*, aposto – e o crime nunca foi solucionado.

Regina guardou as lembranças ruins e o sobrenome.

— Nome gringo é chique, Ira. Alguma coisa boa o cachorro tinha que deixar.

Fui encontrá-la em seu escritório no Edifício Marquês do Herval. Que delícia descer aquela rampa e desaguar entre duas livrarias, *Berinjela* e *Leonardo da Vinci*.

— Ira, o cara não existe — disse Regina a respeito do seu dentista. — É um anjo, é perfeito, é um cavalheiro, quase um amigo *gay*. Eu tô livre, tô bem, o apê no Humaitá tá quitado. Então eu quero saber qual é a do cara antes que fique sério demais.

Neguei com a cabeça.

— Regina, se amanhã o camarada der motivo, você dispensa. Mas viver assim não dá, mulher. Insegurança é chumbo.

— E se amanhã eu estiver de quatro? Eu não confio *em mim*, Ira. Eu trabalho com a cabeça. Tranquilidade pra mim é dinheiro. Aliás, pra todo mundo.

— Quando uma mulher desconfia, eu desconfio. Vocês têm sexto, sétimo, oitavo e nono sentidos. E quando o camarada perde o rumo, em três ou quatro dias de campana o *problema* dele aparece. Mas sem motivo, Rê? Nossas quedas não são premeditadas, são tropeços. Uma pedra que surge e a gente não vê. Ou, ao contrário, uma pedra em que a gente repara demais.

Ela me encarou como se eu fosse *O Idiota Mais Perfeito e Acabado do Hemisfério Ocidental*. Até que o lampejo nos olhos revelou o entendimento de que eu estava mentindo. Porque estava.

— Às vezes, a pedra tá ali porque alguém colocou, Ira. Ou apareceu porque alguém procurou. Minha área é direito de família, eu vivo dessas pedras. — Ela mudou de tom. — O sorriso precede o punhal.

— Mas…

— Não tem "mas", Ira. Vai à merda.

Fui pra campana. Colei no dentista.

O camarada morava em um apê minúsculo na Gávea, mas, sabe como é, na Gávea. Chama-se "mentalidade de classe média", é assim que as coisas são. O consultório no Leblon ficava a dois quilômetros, mas ele seguia no carrão que usava para ir na esquina. Hábitos regulares. Academia de manhã, exercícios recomendados pelos cardiologistas, refeições balanceadas. Dois uisquinhos no final do dia, nem uma gota a mais, e nunca duas vezes seguidas no mesmo bar. Olhares discretos a uma bunda e outra, sem bandeira nem flerte, até porque "o anjo", o quase amigo *gay*, não era um tipo que chamasse atenção. Regina é que era uma gata – e não sabia o quanto estava apaixonada.

O uísque, mas não o álcool, revelou o dentista.

O camarada tratava os garçons com desdém, até mesmo superioridade. Isso me levou a reparar que o desprezo se estendia às "ocupações subalternas", como designadas pelos que ganham bem.

Nas esquinas de que são feitas a vida e o tempo, há quem trate os outros com respeito por temperamento ou convenção. Mas há quem trate bem porque tem medo de gente, mais comum do que se pensa. Eu vejo acontecer, não julgo, todos os modos funcionam. Chama-se "pacto social". Desprezar o pacto e os outros é sempre um mau indício.

No segundo dia da campana, aguardando o manobrista na garagem do consultório, o dentista se derreteu em mesuras a uma senhora e a filha. Mulheres prósperas, ataviadas, relógios do bom, um cachorrinho mais penteado e bem-tratado que eu. No que o manobrista trouxe o carro, o camarada ignorou o rapaz como se não estivesse ali. Deu-lhe as costas, grunhiu o agradecimento e foda-se. Pensei que estivesse distraído, mas não.

Era o *modus agendi*.

Ego acima do peso.

Na tarde da última campana do contrato, ele estava no segundo uísque em um bar na Lagoa. Eu o vigiava do *Onix*, a três veículos de distância do carrão encostado no meio-fio. Jazia engessado pelo tédio quando o celular vibrou. *Zap* desconhecido.

"BRASÍLIA VAI LIGAR EM CINCO MINUTOS. O SENHOR PODE ATENDER? SIM OU NÃO?

Esperei quinze minutos. Surgiu outro número, prefixo de Goiânia.

— Sem nomes, por favor — disse a voz de mulher jovem e decidida. — Eu sou amiga do seu amigo.

— Obrigado por ligar.

— O caso daquele senhor é complicado, viu? Ele entrou nos Estados Unidos como "Ercílio Barroso".

— Passaporte falso?

— Não. — Ela fez uma pausa. — O passaporte não era falso.

Entendi na hora, mas banquei o bobo. Ouvir é a ocupação mais inteligente do mundo.

— Não sei se entendo, senhora.

— Houve uma vez um Ercílio Barroso, advogado, maçom, que nasceu no mesmo ano do seu amigo e morreu aos quarenta e dois. — Ela falava como Tia Amélia, minha professora na segunda série. — O passaporte, portanto, não era falso, foi emitido pela PF. Mas foi solicitado por um morto que, se estivesse vivo, teria exatamente a idade do seu amigo, entendeu?

— Falsidade ideológica, fraude e por aí vai. Isso acontece muito?

— Isso nunca acontece. A vigilância da PF é um paradigma. Como o povo brasileiro tem muitos rostos, nosso passaporte é um dos mais cobiçados do mundo. Alguém muito importante pediu urgência. Alguém assoberbado de trabalho foi induzido a erro.

— Quem pediu urgência?

Ela ignorou a pergunta.

— Você vai receber uma mensagem. A última. Boa sorte.

— Obrigado, senhora. Agradeça ao meu amigo.

— Seu amigo sabe que você está grato.

Desligou. Momentos depois, o celular tornou a vibrar. Uma sequência de arquivos via *WhatsApp*. Os dados ainda carregavam quando o dentista saiu do bar. Deixei o celular de lado, liguei o carro e o segui ao Humaitá.

Ele fez o retorno, apanhou Regina no Largo dos Leões e tocou para o teatro no Leblon. Peça ruim, nenhuma elevação. Daquelas que o cinema faz melhor. Tirei fotos do casal, caprichei nos *closes* de Regina e voltei pra casa.

Abri o *WhatsApp* ainda na garagem.

Eram cópias dos relatórios da polícia na Flórida. Não havia documentos brasileiros, nem passaporte em nome de Ercílio Barroso, como se o vazamento partisse dos EUA. Em compensação, havia fotos de uma das coisas mais sigilosas do mundo policial, o exame tanatológico.

Traduzindo, meu amigo era poderoso, e eu viveria mais se esquecesse o caso d'A Vermelha. Foi esse o recado.

As fotos da necropsia eram desagradáveis, mas eram rotina. Exceto uma. Um detalhe.

Um *close*.

Nas costas, pouco abaixo da fronteira entre as regiões cervical e torácica, Bosco tinha uma tatuagem alinhada à coluna vertebral. Três losangos idênticos, só as linhas, com tamanhos ligeiramente diferentes, sobrepostos em uma sugestão de movimento. Um signo gráfico e dinâmico.

Um camarada convencional como Bosco teria uma tatuagem nas costas?

Enviei a tatuagem para Valesca. "Sabe o que é? Sem pressa", escrevi, querendo significar "Vasculhe a *internet*, descubra o que é este símbolo e, por caridade, é urgente".

Como descobri depois, seria melhor não saber.

*

Para me livrar do dentista de nariz empinado, receber o meu, pagar a prestação do *Onix* ou o aluguel, liguei para Regina Ritter no dia seguinte bem cedo. Ela estava em audiência, mas retornou ainda pela manhã.

— Pode falar, Ira?

— Você pode ouvir? É o seguinte, o seu anjo...

Dei o serviço. Descrevi o comportamento discreto, rotineiro e livre de suspeitas. Narrei os episódios de *hipergênese do Eu* com distanciamento. Ao menos tentei. Ela fez perguntas, calou e suspirou. Esperei a avaliação que não veio.

— Eu tô bonita nas fotos do teatro? Me manda duas fotos legais em *HD*? Conforme for, vou mandar *printar*. Vou dizer que um amigo fotógrafo me viu e fez as fotos de dentro do carro.

— Perdão?

— Eu estava me sentindo uma deusa.

Uma pausa. Ela avançou para o campo minado.

— O que você acha, Ira? Que tal o meu quase amigo *gay*?

— Frágil assim, Rê? A ponto de pedir a opinião dos outros? Toma vergonha, mulher.

— Você não é "os outros", você é o Ira — e riu. — Você é "sagaz". Se você não tivesse me dispensado, eu tinha casado contigo. Não estaria com o dentista.

— Isso explica tudo.

De novo, ela riu.

— Vai, Ira. Fala.

— Quem é severo consigo mesmo é severo com todo mundo.

— Você?

— É a minha única virtude. O resto são deformações.

Ela soltou outro risinho nervoso. Estava apaixonada.

— Vai, Ira, fala. O que você acha do meu anjo?

Eu precisava ser enfático. Parafraseei a frase irretocável de um professor que li na *internet*.

— O seu amigo olha para baixo cheio de desprezo e para cima com muita cobiça.

— Ele pode mudar, Ira.

Foi a minha vez de suspirar.

— Quando uma mulher diz "ele pode mudar", ela quer dizer "eu posso mudá-lo". Não pode. É o que vocês não entendem. Os homens não mudam. E porque não mudam, vocês se desencantam. Aí, sabe o que acontece? *Vocês* mudam. E porque mudam, os homens se desencantam. É como os casamentos fracassam. É assim que as coisas...

Em termos anacrônicos, ela bateu o telefone na minha cara. Em termos reais, desconectou. Sinal, sem trocadilho, de que concordava comigo.

O celular voltou a vibrar.

— Desculpa, caiu a bateria.

— Acontece o tempo todo — eu disse, com cortesia.

— Não repara, mas eu me acho uma mulher de sorte.

— É você quem tem que achar, Rê. Bom pra você.

— Eu posso fazer uma pergunta pessoal?

— Depois do que eu disse, pode.

— Você tratou aquela sua amiga com essa lucidez?

— Esposa. Cinco anos sob o mesmo teto. E não, eu não a tratei assim. Ela é simples, tratei com simplicidade.

— O que houve?

— Ela apostou na própria mudança, não conseguiu. Tentou me mudar, não conseguiu. Então ficou nostálgica. Não por alguém, mas por um estilo de vida. Ela não sabe, mas tem pavor da velhice e da morte.

— E você não?

— Tenho medo de viver como aparência. De ser a moldura de um quadro vazio. Uma figura de papelão.

— Deve ser por isso que você dorme tão mal, Ira.

— Por quê?

— Porque as pessoas são de papelão. Eu sou. E o meu anjo também é.

05. O SIGNO DOS TRÊS

O losango é um polígono de quatro lados de mesmo comprimento e ângulos opostos congruentes. Um quadrilátero equilátero. Um paralelogramo. Todo quadrado é um losango, mas nem todo losango é um quadrado. Em grego antigo, losango é *ρόμβος*, *rómbos*, derivação do verbo *ρέμβω*, *rémbo*, "eu giro".

Os três losangos na tatuagem do Bosco queriam girar.

O losango tem significados místicos. Como dois triângulos espelhados formam o losango, o triângulo voltado para baixo representa a manifestação da energia divina sobre a criação. A junção entre eles, o equilíbrio entre consciência espiritual e material. Na heráldica, de maneira óbvia, o losango é signo do feminino.

Eu tenho uma superstição: tenho medo de gente supersticiosa. Quem está aberto a tudo não acredita em nada e é oco em seu íntimo.

Tudo cabe e reverbera no vazio.

Conheço gente que passou dez anos em uma seita apocalíptica, de calendário maia e discos voadores, e que, de um dia para o outro, abraçou Ayurveda e Yoga como se fossem religiões. Ayurveda e Yoga são disciplinas veneráveis, mas o súbito abandono de uma coisa por outra demonstrou que o oco do íntimo era um abismo. Eu não deveria ter...

O celular tocou.

— E então, Val, descobriu qual é a da tatuagem?

— Não tem nada na *internet*, Ira, são só uns losangos. Achei até bonitinha.

— Que bom.

— De quem é?

— Deixa pra lá...

A voz de *Halls Extra Forte* se alterou.

— De quem é a porra da tatuagem, Ira? Sou eu, Ira, me respeita.

— Pois é... isso aí...

Ela riu do meu embaraço. Era uma provocação.

— Eu sei de quem é a tatuagem, bobo, você já me enviou foto de autópsia antes. Mas *todas* tinham *todos* os metadados, e essa não tem nenhum. Não foi você que alterou, eu sei, nem no celular você sabe mexer. Quem mandou a foto tomou cuidado. Era só isso, tonto. Te amo assim mesmo.

— Meta-o-quê, Val?

Desligou. Eu sabia o que eram metadados, só tinha esquecido de verificar. Como tinha, uma vez, esquecido de trancar o arquivo de Mijo Gelado.

As mensagens que eu vinha apagando sem ler me tornavam distraído.

*

Naquela semana, houve o caso absurdo de uma moça que não parava de falar. Que de emendar um assunto no outro merecia o *Oscar* de melhor mixagem de som. Não era desagradável nem instável, era alegria de viver. Luciana tinha *entusiasmo*.

— Eu não sei o que você toma, menina, mas eu quero dois.

Eu a conhecia *de leve*, a moça era amiga de uma mulher muito inteligente, com quem tive um caso. Ela marcou um almoço e me contratou para seguir o ex-noivo. O camarada a tinha magoado, ela queria superar, mas insistia em saber por que ele escondia a mulher com quem estava.

— Tem algo de muito podre no reino da minha Dinamarca, Ira. Tô sentindo o cheiro daqui.

— E isso vai te ajudar em quê? Em nada. Deixa o MacGuffin pra lá.

Ela sorriu e quis saber o que era MacGuffin. Expliquei do meu jeito.

— MacGuffin é aquilo que o protagonista da história persegue. O dinheiro roubado, a arca perdida, o falcão maltês, o pepino que o *007* tem que resolver. A questão é que Hitchcock – o conceito é dele – dizia que o MacGuffin em si não tem importância nenhuma. Quanto mais simples, melhor.

— E o que isso tem a ver com a minha vida glamourosa?

— Não importa o porquê ou por quem ele te deixou. Importa é que deixou. Isso é só o MacGuffin. A razão para seguir em frente. A vida não espera ninguém. Você só espera se quiser.

Ela moveu a cabeça concordando, mas me encarou com inteligência.

— Sei o que é profundidade, Ira, mas eu sou jovem. Então, prefiro dizer que tenho *consistência*. Eu quero exorcizar o Diego da minha vida.

Quanto mais cedo eu queimar essa fogueira, melhor. Mas, pra isso, eu preciso atiçar o fogo. Paciência. Você não disse que eu tenho *entusiasmo*? Então? Agora é a hora da *catarse*. Eu faço análise há anos, o que as pessoas têm de praia eu tenho de análise. Com certeza aprendi alguma coisa.

Eis o burlesco da psicanálise. O analisado crê que o processo o torna analista. Uma armadilha em que muita gente cai, arrastando mais gente ainda.

Ela adivinhou meus pensamentos, eu vi, mas deu de ombros.

— Todos os nossos atos são justificados — insisti. — A gente sempre encontra uma razão. É o que a gente aprende na escola, na hora do recreio.

— Aprende a mentir pra si mesmo?

— Aprende a mentir pros outros. Mentir para si mesmo é legitima defesa, nenhum juiz vai te condenar. É uma questão de consciência, e as pessoas em geral não têm nenhuma. Mas existe uma vantagem em mentir para os outros.

— Passar por bonzinho?

— Inventar uma história curtinha para afastar os abutres. Algumas pessoas se importam com a gente, mas a maioria só quer saber da vida de qualquer um. Isso tem um nome feio. Chama-se "mediocridade".

— Isso é filosofia demais, Ira. Aonde você quer…

— Tem coisas que é melhor entender depois.

— Depois é quando?

— Quando não importa mais. Quando as coisas perdem o sentido ou o significado.

— Eu ainda não…

— Não brinca com fogo, Luciana. Deixa essa fogueira apagar sozinha. Enquanto isso, a vida acontece.

*

Não convenci. Comecei a campana em uma sexta-feira. A dama oculta surgiu na mesma noite.

Diego saiu do escritório no requintado Edifício Rio Branco 1, buscou a dama em Santa Teresa e abriu um espumante na pérgula do Copacabana Palace. Sentei algumas mesas atrás e pedi uma cerveja – isso eu podia pagar.

O casal estava feliz. A conversação era afetuosa e inteligente. Em atenção a Luciana, tive o cuidado de não registrar os risos, os toques, a paixão que transvazava os olhos. Nas fotos do celular, restaram dois adultos conversando, contentes um com o outro.

*

Luciana e eu nos encontramos no sábado, na varanda da casa de seus pais no Itanhangá. Que tarde linda. Incompatível com a miséria da experiência humana. E que mansão. Se eu morasse assim, seria outra Valesca e jamais sairia de casa.

— Meu Deus — murmurou a moça à primeira foto, recuando de mão estendida para trás, procurando onde se abandonar. — Eu não acredito...

No que a perna tocou a cadeira, Luciana se deixou cair.

— Não... não... não... não... não...

Uma das visões mais tristes do mundo são as lágrimas que caem do centro dos olhos. Não pelos lados, mas pelo centro, dois rios. Já fiz alguém chorar assim e me dói até hoje. A imagem nunca se apagou. Tentei reparar a minha falta, mas não deu tempo. Tive que guardar o remorso. O rosto jovem e belo de Luciana não retinha as gotas, mas sei que o coração soçobrava por dentro.

O choro não apagou a tal fogueira em que ela não deveria mexer. Ao contrário, atiçou o fogo. Haveria muito tempo antes que os ventos carregassem as cinzas.

65

Foi uma longa espera. Eu estava pra lá de angustiado quando ela conseguiu falar. Luciana estendeu o dedo trêmulo para o celular em minha mão.

— É a minha... analista.

— O quê?

— Essa mulher... é a minha analista... que chegou a dizer... pra me afastar do Diego.

*

Luciana murmurou um "com licença" e se embrenhou na casa. Entendi que a coisa ia demorar e caminhei pelo jardim. O pai veio ao meu encontro algum tempo depois. Disse que a filha não tinha condições de retornar. Ele queria pagar pelos meus serviços, mas recusei.

— Senhor, eu não posso receber. Eu não posso dizer o valor. Foi um contrato que fiz com sua filha. Ela pode pagar depois, não tem problema nenhum. Eu só queria dizer que sinto muito. Eu tentei demover a Luciana da investigação, mas ela usou a própria análise como argumento.

— Eu confesso que... — O homem estava transtornado. — É perturbador.

— Ironia é como a vida disfarça a crueldade. É perturbador, sim.

Sai do Itanhangá devagarinho, namorando as mansões. Eu me sentia como Charlie Parker, duro feito um coco, visitando Stravinsky e admirando-se da casa em que o compositor vivia.

Eu nem podia reclamar. Estava me aguentando na Moura Brasil, apesar do condomínio naquele mês. Alguém tinha sido demitido, e eu, o inquilino, tive que bancar a rescisão e o IPTU do meu senhorio. Já viu locatário ser vereador ou deputado? Locador, um monte. Que porra de país.

Liguei pra Valesca.

— Val, eu quero companhia.

— Eu te faço companhia.

— Companhia de outro tipo.

— ?

— Val?

— Sempre tem uma primeira vez.

A voz de Valesca mudou. Uma vez que eu queria uma acompanhante, suas qualidades profissionais assumiram o controle. Se a analista da Luciana tivesse o profissionalismo das putas, sua paciente não estaria aos pedaços.

— Solitário, Ira?

— Eu? Nunca. Sou a melhor companhia que eu conheço. Só quero me divertir. Todo mundo é leviano nessa porra de país. Essa noite eu vou ser também.

— Diz pra mim, o que você gosta?

— Quero a Dandara Drummond.

— Dandara não é metade do que aparece nas fotos.

— Você disse que ela é muito atenciosa.

Ela gargalhou.

— Os homens são ridículos — disse, e se recompôs. — Cresça, Ira. Cresça. Eu vou mandar outra menina. Você vai se apaixonar.

— Não quero me apaixonar. Quero beleza e inteligência depois de cinco anos de...

— Cinco anos de...?

— Insubstância.

— Cinco? Só isso?

— "Só isso"? Cinco anos com a pessoa "perfeita", que não errava nunca, mas que gaguejava pra comentar *O Pequeno Príncipe*? Puta que pariu de rosca, Val.

— Puta que pariu de rosca, Ira. Vou te mandar o bilhete de primeira classe. É caro, mas você merece.

— Por que mereço?

— Não economize com você. Quem sabe o próximo minuto? Invista no prazer. O que sobrar, você desperdiça.

Ela deu o valor. Eu disse um palavrão.

— Val, o que essa tem que as outras não têm?

— Ela é muito atenciosa.

Um silêncio primeiro. Depois, a gargalhada. Eu ri com ela.

— Qual o nome da moça?

— Pandora.

Outro silêncio. Nenhum riso.

— Às vezes, eu tenho medo de você, Val.

— Não tenha medo de mim.

— Qual o nome que ela recebeu na pia de batismo?

— Ela vai dizer se quiser, mas eu duvido. Me passa o endereço. Eu não tenho seu endereço.

06. STREAMING

Meu apê na Moura Brasil é ajeitadinho. A sala é pequena, é verdade, mas o corredor é longo e aumenta a sensação de espaço. O corredor segue reto até o banheiro de pastilhas hexagonais verdes, antigo, lindo. Os quartos ficam à direita. No primeiro, montei o escritório e encaixei o cabideiro mais popular do mundo, a esteira ergométrica. O segundo quarto é o de dormir.

A única inconveniência é que a cozinha se conecta direto com a sala. Um copo esquecido na pia causa má impressão. Sempre fui organizado, mas precisei me superar.

Não tenho televisão, só o televisor. Assisto ao *streaming*, vejo umas coisas no *YouTube* e olhe lá. Eu sou apenas mortal. Não desperdiço a minha vida diante de tela nenhuma. Não troco oito horas de vida por uma minissérie qualquer.

Assim, com a TV dormindo, o som ligado e o *split* refrescando, esperei Pandora.

Era cedo, ela ia demorar, peguei leve com a bebida. Mas saquei um *Chablis* da adega com cara de frigobar que era a alegria da *Light*, a concessionária do Rio. O vinho dormia a doze graus. Deixei no congelador pelo tempo de um bom banho. Depois, medi oito graus na superfície da garrafa, indício de que a bebida estaria ali pelos onze graus. Eu não tenho cultura enológica nenhuma. Fui criado no subúrbio verde de Pilares, não em uma comuna da Borgonha.

Mas ali, na espera e no ócio, foi divertido.

Quando saí do subúrbio verde de Pilares, deixei mil e quinhentos CDs para os meus vizinhos. Eles não queriam aceitar de jeito nenhum, tive que insistir pra me livrar daquilo. Adotei o *streaming*, exatamente como eles. O som era bom e eu tinha uma lista de reprodução da pesada, em *HD* e *UHD*.

Lá estavam *Dying crapshooter blues* e *I got to cross that river of Jordan*, com Blind Willie McTell, que descobri em um dos livros de Remo Bellini, *Daddy lessons*, com Beyoncé, que sabe tudo de canto, *Harlem nocturne*, com Illinois Jacquet, *September in the rain*, com a jovem Dinah Washington, *Egyptian fantasy*, com Allan Toussaint, *Canção da volta*, com Dolores Duran, *Perfume de gardênia*, com Waldick Soriano, mais duas canções de lupanar, *Take five*, *Good must be a boogeyman*, com Joni Mitchell, *Billie Eilish*, com Armani White e aqueles graves enormes, *Strawberry milk* e *And soi I did*, com Eli Winter e Cameron Knowler, *Amelia*, com Industrial Revelation, *Tonge Tied*, com Earl, *Comin' home, Baby*, com Joe Webb, *Far from any road*, com The Handsome Family,

Stretch your eyes, com Agnes Obel, *Esse olhar que era só teu*, com Dead Combo, *Pip*, com Fraser Smith Quartet, as duas versões de Ray Conniff para *Dancing in the dark*, *Easy mooney* e *Dat dere*, com Rickie Lee Jones, que toquei duas vezes, e, logo a seguir, *The ghost of you*, com Caro Emerald, *At the river*, com Groove Armada, *Little fugue in G minor*, por Jaques Loussier Trio, *I'm getting sentimental over you*, que eu adoro com a *big band* da *BBC*, *Flyaway flapper*, com Daniel Barda, *I'm beginning to see the light*, com Kitty Kallen, que canta sorrindo, a gente ouve o sorriso em casa, *U 'n' I*, com Miles, remasterizado em 2022, *Perhaps perhaps perhaps*, com Doris Day, *On the street Where you live*, com Chet Baker, *You and your friend*, com Dire Straits, e, sob o efeito da primeira metade do *Chablis*, deixei rolar Carla Bley. Nem tudo eu ouvi inteiro, estava ansioso, mas foi gostoso demais.

A campainha do interfone interrompeu a viagem.

Sim, ela pode subir, seu Paulo, obrigado, boa noite pro senhor, abri a porta, esperei tranquilo, fiquei ouvindo, o elevador fez barulho acima de mim e depois abaixo, esperei, esperei e senti que o vinho me pegava no colo, vi a luzinha da cabine vazar pelo rés da porta, ouvi um silêncio planetário antes de a porta pesada ranger e se abrir para Pandora – amor comprado como todos os amores desse mundo, ainda que alguns sejam pagos com mais amor.

Só sei que foi barato.

07. PANDORA

Pandora não sorriu. Me olhou de cima a baixo, levantou as sobrancelhas em arco e encarou com ceticismo. Uma provocação. Exibição sutil de segurança, inteligência e senso de humor.

— Fui aprovado? — perguntei, desobstruindo a porta.

— Não, mas tem potencial — ela disse, com voz aveludada de contralto, passando por mim e entrando no apartamento. — Hum. Ouvindo Carla Bley? Cinquenta pontos.

— É pouco — murmurei, trancando a porta e apontando o chaveiro oscilante na fechadura. Ela não estava em cárcere privado.

— Os méritos são da Carla Bley, você só tem bom gosto.

— Tenho, não tenho?

— Bom gosto ou mau gosto não faz diferença pra quem tem, só pros outros.

— Eu escolhi vo…

— Valesca me escolheu.

— Ela disse que você é muito atenciosa.

— Ela mentiu.

Fiz um gesto designando a sala.

— Vinho?

— Quem eu tenho que matar?

Peguei outra taça na cozinha e tornei à sala. Dei com uma imperatriz em meu sofá. Incrível como o tecido valorizou. Coloquei o cristal na mesinha e servi. Ela volteou a taça com a firmeza e decisão de uma europeia.

Propus o brinde.

— A você, "Pandora".

— Não gosta do meu nome?

— Não mesmo.

— Que nome prefere?

— O seu.

— O meu quer dizer "a que tem todos os dons".

— Pandora, então.

Ela não mediu o vinho contra a luz, não dilatou as narinas aspirando o aroma, mas provou como uma *connaisseuse*.

— Mais cinquenta pontos? — perguntei, já na poltrona.

— Ótima escolha. Experimente um pouquinho mais gelado.

— Eu abri mais cedo.

— Não existe "mais cedo" pro vinho, quanto mais cedo, melhor. Por falar em "mais cedo", eu recebo meu cachê adiantado. Aceito PIX e cartão de crédito, como você preferir. O carnê eu esqueci de trazer.

Paguei sem constrangimento. O dinheiro pago ao analista deve constranger muito mais. O prazer é comum, mas o interesse autêntico, muito raro, é um fetiche maior. Pandora atuou com desenvoltura para não induzir a embaraços ou acanhamentos.

— Você é uma dama — eu disse. Queria que ela soubesse que eu reconhecia sua diplomacia.

— Eu prefiro "puta", se você não se importa.

— ?

— Se eu fosse uma puta, diria que sou uma dama. É um clichê do mercado do sexo, mas é verdade. Por falar nisso, só atendo em hotéis.

— Valesca?

— Ela é sua amiga.

Examinei Pandora enquanto Pandora examinava o apartamento para se apropriar de minha alma imortal.

Morena, trinta e um, trinta e dois, por aí, mais modelo que atleta. Um metro e setenta e cinco, no mínimo. Unhas exemplares, sem garras. O cabelo negro brilhante descia pesado e cacheava até a metade das costas. As sobrancelhas pareciam desenhadas à mão em um único gesto. Os olhos imensos eram negros como os cabelos, ornados com uma sombra leve azul. O nariz, insinuado para o alto, era o mérito da insolência. A boca cheia, mas comportada, levemente intumescida no lábio inferior, desdenhava os bicos de pato da modernidade e prometia tudo. Os seios rígidos, cheios, sem sutiã, estavam submetidos às mesmas forças e ângulos do nariz, a um passo de ferir o Código Penal. O quadril era perfeito. A bunda, de pedra. As pernas, muito firmes, tinham um metro, como fiquei sabendo depois. As coxas precisavam ser mantidas longe da vista das crianças. Os pés pequenos estavam em sandálias de salto e tiras.

A beleza transparecia pelo vestido preto leve, justo na medida certa e muito elegante. Ela usava brincos, gargantilha e pulseiras com pequenos diamantes e topázios azuis.

— Você não tem medo de sair com essas joias? — perguntei, pensando alto.

— Você vai me assaltar? O que você faz?

— Sou detetive.

As sobrancelhas se irritaram.

— Eu não saio com polícia nem bandido, meu lindo. A Valesca sabe que...

— Eu não sou *poliça*. Não sou mais. Prendi um vereador com oito quilos de coca que não eram de ninguém, fui rebaixado e transferido pra Itaguaí. Pedi o boné.

— Não acredito...

— Se 450 quilos de pasta-base em helicóptero de senador da República não tinham dono, e 290 quilos de *skunk* no avião da igreja do tio da senadora também não, oito quilos de coca em carro de vereador *é* pra consumo próprio.

As sobrancelhas se ergueram com ceticismo.

— Quanto o vereador ofereceu?

— Pra livrar o flagrante? Dois milhões. Denunciei isso também.

Ela me estudou sem acreditar.

— É só checar no *Google* — resumi. — Outro escândalo que não deu em nada. Digite "Iracy Barbosa".

— "Iracy"? Que lindo.

— A culpa não é minha, mamãe que escolheu.

— Que bom gosto. Dois milhões... uma tentação?

— Você é uma tentação. O vereador é um filho da puta.

— Não foi cassado?

— Reeleito. Votar em bandido é a mais longeva tradição carioca.

— Uma paixão, eu acho. Mas, insisto, foi uma tentação?

— Na época, eu morava numa casinha feia no subúrbio verde de Pilares.

Ela riu e engasgou com o vinho.

— Desculpa. Pilares? Verde? Eu conheço Pilares. Tão cinza. Tão melancólico...

— Só pra quem passa. Quando você tem raízes, a melancolia é invisível pelo lado de dentro.

— Que raízes?

— Minha mãe morreu, eu herdei a casinha feia, o quintal e umas galinhas. Quando saí da polícia, me senti vulnerável, comi as galinhas e vendi a casa. Só percebi a melancolia quando fui embora. Então, respondendo a sua pergunta, dois milhões foram, sim, uma tentação. Eu durmo e acordo num país que não ampara ninguém, mas toma tudo de você.

— Por que não aceitou?

— Por que você está me interrogando?

— Eu vou dar pra você, Iracy. Acho que tenho o direito.

— Me chame de Ira. Tudo a ver com meus métodos.

Ela riu. Ia acontecer algum dia. Sempre há uma primeira vez.

— Por que você não aceitou a bola do vereador? — insistiu.

— Porque eu não sou bandido. Ninguém leva bola de traficante achando que vai parar ali. Isso não existe. Não tem volta. Nos anos 1970, um bandido chamado Lúcio Flávio...

— Sei quem foi Lúcio Flávio — atalhou. — Sou formada em psicologia.

— E já atuou na área?

Ela me olhou como os médicos deveriam nos olhar, mas não olham.

— Não estou atuando agora?

Sorri. Ela só sorriu depois.

— Então — prossegui. — Lúcio Flávio entendeu. Disse que "Bandido é bandido, polícia é polícia, como a água e o azeite, não se misturam". Ele nasceu na classe média, teve suas chances, mas era bandido. Eu não sou.

— Mas está de olho nas minhas joias. Valesca mencionou que você foi seminarista. Por que virou polícia, meu Deus?

— É chocante?

— Tem o que ensina a dar a outra face, mas a polícia quebra a face dos outros. É uma ambivalência, né?

— Eu estava habituado a dizer "não".

Ela elevou a taça em um cumprimento. Mostrou o sorriso mais honesto, perfeito e acabado da cidade. Sorriso de parar relógio. Paulette Goddard em *Legião de heróis*. Lee Meriwether em *O Túnel do tempo*. Os olhos cintilavam junto.

— Esse sorriso custou a sair.

— Você gostou? Eu tive que me prostituir pra pagar o dentista.

E meu deu um sorriso maior, em *Cinemascope*. Uma provocação. Não era uma caricatura, parecia autêntico. Os olhos é que entregavam a farsa.

— Você é uma pessoa curiosa, Ira. Por que virou polícia? A verdade.

— Era o concurso da hora. A casinha feia no subúrbio verde de Pilares tava quase caindo em cima da minha mãe. Eu não podia escolher.

— E depois?

— Tomei gosto. Me formei em Direito. Cheguei a inspetor.

— Você tem OAB?

— Tenho. Se não tivesse, faria concurso pra juiz.

Ela riu. Sinal de que lia os jornais.

— A pergunta de um milhão de dólares… de dois milhões de reais é melhor. Por que largou o seminário?

Eu a fixei, me decidindo entre três versões. A curta, a breve e a verdadeira. Ela estendeu a taça pedindo mais, me adivinhando por trás do cristal.

— Eu tenho outra garrafa desse *Chablis*.

— E nós vamos honrá-la na temperatura certa. Você parece um cara legal, Ira, mas é parente do Barão de Münchhausen. Nem tudo o que você diz é mentira, mas pouca coisa é verdade.

Eu me rendi com um sorriso.

— O detetive sou eu, Pandora. Se você quer inverter os papéis, vou ter que cobrar pelo sexo.

— Você aceita cartão? — Ela ofereceu a taça ao brinde. — Aos mentirosos do mundo. Nós, inclusive.

— Você também?

— Eu disse que você era promissor quando já estava aprovado.

Conversamos, começamos na sala e terminamos no quarto. Chegamos à "perfeição do contrato" com naturalidade. Sem acrobacias nem teatro.

A *lingerie* de Pandora era da francesa *Aubade*. Linda. Fina. Com um toque preciso de vulgaridade. A dama e a puta cabiam na mesma calcinha. Tenho certeza de que escolheu para si, para se ver bonita, não para agradar ao cliente.

— Só um instantinho, Pandora… assim… fica assim… eu quero olhar pra você assim…

Ela se sentiu lisonjeada e me deu um beijo. Parecia real.

*

No fim, descansou a cabeça em meu peito. Sussurrou de repente.

— Letícia — disse, apenas.

— Muito prazer, Letícia.

— O prazer foi meu.

*

Depois do banho, ela pendurou a toalha no gancho de porcelana do banheiro e, incensuravelmente pelada, me puxou pela mão e arrastou ao escritório.

— Tem computador? Quero checar meu *Instagram* — brincou.

Sentei na beirada da mesa para observá-la, nua entre duas estantes enormes, percorrendo os livros com as pontas dos dedos. As lombadas coloridas acentuavam os relevos do seu corpo. Pandora foi a mulher primordial, mas eu via uma Eva entre livros de teologia. Variações de um mesmo mito, talvez.

Foda-se Freud. Foda-se Jung.

Ela folheou alguns volumes de sobrancelha erguida.

— O que é "cristianismo anônimo"? — perguntou.

— A bofetada na intolerância.

— De frente ou com as costas da mão?

— Evangelho de João, capítulo quatorze, versículo seis. Jesus diz "Eu sou o caminho e a verdade e a vida, ninguém vem ao Pai senão por mim". Esse versículo faz do cristianismo a religião mais intolerante do mundo. Os conservadores usam esse texto há dois mil anos para negar o ecumenismo. Mas um teólogo chamado Karl Rahner formulou o conceito de "cristianismo anônimo". Em qualquer religião, os que vivem segundo a vontade de Deus são amados por Deus e serão salvos por Ele.

— Em outras palavras, Deus não tem religião.

Ela entendeu. Poucos teólogos entendem. Fiquei meio assim.

— É isso… — murmurei.

— Gostei. Eu também não tenho religião. O que é viver "segundo a vontade de Deus"?

— É não viver só para si. Quem ama, quem cuida do outro, quem estende a mão a quem precisa, vive segundo a vontade de Deus.

— Você vive?

— "Com o entendimento sirvo à lei de Deus, mas com a carne, à lei do pecado." Eu moro no Brasil. Depende do mês. Você tá com fome?

Em vinte minutos, fiz um espaguete com alho, manteiga, alecrim, requeijão e gorgonzola. Ganhei trezentos e cinquenta e três pontos e meio, mas isso foi depois. Enquanto cozinhava, ela fez mais perguntas. Uma maneira de evitar as minhas.

80

Vencemos o segundo *Chablis* pouco antes do amanhecer. Ela pediu para dormir um pouquinho, eu a deixei só. Como todos os insones, considero o sono sagrado.

Acordando, ela me chamou. Em suas palavras, queria me recompensar pela ceia.

Eu já estava ali mesmo...

*

Já vi o Sol transformar muita Cinderela em abóbora, mas foi o contrário. A luz da manhã, impondo-se pelas frestas do apartamento, desvendou a penugem de pêssego da pele e novos encantos em Letícia. Reparei que ela tinha um cavalo de xadrez tatuado no tornozelo. Três dedos, não mais. Um primor.

— Eu amo tatuagem — ela disse. — Mas não fica tão bem em mim. Acho que são os pelinhos.

— Por que o cavalo?

— Égua, por favor. A égua é uma peça menor do xadrez, mas é poderosa. Ela não precisa confrontar os adversários, pode saltar sobre eles. É a liberdade, a independência, o pensamento inusitado.

Tive um estalo. Pedi licença, fui ao escritório e voltei com a foto da tatuagem do Bosco. Ela olhou com interesse.

— Que legal — disse.

— O camarada que fez sua tatuagem parece muito bom.

— Quase um mês de espera.

— Onde fica?

Ela me deu o endereço em São Conrado.

— Procura a Rafa. Diz que a Letícia te indicou.

*

Ela me deixou lisonjeado saindo lá pelas onze. Eu a acompanhei até o ponto de táxi na esquina. Antes de entrar no carro, me fixou.

— Eu posso te beijar aqui?

— Você vai fazer um bem enorme à minha reputação.

Ela me deu um beijo forte. Depois, acariciou meu rosto.

— *Você* é muito atencioso. Mil e um pontos pro Ira. Me chama de novo...

Entrou no táxi e partiu. Um dos motoristas do ponto, nunca lembro o nome, se aproximou. Eu o chamava de Billy Wilder, porque, além de cinéfilo era cínico. Ele ficcionou os meus ombros e esfregou as mãos na própria camisa.

— Deixa eu pegar essa unção, Ira. Puta que me pariu, meu irmão.

Voltei pra cama, tornei a levantar às três da tarde e segui para São Conrado.

08. AGULHAS

The Skin Screen ficava em um dos endereços mais exclusivos de São Conrado. Estúdio de rico. Convencional, mas requintado. Artes de Corben, Vallejo, Frazetta e Druillet nas paredes. Mobília vermelha extravagante, de couro legítimo. *Heavy Metal* tocando em volume compatível com a cristandade. Cheiro de tinta e antisséptico.

    Clientela burguesa, bonita e simpática. Havia umas garotas no sofá e um rapaz de pé. De costas para mim, o rapaz avaliava desenhos suspensos por ímãs em um painel de aço. Usava uma camiseta com um Rimbaud enorme nas costas.

— "Uma noite, sentei a Beleza em meus joelhos" — citei.

Ele se voltou e respondeu.

— "E achei-a amarga."

Fiz um cumprimento.

— Fez jus à estampa. Pode usar.

Ele riu e voltou aos desenhos. A morena atrás do balcão sorriu. Linda. Tinha olhos verdes enormes e era um catálogo vivo de *piercings* e tatuagens primorosas.

— Você é a Rafaela?

— Rafa — dispôs, com voz de contralto. Brusca, mas tranquila.

Eu me apresentei, citei Letícia e perguntei se ela tinha cinco minutos.

— Tô esperando o Rimbaud ali.

Expliquei que não era *poliça*, mas investigava um desaparecimento. Ela não se perturbou. Mostrei, impressa, a foto da tatuagem do Bosco. Como esperado, não reconheceu. É assim que as coisas…

Não perdi a viagem.

— Rafa, como profissional, o que você me diz dessa tatuagem?

Ela fixou os losangos que queriam girar e sumiu nos bastidores da loja. Voltou com uma lupa de bancada com lâmpada, plugou no balcão e examinou a foto através da lente, sob a luz forte.

— Tá vendo os traços? Não estão alinhados. Parece limpo, mas não é. Palpite?

— Por favor.

— *Tatoo* ritual. Não foi feita pra ser bonita. Foi feita para significar.

— Nesse caso, poderia ser um… qual o nome… "pantáculo".

— Isso não é pentáculo. *Tatoo* de Wicca rola direto e…

— No caso, é pantáculo mesmo, Rafa. Um lance mais… pesado. Por enquanto, vou tratar como símbolo do feminino.

— Eu olho e vejo três xoxotas — ela disse, sem sorrir. — *Tatoo* ritual sempre rola, *independente* da moda.

— Nunca associei tatuagem com moda.

— Eu ganho com isso.

— Com a moda?

— Com os vacilos. Você sabe que aos trinta não vai ser a pessoa que era aos vinte, mas ninguém pensa nisso na hora de *aplicar*. Mulher, então, que é bicho bobo, *marca* nome de namorado e de marido. Quando separa, tem que *cobrir*. Mas o que dá dinheiro mesmo é *remoção*. São dez aplicações, no mínimo, e pode levar dois anos. Dói mais que tatuar. Mesmo com anestesia local e resfriador.

— Você acha que…

— Nenhum estúdio vai resolver o seu problema, moço. Qualquer um pode ter feito as xoxotas.

*

Valesca me alcançou a caminho de casa.

— Como foi a noite?

— Maravilhosa. A manhã foi melhor. Fico te devendo, Val.

— Você fica me devendo. Ela explicou que não atende em casa?

— Foi uma das poucas coisas que ela disse. Isso e o nome.

— Mentira. Não acredito. Pandora disse o nome?

— Letícia.

— Pandora disse o nome… tô passada.

— Sabe o que mais? Disse que sou muito atencioso.

— Você é. Simples e atencioso. Não mude.

E desligou. Eu não tinha clientes no momento. Precisava me ocupar. Liguei para o detetive Rodrigues com s, *old school*.

— Rô, é o Ira. Pode falar?

— Não só posso como tenho prazer em falar com você. Que que manda?

— Precisava de um favor.

Falei da tatuagem sem falar do Bosco. Queria saber se o sistema tinha alguém com três losangos tatuados.

Tinha. Mas isso foi depois.

— Me dá uns dias, Ira. A gente tem que ter certa cautela, você sabe.

Fui pra casa viver o fim de semana – e rezar, com fervor, por algum trabalho.

09. O KIN

Eu tinha um amigo de muitos anos, professor universitário. Éramos *sócios* de um bar no Leblon, uma das esquinas mais gostosas do Rio. Como a Academia em que ele se move, vive e existe pode ser pernóstica, desprezando inclusive a riqueza social e cultural do botequim carioca, vou chamá-lo pelo apelido.

Kepler.

Fui de táxi encontrar o Kepler no domingo, ali pelas quatro da tarde. Ele estava agarrado à mesa de dois lugares pela qual havia gente disposta a matar. Duas bolachas de papelão no tampo.

— Se você demora mais, a gente perde a mesa. Eu é que não vou enfrentar esse povo hostil — disse, reparando em minha roupa. — Interessante. Reminiscência de Pilares?

A camiseta estava mesmo em mau estado. Um furo na gola, inclusive, eu não tinha visto. Kepler passara a infância na Europa, falava quatro idiomas, umas línguas mortas, outras ainda agonizando, mas seria a última pessoa a quem se poderia chamar de esnobe. O comentário era provocação.

— Ira, você tá parecendo um órfão de Charles Dickens.

— Órfão inglês, então.

— Pensei em você ontem. Conheci uma "Aeliana".

— Pede pra trocar por "Iracy", muito mais bonito.

Sem mais, abri a foto da tatuagem no celular e passei pra ele.

— Interessante. Lembra o Ocre de Blombos. Quer dizer, a mim, lembra.

— Cu de quem?

— Blombos é uma caverna na África do Sul — explicou. — Um sítio arqueológico. O ocre é uma peça de argila colorida. Imagine uma sequência de "X", todos juntos…

— Formando losangos…

— Exatamente. O Ocre de Blombos deve ser o registro mais antigo da matemática. Paleolítico inferior, oitenta mil anos, por aí. Retas paralelas, algumas de mesmo tamanho, triângulos equiláteros. Ângulos de sessenta graus.

— E…

— É um objeto ritual. Interessante. Prova a relação da matemática com o sagrado. Às vezes, me pergunto se não era usado como tabela ou como máquina, sabe? Pra ajudar a contar ou verificar alguma coisa, mas isso é viagem minha.

— Jung disse que o losango era o signo arquetípico da unidade da psiquê.

— Muito belo, por sinal — encerrou, devolvendo o celular. — Novidades?

Sem citar nomes, contei a traição de Luciana por sua analista, minha revolta e a visita de Pandora. Narrei o episódio com brevidade e discrição. Não estava tentando polir a autoestima, o que seria incompatível com nossa amizade.

— Kepler, sabe o que é engraçado?

— Não. Só sei que, em assuntos humanos, as coisas engraçadas são as piores coisas. "Sabe o que é engraçado" é o bordão que prepara o ouvinte para alguma coisa muito desagradável. Mas vá em frente, não pare por minha causa.

Hesitei. Não sou de falar. É raro. Kepler entendeu que eu precisava deixar sair a pressão e mudou de postura. Encorajou-me com um leve tapa na mão.

— Coragem, Pilares.

— Fui casado cinco anos com a Patrícia — eu disse. — Ela nunca perguntou nada de teologia. Isso depois de passar dez anos numa seita, esperando o "disco-voador" que viria salvá-la do fim do mundo em dezembro de 2012. "*Baktún* treze quatro *Ahau* três *Kankin*", se não me engano.

— Loucura — ele disse, como quem lembra. — O *kin*, o *dia*, era 21 ou 23 de dezembro. Mas a forma de enunciar é um pouco diferente.

— Patrícia tinha máscaras de gás em casa. E equipamentos de *camping* para fugir da grande tribulação e esperar o resgate pelos extraterrestres. É tão absurdo que eu me sinto ridículo só de lembrar. É uma das razões do meu silêncio.

— A seita ainda existe. A loucura mudou, mas ficaram os loucos. A velha dissonância cognitiva. Eles operam sem alarde, mas são sectários.

— Eu estava na casa dela e vi as máscaras de gás por acaso. Alguma coisa que ela me pediu pra pegar no armário. Perguntei se ela fazia teatro... então ela contou. Patrícia tinha mencionado a seita, mas não a loucura. Foi quando descobri o limite da minha heterodoxia. Eu disse que aquilo era demais pra mim, desejei uma boa vida, abri a porta e fui embora.

— Mas voltou.

— Ela me procurou. Disse que "a busca", foi como ela chamou, era do ex-marido, não dela. Ela só estava ali por causa dele.

— "Um homem inteligente pode transformar-se num joão-bobo, quando não sabe valer-se de seus recursos naturais."

— Quem?

— Will Shakespeare. *As alegres comadres de Windsor*, Ato V, Cena V. Ira, isso é mentira. Ninguém passa anos num lugar ouvindo coisas absurdas sem identidade e envolvimento.

— Tanto é mentira que foi ela quem ficou com as máscaras de gás. Já separada, ela viajou com a seita pra Roma. O ex não foi.

— A loucura é contagiosa. Você foi infectado, Ira. Burrice tem limite.

— Foi a coisa mais burra que eu já fiz, sem dúvida, porque entendi tudo no início.

— Você impôs uma condição pra voltar, não foi?

— Que ela rompesse com a seita. Especialmente com as pessoas. Não queria gente louca na minha casa e queria me proteger. Patrícia é uma esponja de identidade cambiante, absorve tudo de todos. Qualquer coisinha ressoa no vazio da cabeça dela. Ela adotou Yoga e Ayurveda assim — e estalei os dedos. — A gente se separou há alguns meses e ela hospedou uma amiga da seita. A moça foi com o marido, entende?

— Nunca houve ruptura.

— Ela jurou pela memória da mãe morta, Kepler.

— "Não vê desonra no ato de ser infiel aos juramentos quem, proferindo-os, os confia aos ventos." *Trabalhos de amor perdidos*, Ato V, Cena II. Ira, ninguém mais liga pro que diz, o que importa é o *Instagram*. Já não existe realidade, só as aparências. Eu nem sei como você consegue ser detetive num mundo assim. Tirando a hipocondria e a tanatofobia, Patrícia me parece uma pessoa muito comum. Como você ficou sabendo que ela hospedou o casal?

— Ela se distraiu, contou, eu cobrei, ela ficou muda. Parou de falar comigo. Depois mandou uma mensagem muito hipócrita na véspera de Natal. Ela, que não sabe fazer o sinal da cruz. Ela estava naquele lugar pra onde viajou quando eu estava doente, onde o sinal do celular só pega quando ela precisa. Na hora, eu não disse nada, mas… não deu, Kepler, não consegui. Chamei de "leviana". Mandei uma mensagem indignada, ela respondeu com uma leviandade maior, eu rompi de vez.

— Interessante. Ela nem tentou fingir que se ofendia?

— Kepler, as coisas estão… vindo. Quando fomos morar juntos, ela reclamou que estava sem dinheiro.

— Gastou tudo em Roma, passeando com a seita.

— Eu disse que tinha dinheiro guardado, que pagava a mudança, ela aceitou. Meses depois, quando pediu ajuda pra fazer o imposto de renda, vi que ela tinha dez vezes mais do que eu numa aplicação.

— Putz.

— Eu sei que é mesquinho contar isso, mas não é o dinheiro, é a atitude.

Ele balançou a cabeça.

— Foda-se — arrematou, erguendo a tulipa.

— Foda-se — repeti, brindando com ele.

— Vamos falar de Pandora, amigo.

— Pois então, a Patrícia não perguntava nada… era estranho… se eu digo que fiz seminário, sempre aparece alguém com uma pergunta. É normal. Religião é atavismo.

Kepler olhou para os botões da camisa. No rosto, a inquietação. De repente, me encarou, decidido.

— Patrícia não queria saber de nada porque já tinha as próprias crenças — ele disse.

— Como assim?

— A seita da Patrícia misturava aquelas loucuras todas com gnosticismo cristão, Santo Graal e, você não vai acreditar, alquimia. Eles chamam "alquimia sagrada", mas o entendimento é primitivo: superar "defeitos psicológicos", assim mesmo, nesses termos, tudo muito primário. Você lembra que ela fez turismo em Montserrat, na Catalunha? Não foi turismo, Ira, foi um curso, a seita tem um monastério. Com figuras pintadas da mitologia mesoamericana, egípcia, greco-romana, frases nas paredes, o bê-á-bá da filosofia. "Conhece-te a ti mesmo etc.", coisa de primeiro grau. E olhos vendados, túnicas azuis virginais, mas... — Ele hesitou. — Tem coisas que nem vale a pena mencionar. Eles projetam o cálice e a lança no topo da montanha com uma espada que não tem nada a ver com a história. Um sincretismo grosseiro para tornar o "produto" exclusivo. Mas tocam o *Parsifal* de Wagner sem parar. Aliás, eles têm uma orquestra...

— Que deve ter sido a que ela viu no Egito.

— Provavelmente. Eles atuam no Egito, Grécia, Itália...

— Roma.

— ... e em lugares mais exóticos. A Tailândia, por exemplo.

— Como você descobriu...

— Eu vi a estatueta na sua casa, lembra? *A Virgem de Montserrat*. Eu me perguntei se a seita não esbarrava em Montserrat. Não esbarra, colide. Eles acreditam que a montanha guarda o Graal num templo sagrado ali mesmo... só que na quarta dimensão.

— "Quarta dimensão"? Não acredito...

— É sério, Ira. O monastério fica lá por isso.

92

— Você não me contou...

— O casamento não se sustenta pelas virtudes do casal, mas na acomodação dos defeitos. De como os defeitos se ajustam e se conformam. Vocês estavam bem, eu não tinha que dizer nada e não disse. Fiz o meu papel de amigo antes e agora estou fazendo de novo. Não foi uma pesquisa fácil, não tem isso na *internet*. É coisa de gente próspera, ociosa e louca. *White people problems.*

— Eu não quis saber...

— No seu lugar, eu teria feito a mesma coisa.

— Era o passado...

Ele negou com a cabeça.

— Uma ova — exclamou. — Era a *religião* dela. Passado, presente e futuro. Pode ser que ainda seja, você não sabe. Quando você ficou doente e teve o desmaio, o que ela disse com você ainda no chão?

— "Ninguém tem obrigação de cuidar de ninguém. Só as mães."

— Ira, as doutrinas deles são... rasteiras, coisa de escolar. E se isso também for doutrina? Você não sabe. Ela não recebeu a moça e o marido? A moça não é da seita? Então? Não é passado, é para sempre. Você foi burro de doer, e eu entendo por que foi burro. Mas burro é burro, mesmo apaixonado.

Eu ri. Kepler desanuviou.

— Tudo isso é lixo, Pilares — completou. — Esquece essa porra. Eu só estou contando pra te ajudar a entender que foi melhor assim. Você teria percebido antes se não fosse tão... *carola*.

— Carola, eu?

— Pra mim, quem acredita em Deus é carola, Ira. Mas vamos voltar pra Pandora, que está viva, linda e livre?

Assenti.

— Pandora remexeu os meus livros e em dois minutos quis saber do cristianismo anônimo. E percebeu a sutileza do conceito instantaneamente. "Deus não tem religião." Alguns teólogos não entenderam até hoje.

Ele propôs outro brinde.

— À Pandora e todas as mulheres notáveis, que não falseiam nem escondem. As que se assumem e dizem "foda-se" para a hipocrisia da "família tradicional brasileira" e do Ocidente. Quem não mente para si mesmo não mente para os outros.

— Amém.

*

Uns amigos vieram e depois se foram. Era domingo, estávamos tirando os times também.

Kepler pôs a mão em meu ombro.

— Ira, se você acreditasse no fim do mundo, e em ser salvo por um disco voador, preservando a si mesmo ao custo de abandonar toda a humanidade, que tipo de pessoa você seria?

Fiquei mudo. Nunca tinha pensado nisso.

De um jeito meio borocoxô, nos despedimos. Eu não sabia, mas era o início de uma semana duríssima.

10. SEQUESTRO

O celular tocou às duas da manhã.

— Sequestraram a Charlotte — disse uma voz masculina. Contida, mas transbordante de tensão.

— Que Charlotte? Quem fala?

— Laércio Tosttes.

Doutor Tosttes, um dos advogados mais influentes do país. Brasília de segunda à sexta, fins de semana no duplex da Delfim Moreira. Eu prestava serviços eventuais de segurança e mesmo treinamento.

— Quem é Charlotte, doutor Laércio?

— Minha mulher.

Eu não lembrava ou não sabia. Aliás, pouca gente fora de seu círculo sabia. Havia camadas de proteção e amortecimento entre o eminente advogado e todos os aspectos de sua vida. Algumas construídas por mim e bem pagas.

— Avisou a polícia?

— Não posso. Se eu procurar a polícia, a notícia vai vazar em dois minutos. Eu sou muito visado...

E odiado também. Como todos os grandes advogados.

— Eu estou em Brasília, Iracy. Charlotte foi sequestrada no Rio.

— O que o senhor sabe, doutor?

Ele inspirou o ar de maneira audível. Mas estava indo bem.

— Eu não sei de nada, Iracy. Nós vínhamos seguindo o seu protocolo...

Essa gente usa relógios de duzentos mil que o ladrão no sinal da esquina, um especialista em seu campo, sabe dizer se é legítimo a um quilômetro de distância. Havia, inclusive, os que operavam em nichos de marcas específicas – para não correr riscos por um *Bvlgari* grafado com "u". Mas o que falhou foi o meu protocolo, entende?

O protocolo, aliás, não era meu. Era internacional. Jamais dar detalhes pessoais, mesmo rotineiros, a funcionários e prestadores de serviços. Evitar, ou ao menos controlar, a exposição nas redes sociais. Burlar a rotina. Evitar os mesmos trajetos, meios de transporte e horários. Se contratar a faca de dois gumes dos serviços de segurança, priorizar empresas cadastradas na Polícia Federal. Instalar rastreadores nos veículos. Adotar localizadores e dispositivos antissequestro.

A família tinha os dispositivos. Eu ajudei a escolher.

— O senhor tentou contato, doutor?

— Não atende...

— Rastreou o carro e os localizadores de sua esposa?

— Os localizadores estavam na bolsa, e a bolsa, dentro do carro.

— Onde?

— No estacionamento daquele hospital famoso em Copacabana, não lembro o nome.

— Doutor Laércio, me conte como o senhor tomou ciência do sequestro — pedi. — É muito importante, doutor.

Eu já tinha visto sequestros que não eram sequestros, mas assassinatos seguidos de ameaça e extorsão.

Ele respirou fundo. Era corajoso.

— Charlotte avisou que ia jantar com uma amiga lá mesmo no Leblon. Eu estranhei a demora, o celular não atendeu. Abri o sistema no computador. Localizei Charlotte e o carro no hospital. Pedi à Teresa, minha assistente no Rio, que verificasse. Minha mulher não estava internada nem tinha passado pela emergência. Teresa foi ao estacionamento, disse que precisava apanhar qualquer coisa no carro e recuperou a bolsa. O localizador da Charlotte estava na bolsa, embrulhado com um bilhete. Aqui... diz "Nós somos profissionais e você também é. Vai acabar tudo bem se você se controlar. Você só aguarde."

— Eles ligaram?

— Não.

— Doutor Laércio, por favor, se concentre. Preste muito atenção no que eu vou dizer e, se possível, não me interrompa. Eu vou instruir o senhor, combinado? É muito importante. Posso? Primeiro, nós precisamos confirmar o sequestro. Quando ligarem, o senhor vai errar o nome da sua esposa. Use um nome francês, como Charlotte. Diga "Então vocês estão com a Louise?". Se eles confirmarem que estão com a Louise, desligue o telefone imediatamente e chame a polícia. Se o corrigirem, diga a verdade. Diga que o senhor não foi à polícia, mas consultou seu assessor. Diga que precisa perguntar uma coisa bem pessoal. O nome da cidade onde a dona Charlotte morou na infância, a escola em que ela fez o primário, o nome da professora, o nome do gato, o nome do primeiro cachorro que ela teve. Se a resposta for incorreta, desligue o telefone imediatamente e chame a polícia. Se estiver correta, responda apenas o que for perguntado, nem uma palavra a mais. Se possível, seja lacônico, responda sim ou não. Cuidado pra não passar nenhuma informação privilegiada. Diga que o senhor não tem condições de tratar do caso...

— E não tenho, Iracy, eu não tenho. Eu estou devastado. Minha angina está gritando...

— Compreensível. Perfeitamente compreensível. Explique que o senhor não está no Rio, mas em Brasília. Diga que o senhor não tem saúde pra cuidar do caso. Que está sob efeito de calmantes e à beira de outro infarto. Mas não represente ao telefone. Não finja, não simule nada. Diga que seu assessor está autorizado a negociar. Que ele vai ser o *negociador* da família. Que vai cuidar de tudo em seu nome e tem ordem para apressar a solução do caso. Eles não vão se comover com isso, mesmo que o senhor infarte ao telefone. O sequestro é o crime mais covarde, é preciso ser um monstro para articular. Eles não têm pena do senhor como não tiveram pena da dona Charlotte. Mas eles têm fome de dinheiro. Diga a eles quem sou eu. Diga o meu nome, diga que estou no *Google*, que saí da polícia, mas saí limpo. Responda tudo o que perguntarem a meu respeito. Não minta. Se o senhor mentir, eles saberão. Mas só fale de mim depois de confirmar que dona Charlotte está mesmo com eles.

— Você quer dizer, depois de confirmar que minha mulher está viva.

Era isso. Ele sabia. Não seria razoável supor que o advogado dos colarinhos brancos não desvendasse a vileza dos homens.

— Doutor, não pense nisso. Nós somos profissionais, como o bilhete diz. Quem dispensa os trâmites e age "sob violenta emoção" é juiz parcial. Muito bem, eu e o senhor manteremos contato por este número em que estamos falando. Mas eu vou lhe dar outro número. Se eles me aceitarem como negociador, o senhor vai repassar o outro número aos sequestradores. É um celular registrado em meu nome, eles podem checar. Mas é um número que ninguém tem, uma linha livre. Quanto ao bilhete, peça à sua assistente pra não tocar mais nele nem deixar ninguém tocar.

Acordei o delegado com quem trabalhei em meus melhores anos como *poliça*, doutor Alencar. Um homem sério, *old school*. Não sou louco de segurar um sequestro sozinho. É assim que as coisas são.

— Sou eu, doutor Alencar, o Ira. É uma emergência. Um caso gravíssimo. Envolve Brasília.

É duro jogar assim, mas precisava de um ouvinte desperto. Entreguei o ouro em trinta segundos. Ele entendeu sem esforço. Laércio Tosttes significava dinheiro grosso. Se o sequestro vazasse, cada policial corrupto do Estado se poria no rastro dos sequestradores. Para quê? Roubar o dinheiro do resgate. Dona Charlotte seria assassinada, como todos os envolvidos.

— Ira, me dá teu endereço. Montei uma equipe paralela. Eu tenho um garoto bom. Vou acordar o sacana.

Senhor Deus, que desespero. Que angústia indescritível. Eu também corri para os remedinhos da angina. Dois em um gole. E ainda ao remédio da pressão, que acaba comigo.

Duas horas depois, por aí, o interfone. Tem um rapaz aqui. Qual o seu nome, meu filho? Rodrigo? Veio a mando do doutor delegado Alencar. Pode mandar subir, seu Paulo, obrigado. Aliás, seu Paulo, se chegar alguém me procurando, não deixa subir direto. Pode ser a Deborah Secco dizendo que me ama, não deixa. Eu sei, seu Paulo, pô, tamo junto, é *nóis*. Valeu mesmo.

A porta do elevador correu. Surgiu um menino magrinho com óculos de aro e uma maleta. Vinte anos, no máximo.

99

— Seu Ira? Desculpa a demora, mas eu moro longe e tive que passar na Secretaria pra pegar umas paradas.

— Sua mãe sabe que você tá aqui?

Ele entrou hesitante, mas não perdeu tempo. Abriu a maleta de dispositivos e começou a encaixar uma "parada" na outra.

— Pra qual aparelho eles vão ligar, seu Ira?

— Esse aqui. Você tá de férias em Hogwarts? Alguém já disse que você parece o...

— O tempo todo.

— Mas o do livro.

Por um segundo, ele interrompeu seu trabalho.

— O senhor leu?

— Eu leio tudo. Até a bula dos remédios que eu tomo. E por isso mesmo eu sei que os médicos não leem. Eu não deveria ler, mas é mais forte do que eu. Bula de remédio é que nem contrato, quem lê não assina. Eu leio tudo e tenho muito orgulho disso. Minha mãe foi operária numa fábrica de tênis na Pavuna.

— Parabéns pela senhora sua mãe. Mas o senhor faz chacota quando fica nervoso?

— Tive uma infância infeliz — brinquei. — No tempo em que "chacota" já era velho.

Ele sorriu, mas era um garoto antenado.

— Todo mundo teve uma infância infeliz — ele disse. — A infância feliz é a forma mais popular de negação. O grande mito da modernidade.

— Boa, Harry, muito boa, na verdade. Mas, me permita, infância feliz é o segundo grande mito moderno. O primeiro é a própria felicidade. É possível ser feliz quando se é um idiota ou um filho da puta. De outro modo, não, é impossível.

— Mas o conceito moderno de felicidade é a foto do *Instagram*. Se der pra fazer foto parecendo feliz, tá valendo.

100

— Essa também foi boa, Harry. Eu tenho uma amiga, uma senhora, que diz que "felicidade é *LSD* de otário".

— Não pode ser, seu Ira. *LSD* não causa dependência. Felicidade tá mais pra *MDMA*.

— *Ecstasy*? Controlando dopamina e serotonina?

— E causando dependência.

— Física, psicológica e emocional. "Felicidade é *Ecstasy* de otário". Fechou.

Eu tinha vivido cinco anos sem réplicas inteligentes. Mas, naquela noite, enquanto me preparava para argumentar contra a vileza dos sequestradores, tive que admitir, é melhor conversar com as paredes do que com os monstros.

Em dois minutos, Harry encaixou o celular nos apetrechos, conectou ao *laptop*, plugou na rede doméstica com um cabo amarelo e rodou um programa por linhas de comando.

— Isso é *Linux*?

— *RHEL*. É *Linux*, mas é mais robusto... pronto. Eu vou gravar a conversa, mas eles vão ouvir em tempo real na Secretaria. O senhor me entende, seu Ira?

— Mesmo sem querer.

— Cuidado pra não virar bode expiatório, seu Ira.

Ele ficou esperando o meu comentário.

— Desculpa, Harry. Com essa hipótese não dá pra fazer *chacota*.

*

Nós nos acostumamos ao silêncio do celular. Houve algumas ligações para o outro aparelho. Sobressaltavam, mas ao terror sucedia a angústia. O doutor Laércio, que não era jovem, desesperava. O amor e o medo da perda do amor o consumiam. Que homem infeliz, mas feliz. Como disse alguém, a tragédia do amor não é a perda, é a indiferença. Doutor Laércio confessou que não tinha coragem de sair de Brasília. Tinha medo de estar em trânsito e perder alguma ligação. Os mil quilômetros de distância não diluíam o horror.

Harry se entendeu com meu sofá, mas eu não pude dormir. Me mantive na poltrona. Alternei a vigília nervosa e sombria com a leitura da *Bíblia* e cochilos eventuais.

Então, às sete e dezessete da noite, mais de dezessete horas desde a primeira ligação do doutor Laércio, o celular determinado tocou e dançou sobre a mesa.

Harry despertou instantaneamente. Ele me encarou com medo, rodou o programa e ergueu o polegar.

Atendi.

— Ira falando — disse.

— A gente sabe quem é você. Teu cheque tem fundo com a gente.

— Obrigado.

— 'Cê tá tentando me rastrear?

— Não tenho como.

— Deixa de *caô*.

— Doutor Laércio me deu ordens pra encerrar o caso o mais rápido possível.

— É fácil. São seis milhões.

— É impossível, senhor.

— O cadáver da coroa é de graça. Posso *passar* ela agora.

— O doutor não tem isso.

— A gente sabe que tem.

— Senhor, não é viável levantar tanto dinheiro em tão pouco tempo. E sem chamar atenção.

— Não tô preocupado.

— Nós estamos. Muito.

— E eu com isso?

— Estamos preocupados com o senhor também. É a ironia do sequestro. As vítimas torcem pelo sucesso do sequestrador para terem seus entes queridos de volta.

Queria ter acrescentado "e por isso o sequestro é tão cruel, seu filho da puta", mas achei melhor não.

— Inteligente, né?

Mordi os lábios. Ele seguiu.

— São seis milhões. Não tem *caô*. Não tem negociação.

— Senhor, dona Charlotte tem certa idade. Ela toma remédios…

— Ela pode ir à praia, se quiser. Ela tá ótima.

— Doutor Laércio não está. Ao contrário, está muito mal. Se acontecer alguma coisa com ele, quem vai pagar o resgate? O sucesso do seu empreendimento é do nosso interesse. O senhor pode, com certeza, ordenar um valor mais razoável.

— Posso, mas não quero, tá ligado? São seis milhões. Notas usadas, aquelas coisas, você sabe o esquema. Pensa que o melhor pra mim é o melhor pra você.

E desligou.

Harry estava lívido.

— Filho da puta arrogante — disse.

— O poder é dele, Harry. Tudo já foi dito sobre o poder, mas não sobre a alma mesquinha. Conseguiu?

— Acho que não, não sei. Não tenho como saber. Eles vão processar na secretaria.

— Ele sabe que está sendo rastreado, só não quer perder tempo discutindo. "Tá ligado" que ele moderou a linguagem e não fez as ameaças de praxe? Vou matar, mutilar, tocar o terror, incendiar? Me senti lisonjeado.

— O senhor o chamou de "senhor" o tempo todo. É uma técnica?

— É medo. Uma vez, prendi um sequestrador. Ele sequestrou um comerciante em Bangu e matou logo depois. Não recebeu nada, acabou preso, eu perguntei por quê. Ele disse que o comerciante o chamou de "meu amigo" e "campeão" na frente dos comparsas. Daí que ele se viu obrigado a matar o camarada. "Se eu não mato, doutor, fico desmoralizado. Como assim deixar passar essa intimidade? Não tem condição." Existe uma lei para cada crime, mesmo no mundo do crime. Seja formal.

— E agora?

— O camarada não *tocou o terror*, mas está jogando. O resgate vai cair para cinco, quatro milhões, talvez menos. Ele é um comerciante que vende a vida dos outros para os próprios entes queridos. Negócio da China. A mentalidade é de quitandeiro, mas ele não deixa de ser um comerciante. Tenho que prevenir o doutor Laércio.

Conversei com o coroa. Doutor Laércio tinha cerca de três milhões em *N* aplicações que resgataria quando o banco abrisse. O dinheiro seria transferido para dona Teresa, sua assistente no Rio, que faria o saque. Pedi que levantasse a quantia, mas só fizesse a transferência quando dona Teresa e eu estivéssemos com o gerente. Isto é, depois que a agência reunisse o valor.

Convenhamos, para que colocar uma tentação no caminho da dona Teresa? A verdade é que as pessoas nos decepcionam. Ninguém sabe o tamanho do Eu que o Outro tem. A Terra é redonda, eu vi muita coisa, como todo *poliça*. Doutor Laércio entendeu, mas não comentou.

A Secretaria de Segurança ligou enquanto eu falava com o advogado. Eu os fiz esperar. Tinha que deixar claro, duas operações ocorriam em paralelo, a minha e a deles. Era isso ou perder o controle da situação.

O doutor Alencar, meu amigo delegado *old school*, estava ao telefone. Ele entendeu.

— Você está indo bem, Ira. As coisas aqui estão em segurança máxima. O Secretário se envolveu pessoalmente.

— E esta conversa?

Ele calou e desconectou. Ligou novamente do seu próprio aparelho.

— Pronto — disse de cara. — Não estou grampeado. Eu assinei as requisições.

— E eu?

— O número que os sequestradores têm. Como eu dizia, o Secretário abraçou o caso.

— Doutor, o Rio teve seis ou sete governadores, e uns três chefes de polícia, presos por corrupção ou coisa pior nos últimos vinte anos. Mafioso no Rio é "contraventor". Quem escolhe os chefes e os secretários? Não estou acusando ninguém de nada, mas é assim que as coisas são.

— O doutor Tosttes é um problema político. Para o governador, o lucro é o resgate da dona Charlotte, outra história. Foco, Ira. Foco.

A princípio, os criminosos utilizavam dispositivos capazes de dificultar a triangulação. A elite da Divisão Antissequestro, inclusive dois ex-policiais aposentados, trabalhava no caso.

— Doutor, uma última coisa. O senhor reparou, eu sei, ele disse que dona Charlotte poder ir à praia, se quiser. Eles podem estar numa ilha da Baía de Guanabara ou em algum ponto isolado na costa do estado.

— São seiscentos e trinta e cinco quilômetros.

— Eu sei. Mas seria bom deixar os bombeiros, a marinha e até a FAB de prontidão.

Doutor Alencar me deu instruções e nós voltamos à espera.

Por volta do meio-dia, doutor Laércio informou que o dinheiro estava na agulha, era só disparar. Um total de três milhões e meio. Ele e a assistente, dona Teresa, tinham um banco em comum no Rio. O advogado ilustre conversou ao celular com a gerente, que estava providenciando o montante em notas usadas, não seriadas, difíceis de rastrear. A gerente, uma profissional vivida, não fez perguntas.

O interfone tocou às duas da tarde. Um tal Nunes, a mando do meu amigo delegado. Harry confirmou.

— Nunes é da equipe colateral, seu Ira.

— Se me chamar de "senhor" de novo, é melhor fugir de casa, Harry. O que é a "equipe colateral"?

— O pessoal que o delegado Alencar convoca em situações *sensíveis*.

— As que não podem transpirar.

— É complicado, tem que remanejar as verbas…

— Você conhece o Nunes, então.

— Só de nome.

Não abri a porta. Peguei o calibre trinta e oito na gaveta e fui para o olho mágico.

Um tipo curioso saiu do elevador. Baixo, fora do peso, barba por fazer, terno amarrotado, gravata barata, nó do tamanho de uma tangerina. Eu poderia soldar um portão com aqueles óculos escuros. Digo isso porque o boné surrado fazia propaganda de uma serralheria em Brás de Pina, um improviso contra as câmeras. Ele não tocou a campainha. Encarou a porta e esperou.

— Harry…

O garoto olhou pelo olho mágico e deu de ombros, sem reconhecer o camarada. Pedi que recuasse, enxotei-o para o interior do apartamento e entreabri a porta. Tive o cuidado de não expor a arma.

— Pois não?

Nunes me encarou sem expressão. Lento, metódico, abriu bem o paletó, entendi que no ângulo da câmera no corredor. Do bolso interno, retirou um envelope de papel pequeno, estampado, do tipo que embala lápis e canetas na papelaria e no camelô. Ele manteve a aba do paletó esticada, esperou que eu pegasse o envelope, e apontou o interior do apartamento com queixo. Ajeitou o terno, deu meia-volta e, como se diz, *desceu no mesmo elevador*.

Tranquei a porta e passei a corrente. Harry me observava com ansiedade.

— Ele disse que é pra você. — E entreguei o pacote.

— O localizador — explicou, exibindo um dispositivo com rabicho, semelhante a um *pen drive*, mas muito menor. — Pra juntar com o dinheiro.

Neguei com a cabeça.

— Não vai acontecer.

— Como?

— Quer apostar que vão pedir uma transferência? Vai por mim, Harry. Nem bandido anda com dinheiro por aí, só os políticos.

— Mas o senhor... você orientou o advogado.

—Aporrinhação mata, Harry. Doutor Laércio está à beira do colapso e precisa se ocupar.

O outro celular tocou. Detetive Rodrigues, o Rô. Não atendi. Precisava estar concentrado e disponível.

Meu Deus, como isso me custou. Os sequestros aconteciam no mesmo universo em que um homem pacato como o Bosco aparecia morto em um cemitério a mais de quatro mil milhas de sua cama.

— Eles estão nos cozinhando, Harry. Vão ligar amanhã, no mesmo horário, recusar a proposta, fazer dois dias de silêncio e negociar de novo. É assim que as coisas são.

Estávamos almoçando quando o interfone tocou. Cíntia queria subir. Harry reagiu, vermelho como um tomate.

—Amiga sua?

—Futura esposa e mãe dos meus três filhos.

— Ela sabe?

— Nem sonha.

Cíntia, uma moça bonitinha da idade do Harry, vestida de preto dos pés à cabeça, fora escalada para rendê-lo. Ele perguntou se poderia ficar um pouco mais. Enchi a bola do garoto.

— Você quer saber o desfecho do caso, né, Harry? Você não é só um camarada muito, muito inteligente. Você é um camarada do bem. Cíntia fica com meu quarto, você já conhece o sofá, a poltrona me conhece.

Cíntia não fez cerimônia.

— Ira — chamou. — Não leva a mal, mas eu tô *cheia de rango*. Tem almoço aí?

— Bem-vinda ao Éden dos Congelados. — Apontei a geladeira. — Pode escolher. Tem suco, chá gelado e refrigerante zero. Se a lasanha for intimidante, no escritório tem uma esteira ergométrica.

Meus hóspedes eram *hackers*. E tinham sido pegos com as mãos nos *bytes*. Mais travessura que crime, apesar dos protestos iracundos de certo partido de extrema-direita. Em lugar de puni-los, doutor Alencar os recrutou. Uma ação socioeducativa informal, que rendera frutos para ambos os lados.

A juventude é contagiosa. Ouvi-los conversar entre si me restaurou. Mas, à medida que o relógio corria, a atmosfera opressiva nos contaminava.

O celular tocou pouco depois das sete da noite. Cíntia assumiu o posto e fez um assentimento.

— Ira falando.

— As coisas mudaram.

Gelei. O casal também. O sequestrador esperou que o silêncio catalisasse a tensão.

— Quatro milhões agora — disse. — Na conta que eu vou passar.

— Senhor, doutor Laércio não tem quatro milhões, tem três milhões. São seus. É só abrir o aplicativo.

— Vai jogar comigo? Deixa de *caô*. Quer encontrar a dona numa vala, caralho?

— Não, senhor. Três milhões é o que foi possível levantar. Doutor Laércio não quer regatear a vida da esposa, e eu não posso pechinchar. Eu tenho ordens, senhor, sou pau-mandado. Por favor, vamos resolver isso agora. Vai ser bom pra todo mundo. Melhor ainda pra dona Charlotte.

Ele ficou em silêncio. Harry acionou o cronômetro no relógio e marcou. Mostrou um dedo, um minuto. Depois outro.

Depois três.

— Anota.

— Pode falar.

— Quatro milhões.

E desligou.

Estendi as mãos e pedi silêncio. Não deixei que Harry nem Cíntia falassem.

— Três minutos cronometrados — murmurei. — Ele fez suspense de olho no relógio. Tem método, mas começou a se perder.

— O senhor não acha que devia ter oferecido os três milhões e meio? — perguntou Harry, aflito.

— Ele tem que acreditar que foi a pressão dele que cavou quinhentos mil a mais. Ele vai ligar de novo. Quinze minutos, meia-hora.

Foram vinte e cinco minutos.

— Ira falando.

— Vai parar de *caô*, ô filho da puta?

— Senhor, doutor Laércio conseguiu um empréstimo pessoal de quinhentos mil reais. Ele não tem mais de onde tirar dinheiro. Por favor, senhor, vamos encerrar o caso. O poder é seu. Só quem tem o poder pode fazer concessões.

Ele me deu a conta. Um banco regional em outro estado. Uma agência no interior.

— Cinco minutos, Ira — rosnou. — Se não acontecer, vou *passar* a coroa. Eu não vou ligar de novo, tá ligado? Mas um dia a gente vai se encontrar. *Torce pra ser tudo certo.*

Liguei para o doutor Laércio imediatamente. Repassei os dados e acompanhei a transferência pelo celular, junto com ele.

— Foi — disse o advogado, com um suspiro maior. — Estou indo pro aeroporto. Vou pegar um *Gulfstream* ou um *Learjet*. Você acredita em Deus, Iracy?

— Deus é a realidade máxima.

— Reze pela minha Charlotte. Por favor. Por favor.

A espera seria um horror maior.

— Alguma coisa aconteceu — eu disse, tão logo desliguei. — Uma negociação tão fácil e tão rápida é atípica.

Harry era um garoto experto.

— Ira... reparou que...

— Reparei.

— O que foi? — perguntou Cíntia, olhando de um para o outro.

Deixei que o rapaz explicasse. "Conta ponto", como diria o Chico Raiz.

— O sequestrador disse que "as coisas mudaram".

— Então...

— Dona Charlotte pode estar morta — Harry completou. — Um mal súbito, uma tentativa de fuga, alguma desavença entre eles.

Outra ligação. A Secretaria de Segurança. Os garotos estavam dispensados. Eu deveria encaminhar o celular para o Centro. Eles estavam assumindo o caso na marra. Naquela altura, se dona Charlotte estivesse viva, seria profilático. Era o momento da pressão sobre os sequestradores.

— Eu vou entregar o celular nas mãos do doutor Alencar. Me dá a pasta com o equipamento que eu entrego pra vocês. Onde vocês moram?

— Realengo.

— Tem um ponto de táxi aqui na esquina. Vocês vão pra casa de táxi, eu vou cuidar disso, fiquem tranquilos. Obrigado por tudo, Harry. Obrigado por tudo, Cíntia. Sem vocês, eu estaria dando com a cabeça naquela parede. Apesar de tudo, foi como frequentar um filme da *Sessão da Tarde*. Ruim, mas divertido. Faltou o cachorro.

Harry assentiu.

— Eu tenho um cachorro.

— É claro que tem.

Despachei o casal no ponto e segui de táxi para a Secretaria. Não queria perder tempo tentando estacionar. Levei a mala, o rastreador no envelope estampado e o celular que queimava em minha mão.

Na portaria havia ordens para que Iracy Barbosa fosse encaminhado imediatamente. Quando dei por mim, estava em uma sala reservada, com ar-condicionado no máximo e gente glacial. Uns engravatados graves e solenes. Alguns me cumprimentaram pelo bom trabalho, outros me olharam como se eu fosse um imbecil, eu mesmo não sabia. Tudo dependia do retorno de dona Charlotte.

O secretário de segurança queria me ver. Doutor Alencar me acompanhou.

— Fale só o necessário, Ira — admoestou. — Você está tenso, ressentido com a polícia e tem a língua afiada. Lembra que não foi ele quem te fodeu.

Ele tinha razão. Assenti.

O secretário me recebeu de pé, cumprimentou e foi direto ao ponto.

— Em tudo você se saiu muito bem, Iracy. Eu falei com o doutor Laércio Tosttes. Ele disse que não teria conseguido sem você.

— Ainda não terminou, secretário.

— Mas você fez o seu melhor. Quer voltar pra polícia?

Ficou aquele silêncio. Acabei me apressando.

— Eu fico honrado com o seu convite, secretário, é muita consideração. Mas o meu tempo passou.

— Entendo. Mas enquanto eu estiver naquela cadeira, a porta está aberta pra você. Se precisar, se quiser, vem me ver... — ele tocou o ombro do doutor Alencar. — Esse homem aqui é seu amigo. Um dos poucos que você tem. Se ficar difícil o meu acesso, ele traz você a mim. Não é, doutor?

O delegado Alencar bateu em meu ombro.

— Vai pra casa e tira um cochilo. Um cochilo de doze horas.

11. VÂNIA

Abri os olhos e a *internet* na manhã seguinte. O sequestro de dona Charlotte era notícia. Havia mensagens no celular. Patrícia de novo, inclusive.

Resolvi checar.

Um pedido de documentos pessoais que tive o cuidado de entregar em um *pen drive* na separação. Eu sabia que ela ia perder. Então, me negando a ser mesquinho em um mundo de filhos da puta, juntei tudo, mandei sem comentários e apaguei os dados. Como previsto, Patrícia nem agradeceu. Se ela soubesse quão agradáveis são a distância e o silêncio, teria agradecido efusivamente, é assim que as coisas são. Uma boa notícia de dona Charlotte e seria o dia perfeito.

Uma breve mensagem do Rodrigues com *s*. Telefonei.

— Rô, sou eu. Desculpa o sumiço, mas você não sabe o abacaxi que eu descasquei.

— Tô sabendo, Ira. Eu e todo mundo. Tô na torcida do final feliz. Tem uns caras aí secando a vida daquela senhora só pra ver você fritar. Sempre tem um filho da puta.

— Mais de um, é assim que as coisas são. O que você descobriu?

— Não tem ninguém com aquela tatuagem no sistema. Nem um losango, nem dois nem três.

— Entendi.

— Mas tem uma desaparecida. Uma moça.

Engoli em seco.

— Você conseguiu o IFP da moça, Rô?

— Limpeza, sem anotação. Só encontrei o boletim e uns relatórios. Copiei nome, RG, CPF e o endereço da prima. Queria falar com você antes de enviar o *e-mail*.

— Não sei como te agradecer.

— Eu também não, Ira. Ainda tô devendo.

*

Dona Charlotte foi libertada na madrugada seguinte. Uma praia menor no município de Magé. Praia da Madame, uma ironia. Ela não soube dizer em que barco chegou ali. A julgar pela descrição, uma traineira comum, com motor a diesel.

O barco se aproximou da praia, ela pulou vendada, com água pela cintura, foi guiada até a areia, instruída a manter a venda e contar lentamente até duzentos. Não lhe passou pela cabeça desobedecer. Não se voltou, não arriscou ver ninguém, até porque, sem óculos, não veria nada. Ouviu o motor se distanciar com alívio crescente e só então seguiu adiante.

Pela manhã, entrou em uma vendinha que abria as portas. Contou o ocorrido, foi socorrida e alimentada. Pouco depois, estava em uma viatura da PM e nas redes sociais.

À noite, doutor Laércio ligou. Não lembro se alguma vez ouvi uma voz mais feliz. O fracasso do amor é normal, só o amor frustrado é eterno. Aquele, *inconsumado*, alimentado na solidão do Eu e em silêncio. O resto se apaga ou apodrece. Como dizem em Sampa, o amor é a Avenida Paulista, começa no Paraíso e termina na Consolação, uma distância daqui a ali. Eis um homem de fortuna, pensei, e a julgar pela alegria, bem-informado disso.

Dona Charlotte passava bem. Nervosa ainda, mas atenuada. Não havia sofrido ameaças nem maus-tratos. Ao contrário, manifestava leves traços de uma mal conjecturada "síndrome de Estocolmo".

Dias depois, o advogado fez chover na minha horta. A secretária no Rio, dona Teresa, avisou. Doutor Tosttes foi generoso. Subtraí vinte por cento e dividi entre Harry e Cíntia. Fiz dois garotos felizes e ainda paguei algumas prestações do *Onix* de uma vez.

*

Vânia Goulart. Solteira. Então com 27 anos, por aí. Desaparecida uns dois anos antes do Bosco. Profissional de marketing e comunicação. Artista plástica sempre que podia. Natural de Minas Gerais. Morena, baixinha, bonita, com uma pinta grande na bochecha esquerda, muito charmosa. Tinha uma prima em Botafogo, Thaís, com que dividira o apê.

Pedi para Valesca ligar. Ela podia tudo com seus telefones e voz de hortelã. Thaís topou me receber em uma tarde de quarta-feira.

O prédio era antigo e estreito. Os apartamentos eram enormes, um por andar. Thaís o dividia com duas amigas. Era uma moça muito bonita, serena e delicada. As amigas estavam em casa. Uma delas, Camila, acompanhou a conversa.

— Vânia morava com você — comecei.

— Nós viemos estudar no Rio e ficamos depois de formadas.

— Ela se formou em quê?

— Publicidade. — Thaís se voltou para Camila. — Você não conhece a Vânia, conhece, Camila?

Reparou o verbo no presente? "Você conhece?" Sem presunções ou conclusão. Sem confirmar a suspeita, sem ferir sentimentos e suscetibilidades. A vida no limbo. Chama-se "esperança". É o que faz a gente levantar da cama de manhã.

Camila fez que não. Se não estava ali para apoiar a amiga, era fofoqueira. Tinha cara de fofoqueira.

— O que aconteceu, Thaís? — perguntei.

— Ela não sumiu aqui. A gente não sabe direito. Ela foi passar as férias em Cananéia, já ouviu falar?

Fingi que não. Precisava ouvi-la.

— Litoral Sul de São Paulo — ela disse. — A cidade mais antiga do Brasil. Não é oficial, mas Cananéia foi fundada cinco meses antes de São Vicente, em 1531. Um lugar muito lindo.

— Você conhece?

— Eu sou formada em História — explicou. — Estive lá duas vezes antes da Vânia e uma vez depois. Desculpa, mas qual o seu nome mesmo?

Primeiro, fiz uma careta.

— Meu nome é Iracy. A culpa não é minha, foi mamãe que escolheu. — Sorri. — Me chame de Ira. Tudo a ver com meus métodos.

Riram. Thaís, um pouquinho acima do tom. Sintoma de tensão.

— Qual o seu signo? — perguntou Camila. Pros fofoqueiros, a astrologia é uma das viabilidades do mexerico.

116

— Desculpa, eu não faço ideia — escapuli, me voltando para Thaís.
— Você não sabe onde a Vânia desapareceu? Como é isso?

— Ela ligou pra minha tia e disse "Estou voltando". "Quando?" Ela riu e disse "Olha, eu nem fui ainda, mas tô voltando do vale. Só eu saí pra trazer a novidade", uma coisa assim. A ligação caiu e ela não ligou de novo.

— "E só eu escapei para trazer-te a nova."

— Você sabe o que é isso?

— É do *Livro de Jó*. Vocês estranharam?

— Vânia é assim. A gente ficou sem saber se ela sumiu por lá, no caminho pro Rio ou quando chegou ao Rio. O desaparecimento foi registrado aqui e em Cananéia. Mas isso já tem mais de dois anos. Essa incerteza…

— A incerteza é a condição mais exaustiva do mundo, eu entendo. Vânia tinha uma tatuagem, não tinha?

— Nas costas. Três losangos. Um por dentro do outro.

Mostrei o celular. Não a foto do Bosco, mas um esboço à caneta.

— Parecia com isso?

— Assim mesmo — Thaís contristou. — Você sabe o que é?

— Você sabe?

Thaís revirou os olhos. Uma lembrança desagradável.

— Minha prima é um amor de pessoa. Uma pessoa muito boa. Mesmo. Mas ninguém é perfeito, e ela tem um lado idiota. Vânia não tem discernimento pra julgar as coisas. Ela acredita em tudo. Que nem essa aí. — E sorriu sem entusiasmo para Camila.

— Ela fazia parte de alguma… agremiação?

— Hum-hum. Um centro de estudos. Uma coisa assim.

— Isso pode ser importante. Você tem meios de checar, Thaís?

— Você quer saber o nome?

— Por favor.

117

Ela sumiu no interior do apartamento. Ouvi portas de armários sendo abertas em sequência.

Camila voltou à carga.

— Qual o seu signo?

— Você acredita em horóscopo?

— Acredito em astrologia.

— Uma fina distinção. Você pode esclarecer uma coisa pra mim?

— Se eu souber...

— O que é o "efeito Forer"?

— Não conheço. O que é Forer?

— É "quem". Um astrólogo famoso, você vai gostar de ler. Me diga, que planeta rege o signo de peixes?

— Netuno.

— Sabe em que ano Netuno foi descoberto?

— Não.

— Em 1846. Sabe que planeta regia peixes antes?

— Não.

— Júpiter. Complicado, né? Plutão rege que signo?

— Escorpião.

— Plutão só foi descoberto em 1930. Antes, quem regia escorpião era Marte. Mais complicado ainda.

— Eu estudo astrologia védica.

— Jyotisha? É quase a mesma coisa, só que mais recente. Os conquistadores persas e Alexandre levaram a astrologia da Babilônia para a Índia.

— Você estuda astrologia?

— Sabia que a astronomia é mais antiga que a astrologia?

— Você estuda astrologia.

— Querida, dois compositores, Brahms e Tchaikovsky, nasceram em 7 de maio.

— E?

— A promotoria encerra.

Ela sorriu sem entender, como fazem os tolos.

Thaís voltou com uma caixa de sapatos.

— Desculpa a demora, tive que procurar... coisas da Vânia... eu guardei. Minha tia é crente, não quero que ela veja essas coisas.

Ela se sentou com a caixa no colo e duas mãos sobre a caixa. Memórias de Vânia, a tia já tinha lembranças demais. O amor justificava a decisão de guardar para si, assim como lastreava os piores crimes.

"Não quero que ela veja."

— A polícia teve acesso a isso?

— A polícia nunca veio aqui.

— Posso olhar?

Ela me passou a caixa com relutância. Abri.

Havia notas em folhas de caderno e de bloco. Folhetos impressos a jato de tinta e a *laser*. Papel ordinário, tamanhos A4 e Carta dobrados. Parecia improviso, mas podia ser dissimulação.

Li menções ao gnosticismo cristão e práticas sexuais. Procurei por discos voadores e calendário maia, mas o negócio ali era outro. Os textos eram escritos para servirem como lembretes, não para serem compreendidos por gente de fora.

Thaís não escondia a impaciência. Me apressei. Concentrei-me nas folhas de caderno com letra de adolescente.

Então surgiu.

Um fragmento.

A letra mínima.

Difícil ler.

De um lado

$$CH^2S$$

e do outro

CÍRCULO HERMÉTICO E HERMENÊUTICO DO SELF

nada mais.

— Posso fotografar?

Ela checou o papelzinho entre meus dedos, pensou e disse que eu podia.

— Não repara, mas tenho quer proteger a privacidade da minha prima…

— Você faz muito bem.

Fotografei com o celular. Não me atrevi a perguntar se poderia fotografar mais. Outro dia, talvez, se merecesse sua confiança.

— Eu devia ter pensado nisso — murmurei. — Agora entendi o losango. Aqui, ele representa dois triângulos, uma base contra a outra. Unificação do consciente com o inconsciente. O *self* de Jung.

— Você também estuda essas coisas? — perguntou Camila, com malícia.

— Eu estudei pra ser padre, acredita? São oito anos, eu saí no quinto. Deu tempo de estudar Freud e Jung.

Thaís achou estranho.

— Pra refutar? — perguntou. — Acho difícil, tanto um quanto outro.

— Não sou neurocientista. Estudei Freud e Jung para entender suas razões.

Ela devolveu o papelzinho à caixa e a caixa ao colo. Já podia sorrir.

— E qual dos dois você segue? — quis saber.

— Sou leigo, não preciso arbitrar um embate. Freud e Jung são dois caminhos diferentes para o humano.

— E qual o melhor caminho?

— O que te resolve.

— Mas são *muito* diferentes.

— Veja que riqueza é o ser humano, que não se esgota com nenhum dos dois. — Mudei de tom. — Thaís, quando criança, você plantou feijão no algodão molhado, lembra? Lembra, Camila? Eu também. Um pires no canto de uma caixa como essa, um furo na outra ponta. Lembro do caule que surgiu. Imenso, encorpado, muitas vezes maior que o feijão, atravessando a caixa em busca de luz. As pessoas produzem a mesma grandeza quando buscam a luz. Freud, Jung, eu, vocês... Os fenômenos químicos, elétricos e eletroquímicos são engrenagens, mas o relógio é maior.

Thaís entendeu. A derivação correta nublou o seu semblante.

— Minha prima escolheu um caminho...

A palavra lhe faltou.

— Heterodoxo — abreviei. — Ela e muita gente.

— Por quê?

— Algumas pessoas são infantis. Diga que tem um segredo e elas virão em bandos.

— Escorpião — disse Camila. — Você deve ser escorpião.

Thaís sorriu e fingiu revirar os olhos.

— Pesquisa o "efeito Forer", Camila.

— Eu acertei?

— Não passou nem perto.

12. CH²S

Em casa, liguei para Valesca. Pedi que procurasse pelo *Círculo Hermético e Hermenêutico do Self*.

Falei com Kepler também.

— Interessante — ele disse, me aconselhando a pesquisar "círculos hermenêuticos". — Não é só o nome da seita, Ira. É um conceito hermenêutico, entende?

— Não mesmo.

— "Círculos hermenêuticos" são um método interpretativo. A defesa da autonomia metodológica das ciências humanas ante as ciências naturais.

Tinha tudo a ver com o clássico Freud *versus* Jung mencionado por Thaís. Uma sincronicidade. E uma esnobada na vulgaridade do cientificismo.

Tenho pavor de IA, mas pedi à máquina que fizesse um resumo. Resumo, bem entendido, não a grandeza mínima da síntese. Juro que uma vez uma IA conversou comigo, fora de seu contexto, pelo *streaming* no meu velho *Gol*. Uma coisa que me desencantou com o possante muito mais que a ferrugem. Kepler disse que eu estava bêbado, mas não é verdade. Eu estava, justamente, a caminho do bar.

A IA resumiu em um instante.

> "Círculos hermenêuticos. Segundo o conceito, a compreensão de um texto ou obra ocorre por meio de um processo circular, no qual o todo é compreendido em relação às suas partes, e as partes compreendidas em relação ao todo. Em outras palavras, a interpretação de um trecho específico de um texto é influenciada pela compreensão do texto como um todo, e vice-versa. Esse processo de compreensão contínua e interconectada é conhecido como o 'círculo hermenêutico'."

Santo Agostinho defendia que a interpretação das Escrituras exigia a compreensão holística e contextual. Cada parte do texto deveria ser interpretada à luz do todo e vice-versa. Seu *"crede, ut intelligas"*, *creia para entender*, caroço de feijão do Argumento ontológico de Santo Anselmo, também era a semente do tal círculo hermenêutico. Em termos mais simples que a IA, em síntese, compreenda o todo para entender as partes, entenda as partes para compreender o todo.

Infeliz coincidência, Bosco morreu em Saint Augustine.

Enviei um *zap* à doutora Elisa pedindo contato. Ela retornou no mesmo dia. Eu disse que continuava investigando o desaparecimento de seu pai, sem entrar em detalhes. Até porque continuava no escuro.

— Estou tateando, doutora — expliquei. — Mas toda pista, por menor que seja, é valiosa.

— Fico grata assim mesmo.

— Preciso confirmar com a senhora uma instituição. O nome "Círculo Hermético e Hermenêutico do *Self*" soa familiar?

— Não, não me lembra nada. Círculo...?

— *Círculo Hermético e Hermenêutico do Self.* A senhora pode procurar nas coisas do seu pai? No *laptop*, gavetas e papéis?

— Não temos a senha do *notebook*.

— Nesse caso, vou sugerir duas senhas pra senhora experimentar. Primeira, CH2S. Segunda, CHHS. Mas, por favor, não esqueça de procurar por algum folheto, anotação, agenda... O que surgir, com algum caráter religioso ou filosófico, pode ser importante.

— Papai era ateu.

Pensei em Kepler, materialista convicto, que se interessava por religião como dado antropológico.

— Algumas das melhores pessoas que eu conheço também são, doutora. Não acreditar em Deus não é problema. O problema é acreditar em tudo.

*

Luciana, a moça atraiçoada pela analista, ligou. Agradecendo a solidariedade, me fez um PIX com o dobro do valor combinado. Contou que foi um esforço enorme dissuadir o pai de processar a "profissional".

— Eu só quero esquecer, Ira. Chegou pra mim.

— Ando lendo Santo Agostinho por causa de um caso. "Ame e faze o que quiseres."

— Então minha analista e o Diego leram Santo Agostinho.

Ela riu um riso meio assim.

— O Diego sabe que a mulher…

— Era minha analista? Sabe, mas não quer saber, sabe? Pra ele, tudo bem.

— A frase completa de Agostinho é "Uma vez por todas, foi-te dado somente um breve mandamento: ame e faze o que quiseres. Se te calar, cala-te movido pelo amor; se falar em tom alto, fala com amor. Se perdoas, perdoa por amor. Tem no fundo do coração a raiz do amor: dessa raiz não pode senão sair o bem."[2]

— Isso quer dizer…

— "Amor" é um nome para muitas coisas. Mas, se não é ético, pode continuar sendo amor, mas não vale a pena. Se não é solidário, se não é justo, se não te socorre, se não chega junto, se não come um quilo de sal junto com você, não vale a pena. O egoísmo chama qualquer migalha de "amor" no seu próprio interesse.

— Eu não sou rancorosa…

— Ótimo. Muita gente por aí só cuida do próprio rabo e não quer saber de mais nada, desculpe o termo. Mas isso, Luciana, não é problema seu. É problema deles.

*

A doutora Elisa enviou uma mensagem de voz na segunda-feira. Detesto, não ouço, questão de princípio. Encaminhei para a IA, que transcreveu.

"Seu Ira, bom dia. Olha, eu procurei e não encontrei nada, nem notas nem folhetos, nada [e blá-blá-blá, coisas que as pessoas não citam quando escrevem porque pensam melhor ou têm preguiça]. O *notebook* do papai estava vazio. Mas… a senha funcionou. Abri o *note* com a senha 'CH2S'. Isso é importante?"

Ô.

---

2 "Comentário da Primeira Epístola de São João", VII, 8. Paulinas, 1989.

Pedi acesso ao *laptop* e recebi no dia seguinte pelas mãos de um *motoboy*. Combinei com Kepler e levei o dispositivo à universidade. Ele prometeu investigar assim que pudesse. Estava curioso também.

— Interessante — ele disse. — Outra seita na vida do Ira.

— Você pode pagar pela educação, mas não pode comprá-la.

— Precisa suar a camisa. Daí que...

— ... a vida ensina tudo que a gente tem que aprender. Por bem ou por mal. Huxley disse que "toda coisa que acontece é intrinsecamente semelhante a quem acontece".

— Mas isso não explica por que tinha que ser você. Outra seita, Pilares? Puta que pariu. Você é ecumênico, toma um banho de sal grosso.

— Dois. Com água morna e água fria.

13. SALTO AGULHA

No calor miserável do Rio, a voz de hortelã da Valesca nem sempre era refresco.

— Ira, eu tenho perguntado às minhas meninas se alguém lembra de alguém com tatuagem de losango.

— Não é uma palavra comum.

Val se queimou. Não falei por mal e ela sabia, mas me deu uma lição.

— Qualquer canto dessa cidade tem bunda bonita. Bunda não segura o cliente, o negócio é a cabeça. Eu vendo papo e escuta, bunda é *clickbait*, uma isca. Minhas meninas são inteligentes, quem escolhe sou eu. Algumas são mais humildes, é *vero*, mas todas são espertas. Não sabe o que é losango? Losango é pipa, meu amor, resolvido? — E mudou de tom. — Tá sentado?

— Não, mas tenho onde cair.

— Uma das meninas sabe de um cliente com a porra da tatuagem igual à do Bosco.

Calou. Não sabendo meu papel, se me cabia perguntar da garota ou do cliente, apelei.

— Você vai me contar?

— O cliente é pastor evangélico.

— O diabo tem muitos infiltrados nas igrejas.

— A garota é a Dandara Drummond.

— A Carla?

— Como você sabe o nome da Dandara?

— Eu tenho poderes.

"Carla não é metade do que parece nas fotos, Ira."

"A metade já tá bom."

Logo seriam dois anos desde o sumiço do Bosco. Ou mais?

— Lembrei, seu bobo, quem não te conhece que te compre. — Val mudou de tom. —Você vai ter que gastar um dinheiro com a Dandara, Ira. Eu vou agenciar, vocês vão conversar, mas ela vai cobrar o programa. Se quiser se divertir, aproveita, fechei o pacote. Te digo que quem inventou o esquema fui eu. É justo, Ira. Dandara vive disso e o custo dela é alto. Beleza é mais caro que saúde.

Valesca disse o valor. Mais barato que Pandora e muito mais barato que cortejar, é assim que as coisas são.

— A Carla pode hoje? Dá pra marcar logo mais?

— A Dandara pode hoje, dá pra marcar logo mais. Mas pra você é "Dandara". Dan-da-ra. Foi um vacilo meu, a garota tem direito à privacidade. Pode fazer o PIX.

*

De fato, a loira que saiu do elevador, branca em tom de *biscuit*, de cabelos quase brancos, de olhos claros como castanhas maduras, não tinha a beleza agressiva de suas fotos. Mas, que conste nos autos, ao vivo e a cores era linda de modo inapelável. De uma graça categórica. A extravagância da simetria. A encarnação da Sinfonia *Paris* de Mozart.

Viver é morrer. Cada um de nós só tem um instante de perfeição, como diz o soneto. Dandara Drummond lembrava a juventude de Brigitte Bardot. Uma versão mais felina, mais leoa, mais… *voluptuosa*. Era fácil imaginá-la deslumbrante aos sessenta anos. Os peitos maciços, a palavra "seios" não cabe, faziam a cintura encolher, enquanto a cinturinha inflava os peitos. Era uma mulher material, mas tão suave que *parecia uma aparição*. Um fenômeno místico. Para qualquer homem, seria impossível olhar uma beleza assim e não pensar em sexo, amor ou crime, depende do homem. Digo o mesmo para muitas mulheres também.

"Val", pensei, "como assim 'Carla não é metade do que parece nas fotos'? Tudo bem que o fotógrafo é um Helmut Newton, um Bob Wolfenson, uma Ellen von Unwerth. Mas a gente vai ter que ver essa catarata…"

Ela parou diante de mim e juntou os pés nos saltos mais altos que já vi. Perfilada, fazendo uma silhueta irretocável, sorriu. Um sorriso mais brilhante e mais caro que o meu *Onix* Branco *Summit*.

— Oi, Dandara, há quanto tempo.

— Nós nunca saímos, Ira.

Puta que pariu de rosca, que delícia. Ela falava baixo, do jeito que impõe silêncio ao outro. A voz, melíflua, era rouca, deliciosamente rouca, irremediavelmente rouca, impiedosamente rouca. Pensei em pegar um livro para ela ler pra mim. *Guerra e Paz* ou *Os miseráveis*, não queria abusar.

— Depois de ver suas fotos, eu saí com você umas três vezes.

Ela inclinou o rosto cinco graus para direita. Cheguei a pensar em casamento, mas me controlei. Chama-se "profissionalismo".

— Que bom. Já estamos íntimos. Você vai me convidar...

— Você é tão bonita que eu me distraí.

Ela passou por mim, eu tranquei a porta e mostrei que a chave permanecia no cilindro. Ela assentiu com naturalidade e se perfilou de novo, à espera do gesto em direção ao sofá.

— Por favor. O que você bebe?

— Bebida de mulher.

Não arrisquei.

— Qual?

— *Uixqui* — disse, com aquela voz rouca e sotaque carioca.

Moça de sorte. Naquele mês eu tinha um *Jack Daniel's* lacrado e dois terços de um *Buchanan's*. Mostrei as garrafas, uma em cada mão. Ela inclinou o rostinho para o *Jack Daniel's*. De novo a vontade de casar.

— Ele só bebe *Buchanan's* — murmurou.

— Ele quem?

— O seu pastor.

Sorri.

— O Senhor é meu pastor, menina.

— *Buchanan's*, reserva especial, dezoito anos.

— Uísque de otário — eu disse, deixando as garrafas na mesa para buscar os copos. — A filtragem dos álcoois ruins do uísque pelo barril de carvalho leva doze anos. Nem mais, nem menos. Ninguém na Escócia bebe uísque com menos de doze ou mais de doze. O uísque dezoito eles exportam para os "novos ricos", otários e esnobes em geral.

— Ele não é otário. É até perigoso.

Ela preferia *cowboy*. Servi meu *Buchanan's* com água para fazer render e me manter ligado. Brindamos. Ela repuxou a saia e levantou a perna direita. O salto da sandália era uma arma letal.

— Gostou?

— Gostei de tudo, na verdade.

— Ele me deu a sandália. Fazíamos um ou dois programas por mês, eu ganhava uma sandália em cada programa. Fetiche.

— Os pés?

— A sandália mesmo. Ele lambia a palmilha depois que eu desfilava pelo quarto.

— Vocês não saem mais?

— Ele ficou uns três anos comigo. Agora está saindo com a garota da outra agência. A segunda ou a terceira depois de mim.

— O recorde é seu. Por que você diz que ele é perigoso?

— Toda pessoa com muito dinheiro é perigosa.

Banquei o bobo.

— Ele feriu alguém?

— "Feriu"? Que gracinha. Não, moço, ele não feriu ninguém. Não que eu saiba. Ferir alguém é tipo uísque dezoito anos.

— Coisa de otário?

— Quer um exemplo?

— Por favor.

— Dois pastores abriram uma igreja na rua da igreja do Carlos.

— Um nome, afinal.

— Pastor Carlos Herrera.

— Falso como o diabo.

— O Carlos?

— O nome também.

— Você quer ouvir a história?

— Desculpe.

— Então. Dois pastores abriram uma igreja na rua da igreja do Carlos. O que ele fez? Visitou os dois como se fosse o crente mais beato do mundo. Foi com a *Bíblia* debaixo do braço. Disse que sua igreja estava de portas abertas e pediu pra orar pelos pastores. Na véspera da inauguração, o Corpo de Bombeiros cassou o alvará da igreja nova. Os pastores arriscaram, fizeram um culto sem alvará e foram presos em flagrante. Quatro acusações. O Carlos foi na delegacia e pagou a fiança. Os caras desistiram da igreja, mas saíram dizendo que o Carlos é "um homem de Deus". Ele traiu os caras em troca da confiança deles.

— O mundo gira melhor em banho-maria.

— Inteligente, né? Depois que passou, todo mundo entendeu que não é pra abrir igreja ali. Aliás, nem sei como o Carlos abriu a dele, tem uma igreja enorme perto da estação de trem. O Carlos diz que o poder é como a fé. Uma coisa que não dura se você não usa. "Quem tem poder tem que exercer o poder, senão perde."

— Ele te tratou mal?

Pergunta decisiva, à queima-roupa. Ela custou a responder.

— Não, não tratou — disse, quase inaudível de tão suave. — Nem quando *abriu* comigo.

— Era um cavalheiro?

— Me deu esse anel…

Ela estendeu a mão direita. Tinha as unhas tão meticulosamente bem-feitas que só reparei no anel depois. Uma ciranda de pequenos diamantes ao redor de uma esmeralda bem brasileira. Coisa fina.

— Você sente falta dele?

— Um pouco. — Sorriu com malícia. — Ele lambia a palmilha da minha sandália.

"Um pouco", ela disse. Como se "um pouco" fosse medida de alguma coisa na esfera dos sentimentos. Quem, em nome dos Céus, amou "um pouco"? Quem odiou só um pouquinho?

Eu me perguntei se ela não entregava Carlos Herrera na esperança de vê-lo ruir. Ou pelo prazer de sabê-lo em dificuldades. Sentia que ela tomava cuidado com o que dizia e estava mentindo, mas eu não podia adivinhar em quê. As pessoas mentem por uma razão. A mentira em si não tem a mínima importância, o negócio é a razão. Eu teria que filtrar suas palavras com mais eficácia que os barris de carvalho.

— Onde fica a igreja, Dandara?

— Em Cosmos.

— Uma igreja no Cosmos.

— Sabe onde é?

— Zona Oeste. Entre Inhoaíba, Paciência e Campo Grande.

— Rua Acauã. *Igreja do Deus de Cura*. É pequena, mas olha, lota. E como lota. Move muito dinheiro. O Carlos diz que "o fogo desce".

— Acredito. É área de milícia.

— Onde não é área de milícia no Rio, Ira? Ele tem uma igreja menor, em Jardim América. Lá é outra milícia.

— Ele tem sócios?

— "Discípulos." Carlos é o *dono*. Os milicianos são... comissionados.

— Igrejas são máquinas de lavar. Lavam almas, dinheiro do tráfico, do crime organizado e da corrupção. Sabe os *bet*s? As malditas apostas *on-line*? Até isso deixa rastro. Mas, na igreja, o dinheiro cai do céu. É muito difícil localizar a origem das doações em um *business* que não paga imposto. Ele reclama da milícia?

— Não. Pelo menos comigo. Nunca reclamou.

— A milícia hoje é tão poderosa que até o tráfico está se *miliciando*. Os traficantes faturam mais com o modelo de extorsão das milícias do que com as drogas.

A loira não parecia interessada. Mostrei a foto da tatuagem do Bosco.

— Isso, igualzinha, aqui assim — e tocou as costas logo abaixo do pescoço, com a mão espalmada. O anel de esmeralda faiscou. O seio direito ameaçou rasgar a blusa.

— Ele alguma vez falou do passado, Dandara? Alguma coisa sobre a tatuagem?

— Nada de nada. Eu perguntei uma vez, ele mudou de assunto. O Carlos só menciona as coisas pra se gabar. Eu sei onde fica a igreja porque ele me convidou uma vez. Queria que eu o visse pregando. Pensou que ia me impressionar.

— Não conseguiu?

— Eu dormia com ele.

O álcool é a mão no ombro quando não é seu inimigo. Foi outra dose de *Jack Daniel's*. Ela bebia sem se alterar. O brilho nos olhos não mudava. Os movimentos da face indicavam que ela apaziguava o uísque atrás da ponta da língua antes de empurrar para o palato. Outra *connaisseuse*.

— Deixa eu explicar uma coisa — ela disse, estalando a língua pelo prazer da bebida. — Quando eu digo "dormir com o Carlos", me refiro a isso mesmo, dormir. A coisa mais íntima que alguém pode fazer com uma pessoa é dormir com ela. Eu durmo assim… — Queria saber descrever, mas fiquei meio bobo. Dandara esticou a perna esquerda, ergueu a direita dobrada e inclinou a bunda para trás. Mais ou menos assim. Algumas leis foram violadas, mas foda-se o Código Penal. — Eu durmo totalmente exposta. Fico muito vulnerável. Então, dormir com alguém é a coisa mais íntima que eu faço.

— Entendi.

— Sabe em que momento as pessoas se desnudam? Quando acordam. O humor, o jeito que elas têm ao acordar, diz o que elas são.

— Faz sentido pra mim. Carlos é casado?

— Sim e não. Ele não vive mais com a mulher. Mas ela leva um dinheiro todo mês, além da pensão. Ele diz que é "jetom". Quando tem festa na igreja, alguma coisa, ela aparece e banca a esposa do comercial de margarina. Ele diz que "pastor solteiro dá o que falar".

— Você esperava ficar com ele?

Ela me encarou. Não respondeu. Serviu mais uísque para si, bebeu de um gole e pegou outra dose.

— Eu gosto de dinheiro e ele gosta mais — disse, sorrindo. — Ficando comigo, ele ia economizar.

— Você acha que poderia bancar a esposa de pastor?

— Só aos domingos? — respondeu, com um sorriso maior. — O problema é que eu comecei a fazer programa muito nova. Eu tenho uma filha, tive que bancar. Volta e meia aparece alguém... me reconhece, entende? Mas é sempre com respeito. Eu tiro de letra.

— Dandara, eu não me referia à sua profissão, palavra. Quase todo mundo é ex-alguma-coisa na igreja. Não sei se seria, assim, um problema.

— Não. Não seria não.

— Eu me refiro à sua capacidade de representar. Mulher de pastor é um papel muito difícil. Ninguém é santo na igreja, mas é onde cobram a santidade dos outros. Você é boa atriz? Dava pra encarar?

— Eu tenho que ser atriz. Os homens são instáveis, minha boceta cor-de-rosa não basta. Mas ele disse que "esposa de pastor tem que ser Marta ou Maria[3], Maria Madalena não dá."

— Maria Madalena não era prostituta. A *Bíblia* nem sugere isso.

— Ele explicou. Mas disse que "Igreja vive de aparência". "Na igreja, Maria Madalena é puta, pronto, acabou." O negócio é esse.

— Você acha que o Carlos acredita em alguma coisa do que prega?

Ela balançou a cabeça.

— Ele é cheio das frasezinhas. "Glória a Deus", "Aleluia", "Ô, Glória", "O Senhor tá operando", esses babados.

— Mas...

— Vício profissional. O público dele gosta. Ele dá o que o público quer.

Conversamos e ela confirmou o endereço da igreja. Me deu os números do celular e a placa do *BMW* do pastor Carlos Herrera.

Dandara era uma mulher viva e inteligente. Um tesão. O encontro terminou na cama em que supostamente deveria ter começado. Ela insistiu, ali pela metade do *Jack Daniel's*.

---

3 As irmãs de Lázaro. Lucas, 10:38-42; João 11:1-46; 12:2.

Em Dandara, o que não era marfim era rosa. De tão níveos, os mamilos e os seios formavam uma inteireza. Esferas naturais, firmes e opulentas.

Notando meu fascínio, ela perguntou se eu queria fotografá-la.

— Todo mundo tira foto do meu peito.

Como recusar seria um insulto, fiz o trabalho sujo. Descobri que o tal fotógrafo não era assim tão bom. Dandara Drummond é que é a mulher mais fotogênica do planeta.

*

Dandara trocou mensagens com alguém e se foi de madrugada. Ela não fez comentários, mas tinha combinado outro programa. Ótimo, garota. As pessoas vivem como se fossem perfeitas e imortais. Essa gente de língua venenosa e comprida, que julga no atacado e no varejo, não vai bancar os seus boletos.

Era tarde, ou cedo demais, e fui colocá-la no táxi. Ela não esperou que eu abrisse o *Blindex* da portaria e se adiantou. Fixando o próprio reflexo no vidro, ornada pelas sombras e pelas trevas, deteve-se. Por um instante, não esteve ali.

— Tem uma coisa — disse, baixinho, rouca, a voz que eu deveria ter gravado. — Você me perguntou se alguma vez ele falou do passado. — Ela se voltou do reflexo para mim. — Falou do futuro. Ele estava dormindo, agoniado, dizendo umas coisas sem sentido. "O Vale dos Aflitos", "A Mulher Alta", "o véu". Tive pena e acordei o Carlos. Ele me segurou pelos ombros. "Ainda não aconteceu, acho que ela ainda nem foi, mas está voltando." Perguntei se tinha *cheirado*, mas ele falou que não. "Ela disse 'E só eu escapei para trazer-te a nova', eu ouvi bem." "Mas Carlos, foi só um pesadelo." "Não foi pesadelo, foi *visão*. 'O véu está imóvel, mas não inerte.'" Eu perguntei quem ela era... — Dandara calou um instante. — "A Mulher Alta subiu os três degraus."

Perguntei se havia mais. Ela negou com a cabeça.

— Ele despertou de vez, me disse pra esquecer a conversa e nunca mais tocar no assunto. Também me fez jurar por tudo que é sagrado.

— E?

— Eu não acredito no sagrado.

— ?

— Anotei tudo. Tipo um *seguro*. Não adiantou, ele me dispensou logo depois. Tenho certeza de que foi por causa dessa história. O Carlos ficou... acho que ficou com medo de mim. Eu não ia contar, mas... — Ela se perfilou com majestade e deu um passo para trás. Abri o *Blindex*. — Fica pelo *Jack Daniel's*.

Billy Wilder estava no ponto. Ao me ver, abriu a porta para Dandara com a solenidade de um oficial da guarda do Vaticano. No que ela entrou, me lançou um olhar que é melhor não descrever. Soltou um "puta que pariu" em linguagem muda, mas, assumindo o volante, reassumiu o posto na Guarda Suíça Pontifícia.

— Para onde, senhora?

Intervi para não ouvir. Uma civilidade.

— Billy, leva a moça aonde ela quiser e me passa o valor pelo *zap*, por favor. Teu PIX tá gravado.

De volta ao apartamento, descobri que Dandara tinha *dado a Elsa* no meu *Jack Daniel's*. Tudo bem, sobrava o *Buchanan's*, eu precisava pensar.

Como fazer Carlos Herrera,
por óbvio um homem perigoso,
abrir o verbo?

Tomei um banho, afundei na poltrona e estiquei as pernas abertas sobre a mesinha da sala. Como um sapo boiando de costas, fixei o teto sem ver.

Eu não poderia blefar um Carlos Herrera. O nome era uma advertência. É assim que as coisas são. De minha parte, não subestimo ninguém. Rancor, amor ou egoísmo tornam as pessoas perigosas, todas elas. Meu erro com Patrícia foi a boa-fé – que eu não vou suprimir por causa dela. Mas cair porque subestimei um Carlos Herrera, não vai acontecer.

O nome é um aviso, explico depois.

Antes do dia clarear, arrisquei ligar para o Alberto Pereira, *old school*, meu parça eventual. Al gostava de operar à noite e bem podia estar mocozado por aí. Enviei um *zap*. "Dá pra falar?" A resposta não demorou. "Dá."

— Al, tem uma campana aí, pode pegar?

— Posso, Nêgo. Depois de amanhã.

— "Tem, mas acabou", reconheço a lógica. Sem galho. Vou escrever os dados e mandar um *zap*. Você vai anotar do seu jeito, em algum canto, e apagar a mensagem, belê?

— O de sempre.

— Escuta, Alberto… o alvo… o negócio é delicado. Não é um mané feito aquele Douglas. O sujeito é daqueles pastores evangélicos que desfilam de *relojão* e *BMW*, manja? Como diria o Chico Raiz, o camarada "chega de líder" – e é. Com dinheiro, poder político e amigos perigosos, que querem se mostrar mais amigos. A igreja fica em Cosmos. Não dá pra estacionar na esquina e esperar o sujeito aparecer. A milícia vai aparecer primeiro. Tem que descobrir onde o camarada mora e seguir a partir de casa. Eu tenho a placa do carro, pode ser que esteja no nome dele.

— Saquei.

— Eu sugiro, Al, pintar no culto domingo de manhã, chamar todo mundo de irmão, dizer que veio a convite do Wilson. Se tiver um Wilson, diz que pegou o endereço errado, mas chegou na igreja certa. Que gostou muito do pastor e dos irmãos, aquelas coisas. Daí, é ouvir e sacar qual é a da comunidade. Descobrir se dá pra subornar alguém, se de repente tem um barzinho por perto, se a gente vai precisar de um dispositivo eletrônico, não sei. Você vai seguir o camarada até flagrar um embaraço. Uma fraqueza. Uma sacanagem. Mas tem que ser coisa forte, Al. Não adianta botar o sujeito na parede, tem que ser no *paredón*. O camarada é a serpente do Paraíso.

— Resumindo, Nêgo, eu tenho que levantar a moeda de troca.

— "Para fazer uma oferta que ele não poderá recusar."

— Quando o cara é "santo", é mais fácil, Ira.

— Ô. Não tem quem não tropece na própria santidade.

*

Kepler ligou pela hora do almoço.

— Interrompo?

— O micro-ondas cuida de mim.

— Esse negócio de comer congelado vai te secar, Pilares. Olha, eu examinei o *note* do Bosco. Ele formatou o computador. Acho que formatou duas vezes.

— Indício.

— De quê?

— De que planejou o sumiço.

— Interessante. Eu tive alguma dificuldade, mas extraí uns fragmentos.

— Tipo?

Ele fez uma pausa.

— Acho que é gnosticismo — ele disse. — Tem uma imagem de Hermes…

— Puta que pariu. Eu mereço.

— A boa notícia é que não tem discos voadores.

— E fim do mundo?

— Fim do mundo sempre tem.

— O negócio das seitas são os efeitos especiais, né?

— Das religiões também.

Bela esgrimidura. O *coup d'estoc*, a *fente*, precedido pela *ballestra*. Eu ri.

— *Touché. Je me rends.* Escuta, você conhece algum mito de algum vale?

— Muitos. O Vale do Paraíba tem um folclore riquíssimo. Saci, a Cobra Grande de Jacareí, o Corpo Seco...

— Não, não. Eu me refiro a um vale mítico.

— Também são muitos. Mas... Ira, que tipo de carola é você?

A ficha caiu.

— *O vale dos ossos sequíssimos*? — perguntei. — *Ezequiel*, capítulo 37.

— Por falar em efeitos especiais...

No capítulo 37 do livro de *Ezequiel*, o profeta é levado em visão a um vale coberto de ossos secos. Em obediência ao Senhor, Ezequiel profetiza sobre os ossos, que se unem, formam esqueletos, ganham nervos, carne, pele e espírito para formar um grande exército. A visão alegórica é um dos textos mais descritivos e impactantes do Antigo Testamento. Signo da restauração da esperança.

— Não creio que seja isso. E "A Mulher Alta"?

Ele hesitou.

— Mulher alta é mais complicado. Me ocorre a Hachishakusama, uma mulher de oito metros. Mas é uma lenda urbana japonesa. Não é um conto folclórico.

— "O véu está imóvel, mas não inerte." Já ouviu? Sabe o que é?

— Interessante. Mas religião é placebo com efeitos colaterais. Algumas seitas têm efeitos colaterais mais graves.

— Kepler, tá na hora de te atualizar. Descobri umas coisas…

— Sábado, no *escritório*. Primeiro, os fragmentos. Tô enviando…

14. VÉUS

Kepler enviou os fragmentos por *e-mail*. A primeira coisa que surgiu foi um desenho de Hermes com seu capacete alado, entre artefatos e ruídos digitais, dançando com Deméter, deusa associada à fertilidade e agricultura. Hermes é o mediador entre os reinos espiritual e material. Na tradição gnóstica, um guia. O mensageiro do conhecimento superior e das verdades ocultas. Deméter representava a interconexão entre o divino e o natural. A associação com o losango, ou os dois triângulos, foi imediata.

Li os textos até cochilar. Acordei às três da manhã e continuei. Pensei em mim como um hermeneuta debruçado sobre fragmentos de Heráclito, o que me entristeceu. Heráclito era enigmático, mas profundo. As coisas do Bosco não eram senão extravagâncias.

Uma coisa que as pessoas não entendem é o dogma. Sempre que os leigos ouvem falar em dogma, invocam mil forças e maquinações, como se por trás de cada doutrina houvesse um ardil, a ambição de domínio, o maquiavelismo.

O dogma é só uma expressão de cansaço.

Pelo fato de existir uma igreja em cada da esquina, o cristianismo é encarado como banalidade. Não é. O cristianismo é uma religião "iniciática", isto é, que pressupõe uma iniciação. Vide o batismo e, na vertente católica, a primeira comunhão e a crisma.

O mais importante é que o cristianismo é uma religião "mistérica", isto é, de mistérios que ninguém desvenda. A crucificação, por exemplo. Por que o Cristo foi crucificado? Pergunte ao padre e ele dirá que Ele morreu pelos nossos pecados. Mas por que teve de morrer? O padre não sabe, ninguém sabe, e o mistério tem nome. Chama-se "economia da redenção".

Depois de dois mil anos de cristandade, de debates intermináveis entre inteligências altíssimas, está claro que há mistérios que não são para os nossos bicos. Daí o dogma. Dogma significa "ninguém aguenta mais discutir esse negócio, gente melhor que você tentou resolver e não conseguiu, então não enche o saco, vá estender suas mãos aos desamparados, aos pequeninos, e denunciar as injustiças do mundo: se você não é capaz de viver o Evangelho, não será capaz de interpretá-lo". Isso é o dogma.

Confesso, tenho problemas com quem aclara e justifica tudo. Há mistérios demais na vida. Não tente o mortal explicar a eternidade, nem a criatura desvendar seu Criador. Deus não seria Deus se pudesse ser compreendido. Cuidado com as "verdades".

Investigando as notas do Bosco, sempre que deparava com coisas muito velhas, ruminadas, mascadas, deglutidas, trituradas e cheias de bolor, mas apresentadas como tremendos segredos e revelações, eu, em minha vigília duradoura, era assediado pelo sono.

Encontrei as velhas cantilenas da gnose e do gnosticismo cristão dos séculos II e III. A ênfase em conhecimentos "velados", abstratos, exotéricos, que resolviam as velhas interrogações dos homens. Quem somos, que coisa nos tornamos, onde estamos, de onde fomos precipitados, para onde vamos, onde seremos purificados, que coisa é a *geração*, que coisa é a *regeneração*?

Viver é perguntar. Crer que há respostas para tudo é não entender. A ânsia excessiva por respostas é a angústia no lugar errado. Angústia que impregna o gnóstico, pois, entre o ascetismo ou o cio, teme a jornada da alma pelas esferas ameaçadoras dos arcontes.

Se eu tivesse respostas para tudo, seria *coach* no *TikTok*. Ou, como sugerido por Frei Guilherme de Baskerville, "ensinaria teologia em Paris", onde os mestres eram todos "muito seguros de seus erros".

Qualquer novidade na Igreja tem mil anos. Os fragmentos de Pedro Bosco buliam muita poeira e uma heresia do segundo século. O que é uma heresia? A tese que perdeu. Depois de décadas de discussão ou de debates centenários, perdeu. Algumas se extraviaram em sangue, tortura e morte, pois a coisa mais perigosa do mundo é um homem contaminado pela "verdade". Houve uma vez a Inquisição a partir do século XIII, e monstros que se pensavam santos.

Mesmo um homem de altas luzes como Tomás de Aquino, que incorporou Aristóteles à cosmovisão do cristianismo e revolucionou a escolástica, isto é, a filosofia cristã medieval, pois São Tomás recomendou que "se o herético ainda se obstina, a Igreja, não esperando mais que ele se converta, zela pela salvação dos outros, separando-o de si por uma sentença de excomunhão e, posteriormente, abandonando-o ao julgamento secular, para que seja suprimido do mundo pela morte."[4]

Grosso modo, "julgamento secular" ou "braço secular" significavam fogueira.

Quando Pilatos fez a grande pergunta de todos os tempos, *"Quid est veritas"*, "O que é a verdade?", Jesus não respondeu. Pelo menos o *Evangelho de João* não diz o que respondeu. Creio que o silêncio do Cristo foi uma medida profilática, pois Deus não tem religião. Considere o padre que se arrojou contra o humanismo do Papa Francisco ou do padre Júlio Lancellotti; o pastor que fez "arminha" e do sagrado do púlpito propagou o fascismo: todos leram a mesma Bíblia que promete o fim da religião pelo amor.[5] É assim que as coisas são.

No oscilante ecletismo de Bosco, em seu alvoroço e desordem, um caco dizia que um tal Simão de Cirene fora crucificado no lugar do Cristo, isto é, em substituição ao Verbo, ao *Verbum*, ao *Logos*. Só isso e nada mais. Reconheci a teoria da conspiração cristológica porque é um clássico do docetismo, em que o corpo do Cristo e a crucificação são ilusões. Obra de Basílides, um gnóstico do século II, autor de 24 comentários aos Evangelhos que ninguém quis guardar. Orígenes, o erudito, um dos grandes *Pais da Igreja*, acusou-o de ter escrito seu próprio Evangelho, mas nenhuma outra fonte confirma a acusação.

Havia um resumo desagregado do julgamento de Cipriano de Cartago no ano 258. O imperador havia ordenado que Cipriano oferecesse sacrifícios aos deuses. "Eu não o farei", ele disse, ao que o Procônsul o admoestou: "Acautela-te...". Cipriano respondeu tranquilo, "Faze o que te ordenam, pois em questão tão clara não há lugar para a deliberação." Quando o Procônsul anunciou que o acusado morreria pela espada, Cipriano disse apenas *Deo Gratias, Graças a Deus*, e calou.

---

4 Tomás de Aquino, *Suma Teológica, IIa IIe*, q11, art.3.
5 1 Coríntios 13.

Por que Bosco ou a seita elegeram tal texto?

Reconheci outro fragmento, uma citação do *Evangelho apócrifo de Nicodemus*, dividido em *Atos de Pilatos* e *Descida de Cristo ao Inferno*.

É verdade que os evangelhos apócrifos guardam segredos que o Vaticano não quer que se divulguem? É verdade, mas o segredo é um só, o absurdo do "deicídio", "assassinato de Deus". Em uma palavra, os mais de cinquenta evangelhos apócrifos conhecidos são antissemitas. Considerando que Jesus foi um rabino nascido na Judeia, a tese do "deicídio" começa pelo disparate.

Do *Evangelho de Nicodemus* havia uma lasca da *Descida de Cristo ao Inferno*. No século I, uma profecia popular dizia que o Cristo libertaria Adão da morte. Assim, depois da Crucificação, Jesus desce ao Tártaro para alforriar Adão e sua posteridade, isto é, todos os mortos de todos os tempos até aquele dia, incluindo os profetas e patriarcas.

Não existe Inferno no judaísmo. Logo, no cristianismo também não. O Inferno é um problema de tradução e a invenção de Dante e Milton. She'ol, a morada de todos os mortos, bons e maus, lugar de purificação, não de castigo, foi traduzido como Hades, o que incorporou a mitologia.

O *Evangelho de Nicodemus* é uma expressão sincrética bem ao gosto do gnosticismo, em que infernos invadiram o mundo e são o mundo. E porque sua pátria é o *pleroma*, a plenitude dos poderes divinos, o gnóstico resigna-se ao mundo assim como está. Este, de banalização da iniquidade, injustiça social e vulnerabilidades.

No trecho do *Nicodemus* que restava no *laptop* do Bosco, Capítulo IV, versículo 3, o Inferno personificado diz a Satanás:

> "Há pouco tempo devorei um cadáver chamado Lázaro; porém, pouco depois, um dos vivos, somente com sua palavra, o arrancou à força das minhas entranhas."

Havia também o fragmento correlato do *Evangelho apócrifo de Bartolomeu*, com três personagens infernais, Belial, o diabo, e de novo o Inferno personificado. Precisamente o Capítulo I, versículo 15:

> "E disse o diabo ao Inferno: 'Para que me assustas, Inferno? Se [Jesus] somente é um profeta que tem algo semelhante a Deus... apanhemo-lo e levemo-lo à presença desses que creem que está subindo ao céu'."

Uma sutileza na citação precisa ser comentada. O diabo nega o dogma da Encarnação do Verbo, pois crê que Jesus é somente um profeta. No versículo 13, que faltava aos retalhos do Bosco, ele diz: "Não percas o ânimo, Inferno, recobra teu vigor, que Deus não desce à terra." Mais adiante, no versículo 18, o diabo descobre seu erro: "Sinto que se me arrebenta o ventre e minhas entranhas enchem-se de aflição. Outra coisa não pode ser: Deus apresentou-se aqui. Ai de mim. Onde irei esconder-me do seu rosto, da força do grande Rei?"

Suponho que os versículos 13 e 18 foram apagados na formatação. Era lógico pensar que sim, pois eram trechos muito próximos entre si.

Além da conexão óbvia entre as citações do *Evangelho apócrifo de Nicodemus* e do *Evangelho apócrifo de Bartolomeu* (se escolhidos por Bosco ou pela seita, não sei), um terceiro vínculo se formava com notas esparsas sobre o "adocionismo", a heresia mais popular de fins do século II, sucesso absoluto entre os gnósticos.

O adocionismo negava o ainda incipiente dogma da Trindade, afirmando que o carpinteiro Jesus fora *adotado* por Deus no batismo do Jordão. Embora apoiado em bases bíblicas (Marcos 1; Mateus 12:31; João 8:40; Deuteronômio 18:15; Josias 1:1, 15:39), o adocionismo estava em contradição com sua própria doutrina, com o conjunto das escrituras sagradas judaicas e os textos em progresso da fé cristã. Classificado como herético no ano 268, o adocionismo serviu de matriz ou de elemento latente das principais heresias entre os séculos II e IV. Desde então, no campo da heresia não houve novidade, tudo que é novo é velho.

Em um extrato muito fragmentado, legível entre caracteres corrompidos, havia "nava", como em "examinava", "contaminava" ou "fascinava", impossível adivinhar. E, ainda, "os três degraus", seja lá o que signifique. E claro, a cereja do bolo, uma expressão latina.

"Velum immotum"

Traduzi como "o véu está imóvel", mas continuei na mesma.

Eis a síntese das migalhas do Bosco. A divindade do Cristo foi negada pelo diabo, que descobriu seu erro e pagou o preço ("Sinto que se me arrebenta o ventre e minhas entranhas enchem-se de aflição.").

Contudo, o erro é relativizado, ou justificado, eu não sei, pelas notas adocionistas.

Quanta divagação. Aonde Bosco e a seita dos losangos queriam chegar? No fundo, eu sentia por ele. A busca é diferente do vazio, mas às vezes termina em vazio. Quem acredita em tudo não acredita em nada – e não distingue a luz e as trevas.

Ah, Bosco, Bosco e seus camaradas. Não procurem Deus no céu, entre as estrelas, ou no abismo devorador do Eu. Deus está no Outro, ó almas indolentes.

Deus está na esquina agora mesmo, pedindo pão.

*

Sábado. O escritório ao ar livre no Leblon, as mesas dispostas na calçada. Kepler estava ansioso por ouvir sobre os fragmentos do Bosco. Comecei por aí e desci a lenha no gnosticismo. Ele riu, eu estranhei, ele explicou.

— Ira, eu sou ateu. Cristão falando mal do gnosticismo, gnóstico falando mal do cristianismo... — Ele espalmou as mãos como quem remove poeira, expressando que ambos não significavam nada. — Religião é placebo com efeitos colaterais. Como disse Whitehead, aquilo que você faz com sua solidão.

— Eu te entendo. O cristianismo é novidade.

— Interessante. Mas uma ideia de dois mil anos não é novidade.

— Quer um exemplo?

— Adoraria, não economize.

— "Amai os vossos inimigos". O conceito não tem precedente nem desenvolvimento em dois mil e quinhentos anos de filosofia. É novidade.

— Interessante…

— Um axioma.

— … mas não é racional nem lógico. Impossível amar um inimigo. Na verdade, ser cristão é impossível, o cristianismo é impossível. Houve um cristão uma vez, mas incomodou tanto que pregaram na cruz. Um caso único.

— Eu não sou burguês, Kepler. Não vou subornar psicólogo, analista ou terapeuta pra me dar os parabéns quando eu disser "olha, eu sou assim mesmo, paciência, me aceitei".

— Eu não curto essas abordagens teóricas, mas isso não é psicanálise nem…

— Eu sei que não. Li Freud até sangrar, Jung, Lacan e Carl Rogers. Estou sendo hiperbólico. Mas esse é o profissional com que a burguesia sonha. O camarada que chancela quando você desiste. Que passa a mão não sua cabeça quando você liga o foda-se. Mas Deus…

— Deus é tão subjetivo quanto a psicanálise.

— Eu quero ser alguém melhor — arrematei.

— E o cristianismo…

— O cristianismo não é a perfeição, é a confissão da imperfeição e o inconformismo. A esperança de que O Homem-lá-de-cima pode me reconstituir. Sem negar o valor ou recusar as abordagens terapêuticas, insisto. Toda ajuda é bem-vinda. Os sãos não precisam de médicos, só os doentes. Eu sou um… Pedro.

— Que negou Jesus três vezes…

— … mas não desistiu de ser cristão.

Ele assentiu com respeito, ergueu a tulipa e sorriu com condescendência para um caso perdido. Brindamos. Eu prossegui.

— Por falar em fraqueza, Kepler, conheci um loirão…

Contei tudo, do início. Omitindo nomes por princípio, falei do sumiço do Bosco e de sua morte em Saint Augustine. Do tiro no escuro de Valesca, que falou da tatuagem com suas meninas e acertou Dandara Drummond. Falei do Alberto na cola do pastor Carlos Herrera, único nome que citei porque claramente falso.

Ele me interrompeu uma única vez.

— Ira, você fez a contabilidade de todos pecados que cometeu por dormir com a Dandara?

— Nenhum que exceda minha humanidade. Deus não é o idiota que nós somos. Ele está mais preocupado com o pastor que fez "arminha" em sua Igreja.

— Boa. Eu não te condeno. Vá e não peques mais.

Ao fim do relato, Kepler negou com a cabeça, impaciente.

— Você está dançando com o diabo…

— … nas trevas do fim do mundo — concluí. — Eu sei.

— Você não pode blefar um cara que assina Carlos Herrera.

Quem dançava com o diabo era o próprio Herrera, mas isso foi depois. Na hora, acrescentei:

— Herrera, o vilão mais brilhante e perigoso d'*A Comédia Humana* de Balzac.

— Mais perigoso que a marquesa d'Espard, pois disposto a morrer por uma vingança. O cara escolheu o nome a dedo, é uma advertência — ele disse, vivamente preocupado. — Mas, Ira, pensa bem, qual a probabilidade de isso acontecer?

— O quê?

— Eu me refiro à moça ter um cliente com a mesma tatuagem. Qual a probabilidade? Uma em duzentos milhões? Duas em cem milhões? Não vai dar em nada.

— Por que não?

— A vida não funciona assim. As coisas não são assim.

Sorri.

— Para tudo, para tudo: Kepler, ateu e *fatalista*. Como os espíritos penetrantes que declaram com orgulho o ateísmo e mencionam "O Universo" cinco minutos depois. "O Universo conspira", dizem as almas incrédulas e crédulas. Ou, pior, "o Universo nunca diz não", minha favorita. Daí para a astrologia é um pulo, meu bom homem. Você está em perigo. Nunca pensei que você fosse tão… — fiz uma pausa dramática — … comum.

Rimos, brindamos, ele protestou com humor.

— Eu, comum? Interessante. Mas posso demonstrar que não. Você está me cobrando coerência, mas coerência não é próprio da vida. É uma *atribuição* do pensamento. Um conceito metódico, mas abstrato, em um universo material. Nós levamos três bilhões e quinhentos milhões de anos para chegar nesta esquina e pedir um chope. E como foi possível? Experimentação, tentativa e erro, mais erros, evolução. Portanto, eu não invoquei uma intervenção "cósmica". Eu citei as estatísticas. A vida surgiu por acidente, de modo que o acidente, e não a coerência, é a congruência estrutural da vida. *Q.E.D.*, eu acho. Mas não sei se fui claro…

— Foi brilhante. Mas a moça com o cliente de mesma tatuagem não é também um acidente?

— O teu colega na cola do pastor Carlos Herrera, quanto vai custar?

Fiz uma careta.

— Uma graninha.

De novo ele balançou a cabeça.

— Ira, você tá bancando a investigação porque está zangado com as seitas. Cometeu um erro no passado, agora quer consertar com um erro maior. *Isso* é comum. Se o cara da tatuagem morreu, você não vai salvar ninguém e ainda vai se enrolar. Seita é coisa de maluco.

— Ou de bandido.

Ele ergueu a tulipa, propondo um novo brinde.

— *Você* é que é comum — devolveu. — Nada mais comum que um idiota, coisa de oito bilhões. A vocês, meus pequenos.

Com vaidade ferida, mas honestidade intelectual ilesa, cumpro o dever de informar que Kepler estava certo em muitas coisas.

Tanto é que o pastor Carlos Herrera foi assassinado dias depois.

15. UMA IGREJA NO COSMOS

Naquele mês, eu trabalhei para bancar o Alberto, mas a notícia mais importante que ele me deu foi de graça.

Começou com a ligação às quatro da manhã de sábado.

— Ira, tá acordado?

— Tava indo pro celeiro ordenhar a Risoleta — balbuciei.

— Abre *O Globo* aí, Nêgo. *Cancelaram* o pastor Carlos Herrera.

Gelei, instantaneamente desperto.

— Você viu acontecer, Al?

— Não vi, desculpa mesmo. Teve uma festa grande na igreja do cara. Quando deu dez e meia, achei que a noite era aquilo mesmo e fui pra casa.

— Onde aconteceu?

— Lapa. Mem de Sá. Naquele cruzamento entre a Tenente Possolo e a Rua do Senado. Mas ó, calma. Ali a barra é pesada e pode ter sido latrocínio.

Notícia fresca, texto sucinto. O pastor Carlos Herrera fora encontrado morto ao volante do *BMW*. Duas perfurações no para-brisa, uma bala na coluna do veículo, outra na têmpora. Nem sinal da carteira. O defunto foi identificado pela quantidade de panfletos que levava no banco de trás. Convites para o culto nas igrejas em Cosmos e Jardim América. A porta do carona estava escancarada.

— Alberto, foram mais de dez dias de campana. O que você apurou?

— Nada. Levantei a rotina do homem, mas ele não fez nada de mais.

— Fecha o relatório e manda. Aí a gente acerta o que falta, belê?

Liguei para Valesca antes que ela fosse dormir.

— Val, apagaram um pastor evangélico na Lapa.

— Santo, morno ou profano?

— Traficante do sagrado.

— Ótimo. Menos um profano.

— Anota o nome, por favor. "Carlos Herrera", com h. A porta do carona estava aberta. No lugar onde foi, ele podia estar com uma garota ou uma mulher trans. Fala com a Dandara Drummond. Vê se alguém ouviu alguma coisa.

— Vou ver se alguém ouviu alg… telefone tocando.

Desligou no ato. Eu só tinha dormido duas horas, mas estava desperto. Kepler, seu *boca santa*, pensei. Lá se vão, de mãos dadas, a minha pista e, segundo as estatísticas, a "congruência estrutural da vida". Os "acidentes".

O acaso.

Um pensamento me ocorreu. Uma certeza fulminante. Um embaraço. Eu havia deixado rastros.

Se o camarada que favoreceu o passaporte apócrifo do Bosco era um tipo de alto gabarito, estaria ciente de que um detetive particular carioca – em termos científicos, uma bactéria, um Zé-Ninguém reichiano – investigava o episódio. Aprenda comigo, pois não vou durar para sempre, a mão que traz é a que leva. O Chico Lobista de Brasília, que me informara do passaporte apócrifo, bem podia ter demonstrado uma boa-vontade maior com o graúdo. "Olha, doutor, esse detetive está na cola do Bosco. O nome dele é Ira, tudo a ver com seus métodos. Uma águia, esse Ira. O Napoleão da criminologia. Um Holmes, um Poirot, um Nero Wolfe. Muito cuidado com ele, viu?" O que foi que o Chico disse? "Eu acredito em cooperação e entendimento."

Se eu estava sob vigilância, teria sido avistado em pelo menos um encontro com o Alberto na última semana. Daí que o Alberto seria detectado na campana do pastor Herrera.

Valesca ligou por volta das cinco da tarde.

— Ira, falei com a Dandara.

— Carla — eu disse, só de pirraça.

— Pra você é Dandara.

— Ela estava abalada?

— Não estava abalada. Mas também não estava sabendo. Eu que contei...

— E?

— Ficou chateada ou fingiu.

— Existe uma distância enorme entre uma coisa e outra.

— Acho que fingiu. Alguma coisa esse pastor fez.

— Ele frustrou as expectativas dela.

— Frustrar uma mulher é um perigo. Deve ter alguma coisa no Código Penal.

— "Crimes contra a pessoa".

— Então é crime, né? Se ela souber de algum babado, vai ligar.

— E você me liga?

— Eu te ligo.

Desligou. O relatório do Alberto chegou por volta das oito da noite. Quase chorei na hora de fazer o PIX.

O relatório tinha o ir e vir do pastor Herrera. Encontros com um líder comunitário muito querido. Almoços com três vereadores, dois deles milicianos (todo mundo sabia, os eleitores sabiam, só o MP não sabia). Visita pessoal de duas horas ao gerente da agência bancária. O mais eram rotinas da atividade pastoral, incluindo o sepultamento de um irmão da igreja no Cemitério de Ricardo de Albuquerque.

Nenhuma mulher na agenda, com exceção da ex-esposa, com quem conversou por oito minutos sem sair do carro, em frente ao prédio em que ela residia no Andaraí. A mulher retornou à portaria com um envelope sob o braço. Dinheiro em espécie, é provável. Que era subtraído de dízimos e ofertas, ainda mais provável.

Às dez da noite, catei o cartão do Chico Lobista e enviei um pedido de contato pelo WhatsApp. A resposta acordou um insone que cochilava à uma da manhã de domingo.

BRASÍLIA VAI LIGAR EM CINCO MINUTOS.
O SENHOR PODE ATENDER? SIM OU NÃO?

Esperei quarenta minutos. De novo um número desconhecido, prefixo de Maceió desta vez, a mesma mulher jovem e decidida, a mesma frase feita.

— Sem nomes, por favor — ela repetiu, acrescentando. — Seu telefone deve estar grampeado. Eu sou a...

— A amiga do meu amigo, eu sei. Obrigado por ligar.

— O que você quer?

A voz já não era amigável. Eu fora pago com a informação do passaporte do Bosco. Agora estava abusando.

— Um pastor chamado Carlos Herrera foi assassinado na madrugada de ontem — eu disse. — Ele está ligado ao caso daquele senhor que viajou.

— O que você quer?

— Avisar ao meu amigo que eu entendi. Entendi tudo.

Ela hesitou. Tenho certeza de que pensou em um comentário desaforado.

— Não ligue mais.

Desligou *à la* Valesca.

Chequei a *internet*. O corpo do pastor estava liberado pelo IML e seria velado na igreja em Cosmos.

Esperei o dia clarear. Vesti umas roupas puídas, eu as tinha em quantidade, e escolhi uma *Bíblia* pentecostal com anotações à caneta. Segui no *Onix* para a Rua Acauã, a mais de sessenta quilômetros, ouvindo *Passarinhadeira*, de Guinga e Aldir Blanc, no *streaming*, em repetição. Eu precisava de restauração e de beleza. Tinha dado um passo muito maior que minhas pernas ao ligar para Brasília.

Levei uma hora para chegar em Cosmos, a tempo de ver o Sol se levantar sobre o Rio com tremenda crueldade. A Rua Acauã, comprida, típica, residencial, se aclarou com uma dureza inclemente. Eu me senti em casa. Era tudo muito parecido com as ruas do subúrbio verde de Pilares, que não era verde.

Muitos são chamados, mas poucos os escolhidos. Foi fácil encontrar a igreja, mas difícil estacionar. Havia carros vistosos, algumas velharias mantidas coesas por ação sobrenatural, e uns carrinhos classe-média feito o meu *Onix* Branco *Summit*.

A igreja do pastor Herrera era uma loja ou depósito "adaptado", uma vez que seria inapropriado referir-se ao espaço pintado de azul-bebê como "reformado". O muro era uma grade de ferro alta e vazada. O nome da congregação brilhava na fachada, sob o céu sem nuvens, em uma placa de alumínio com refletores no topo.

Foi a primeira vez que prestei atenção à designação do estabelecimento. Quatro palavras escolhidas a dedo para tocar a gente pobre do país que desampara. O país estruturado para engordar 1. banqueiros; 2. rentistas; 3. políticos; 4. Poder Judiciário; e 5. Ministério Público, nessa ordem. Só os dois últimos devoravam 1,6% do PIB, um valor 300% maior que a média internacional. Sim, 1,6% do PIB de um país do tamanho do Brasil. Chama-se "penduricalhos", é assim que as coisas são. As razões de minha insônia estavam todas nos jornais.

IGREJA PENTECOSTAL DO DEUS DE CURA

A ficha caiu. Lá estavam as urgências dos empobrecidos. Deus preenchendo os vazios incomensuráveis do Estado.

O "pentecostal" era falso, faltava o *neo*. O relatório de Alberto não aplicava termos técnicos, claro, mas dava o recado da pregação de dois domingos. Ênfase no Antigo Testamento; bibliolatria, isto é, a adoração idolátrica da *Bíblia*, cujo texto finito, histórico e transitório era apresentado como verdade infinita e eterna; a substituição da *aberratio* do *Evangelho da prosperidade* por uma perversão mais perigosa, a *Teologia do domínio*, o "dominionismo": um projeto de poder e supremacia religiosa que busca submeter a sociedade à tirania dos neopentecostais, especialmente; que sonha constituir um *Estado teonomista*, enraizado na leitura disforme do Antigo Testamento.

Senhor, não permita. Amém.

De onde veio isso? Como disse alguém, "a boa teologia é destilada na Alemanha, envelhecida na Inglaterra, apodrecida nos Estados Unidos e consumida no Brasil".

Havia mais, naturalmente.

Batalha espiritual no mundo que jaz no maligno; menções a maldições hereditárias, a começar pela pobre Eva; associação entre doenças e possessão demoníaca; sincretismo pesado; comércio de milagres mais ou menos devassado; incorporação de conceitos, jargões e lógica corporativa na "gestão" da vida diária etc.

A igreja era um *trade*, como a maioria das vinte mil denominações neopentecostais, que atraem trezentos milhões de fiéis no planeta. Digo "como a maioria" porque muitas congregações piedosas assumiam a classificação "neopentecostal" em desconhecimento absoluto do caráter negativo e denunciador do termo. Eclésias mínimas, de gente pobre, comprometidas com o caráter do cristianismo, salvando vidas e restaurando a esperança no atacado e no varejo. Confundindo a intelectualidade de gabinete, que não entende que as religiões só podem ser conhecidas em seus próprios termos. Viva Pierre Verger.

Duas senhorinhas junto ao portão do pátio me receberam com pesar, mas simpatia. E, é preciso deixar claro, honestidade. Estavam ali, sem trocadilho, de boa fé. Em seu coração, em sua piedade, faziam a obra de Deus. Não tinham nada para si, mas queriam tudo para os outros. No país que tritura, chupa e masca a carne e os ossos do povo até a medula, às vezes a mão no ombro é tudo o que se pode ter. Frequentemente, quando não há remédio, tudo o que se quer.

— É a primeira vez do irmão na nossa igreja?

— É sim, irmã. Vim prestar minhas homenagens.

— O irmão é de que igreja?

Citei uma igreja neopentecostal de Copacabana. Uma marca conhecida, de caráter similar, mas com ar-condicionado.

— Seja bem-vindo, irmão — disseram, me abraçando com humanidade.

Sabe por que nós, cristãos, nos chamamos de "irmãos"? Porque não somos. Meditado, o cristianismo é desafiador.

Entrei no pátio pela perna mais curta do L que bordejava e se estendia até o fundo pelo lado direito da igreja, com duas portas laterais.

No interior da nave pintada de azul mais escuro, no vão livre entre os bancos da congregação e o altar, o caixão brilhando de verniz asa-de-barata jazia sobre dois cavaletes. Francamente, eu preferia o cromo do *BMW*. A tampa inconfundível estava encostada à parede, incomodando a psique mais que a urna em si. No fundo e acima, uma cruz de madeira lisa pendia por cabos contra a parede de nuvens pintadas.

Entrei na fila que ia depressa. Muitos neopentecostais se declaravam "evangélicos", sem conhecer as afinidades do termo e sem saber que eram, em tese, protestantes. A palavra representava mais oposição à Igreja Católica que propriamente confissão de fé. Mas havia a fundamentação protestante, de modo que o corpo no caixão era a memória de alguém, e não esse alguém.

O pastor Carlos Herrera dormia à espera da Ressurreição e do Juízo. Nenhuma oração no mundo, nenhum vigário nem pastor nem bispo nem padre poderia interceder por ele. A relação com a divindade era pessoal. Como ali se acreditava que Herrera era um "homem de Deus", tudo bem. Havia pesar, mas não uma tristeza abissal. É em face da morte que existe a religião. O que passar disso é coisa de intelectual.

De minha parte, eu não sabia o que pensar, nem me atrevia a qualquer certeza. Como Heráclito, creio que todas as religiões estão erradas quando falam do porvir. Morrer é surpreender-se. Para melhor, bem-entendido... se Heráclito estiver certo, eu não sei. O próximo degrau é um segredo lindo ou um sono sem sonhos, não vejo por que reclamar. Vida e morte são a mesma coisa, de um jeito ou de outro. A vida é o que acontece enquanto seguimos para o túmulo.

A morte, a presença material da morte, isto é, aquela ausência indescritível no corpo morto, torna os homens absurdos. Eu esperava morrer um dia como a cachorrinha que tive na infância, Samanta. Triste, desgastada, fatigada, sem pelos – mas tranquila. Ela esperou que eu voltasse da escola para nos despedirmos. Eu a acariciei, ela ofegou – no que me pareceu apaziguada – e se foi. Se houver um depois, sei que um dia nos veremos, pois, como no filme do Don Bluth, todos os cães merecem o céu.

Eu também sou um cão.

No ocaso da minha cachorrinha, então eu era alguém mais puro. Mas ali, na *Igreja Pentecostal do Deus de Cura*, em Cosmos, não o era há muito tempo. Crescer é despojar-se da pureza. Amadurecer é entender e lamentar isso.

Quando chegou a minha vez, olhei para o boneco de cera no caixão sem nenhum sentimento. Herrera era o patife que explorava a fé daquela gente, humano como eu, e não muito diferente de mim. Esse é o pulo do gato. A consciência de que a distância que nos separava era muito, muito pequena. Existem poucos anjos e demônios entre nós. Somos matéria vibrátil e perecível condenada ao mesmo pó. Ele só me precedeu, eu também serei chamado.

Lá estava o camarada forte e robusto, mas ausente, petrificado nos seus cinquenta e poucos anos em caráter provisório, pois a decomposição já devorava os tecidos. Terno do melhor. O cabelo penteado com gel disfarçava a massa de restauração facial, um relevo brando no orifício compatível com calibre *9 mm Parabellum* de 115 gramas. Uma casca vazia. Teatro tanatológico. Do outro lado, havia um buraco enorme. O projétil deve ter lançado mais da metade da massa encefálica para fora. O que restou provavelmente escorreu na mesa do legista.

Atrás de mim, alguém falou na "vontade de Deus". Contei até dez para não me virar e fazer um sermão.

— Que ninguém diga que aqui se cumpre a vontade de Deus. A vontade de Deus é que ninguém morra. Tudo o que Deus fez é para a eternidade. O que se cumpre aqui é a vida. Perecível, frágil, jamais concluída. Portanto, nós não estamos testemunhando a morte. Estamos testemunhando a Ressurreição. Essa é a vontade de Deus.

Bom, né? Eu não teria me saído mal como padre, creio, mas tive que ressuscitar a casinha feia no subúrbio verde de Pilares, antes que caísse sobre minha mãe. É assim que as coisas são.

Falou-se também, eu ouvi, em violência, em gente que "estava no mundo e no maligno" e nas "obras de morte do Inimigo". Sabe como é, nossa humanidade mesquinha não basta, o mal nosso de cada dia não basta, o bem que eu não faço, o mal que eu não quero, mas faço: precisamos terceirizar as nossas culpas. Daí que é desconcertante, mas compreensível, a frequência com que o diabo visita as igrejas neopentecostais. Onde é bem recebido, dá entrevistas, aquelas coisas. Nas outras igrejas ele não vai, reparou? Tem medo. Como em Tiago 2:19, "Crês que Deus é um só? Fazes bem; os demônios creem e estremecem."

Voltando ao mundo da humanidade que vive e sofre, o boneco na urna era Carlos Herrera. Eu, mais ou menos católico, desejei paz à sua alma. Livre do "invólucro argiloso", não existe razão para o Eu sonhar ou desejar as mesmas coisas. Morrer, se houver um depois, é livrar-se do peso e do mal que sustentamos e não reconhecemos. Se houver um depois, será o entendimento e a paz. "Quem pode discernir os próprios erros? Absolve-me dos que desconheço", entoa o Salmo 19:12, uma canção de pelo menos três mil anos. Observe que não mudamos muito.

Me afastei. Cumprimentei algumas pessoas com um aceno e apertei a mão da viúva, uma jovem senhora jeitosa, bonita, peituda, decotada e resignada. Poder-se-ia dizer que a religião a sustentava, mas não. Era só o desamor, conheço bem. Não existe meio-termo para o amor, que exige densidade. Pessoas superficiais chamam qualquer simpatia de "amor" enquanto interessar ao Eu. É assim que as coisas são.

Saindo da fila e tornando ao pátio externo, cruzei com o Alberto na fila do adeus. Não houve um olhar significativo, nem gesto nem código nem aceno nem coisa nenhuma. Agimos como completos estranhos, sem dar bandeira.

"Alberto, você nem imagina a merda que eu fiz", pensei. "Você tinha que ter me avisado. Agora você tá na roda, escalado para o elenco da comédia, e nem sabe o que vem por aí. Dei uma de Ira, tudo a ver com meus métodos."

No pátio, abri os ouvidos. Ouvi versículos, bordões e as tautologias do meio evangélico. Não é um mundo dado a reflexões de cunho geral, ou haveria menos gente no *trade* do finado pastor Herrera – e em todos os comércios da mesma espécie.

As meditações se davam em categorias diferentes. Quem está de fora não percebe, mas cada igreja neste mundo abriga uma fé de três níveis. O primeiro, institucional, reflete a denominação. Há os católicos, os batistas, os metodistas etc. O segundo, social, se dá pelo caráter peculiar daquela igreja na Rua Acauã, a comunidade de fé em particular. O terceiro, o mais importante, é pessoal. De como aquele indivíduo traduz a fé institucional e a fé social em sua visão da religião e em diálogo com ela. Em termos técnicos, sua hermenêutica e dialética. Pois o protestantismo é isso, alguém abre a *Bíblia* e pergunta por Deus e por si, uma tarefa enorme.

Eu oscilava entre a atenção e a divagação quando três caminhonetes de cabines duplas pararam diante da *Igreja Pentecostal do Deus de Cura*. Os canos dos fuzis escapavam pelas janelas traseiras.

Gelei.

Eram os milicianos.

16. UMA SUBIDA AO MONTE

"Todas as facções do tráfico nasceram dentro do cárcere. A milícia nasce no Palácio.[6] Na relação dos Poderes com a polícia, com o território, com interesses eleitorais e econômicos. A milícia é um projeto econômico de domínio de território e de domínio da pobreza. A milícia é a exploração dos mais pobres do território por um projeto político e econômico. Nasce da política, não nasce na polícia, muito menos no cárcere. Milícia é máfia. Um projeto de poder. Milícia não é Estado paralelo. É Estado leiloado a outros interesses. Interesses criminosos, de grupos criminosos."

---

6 Palácio Guanabara, na Rua Pinheiro Machado, sede do governo do Rio.

A voz de Marcelo Freixo[7] me veio espontaneamente. A advertência de que, no Rio, a milícia é o braço armado do Estado. A voz não me chegou como *música chiclete*, mas como uma canção ou sinfonia triste. Daquelas que marcam nossas vidas. Eu as chamo "vozes de compromisso". Do compromisso humanista com as pessoas que vivem e sofrem. Emoções intensas me causam esse efeito e eu estava com medo.

Muito medo.

Eram três caminhonetes. A primeira, mais larga, servia de escudo às demais. As portas traseiras do primeiro e do último veículo se abriram. Quatro homens armados de fuzis saltaram e postaram-se ao largo, em movimentos discretos.

Do carro ao centro, desceram dois sujeitos baixos e fortes, com pistolas que alteravam o volume das camisas. Calvos de óculos escuros, os dois, como estereótipos vivos. O Rio, onde Estado e Crime frequentemente encarnam na mesma pessoa, é a matriz da extrema-direita brasileira. São Paulo e Santa Catarina são derivações. Nenhum careca causou espécie.

Os sujeitos atravessaram o portão do pátio olhando ao redor e para o interior da igreja. Aproximaram-se das senhorinhas, cumprimentaram, acenaram a alguns presentes e entraram na nave. Instantes depois, voltaram ao pátio e posicionaram-se junto à porta. Rotina. Sabiam que a barra estava limpa, tinham gente lá dentro, ou não teriam vindo.

Então a porta da caminhonete ao centro se abriu.

Um homem desceu pelo outro lado, contornou o veículo e surgiu, todo de branco, com pulseiras e cordões de ouro, um *Rolex* faiscante e expressão severa por trás do *Ray-Ban*. Ele cumprimentou as senhoras, depois fingiu ignorar a inteira humanidade e entrou na igreja como se fosse o dono.

Porque era o dono.

O "dono do chão" e da "lavanderia". O chefe da *narcomilícia evangélica* em pessoa. Senhor do bairro e de tudo o que havia nele – e agora, *amigo de deus*. De que deus, eu não sei, mas não era do meu.

---

7 Entrevista em vídeo de Marcelo Freixo a Pedro Doria (Meio).

Eu o observei pela porta lateral. A fila deslocou-se para o lado e as pessoas abriram alas. O homem cruzou a igreja em direção ao altar como Moisés atravessou o Mar Vermelho. Naquele ângulo, não pude vê-lo junto ao caixão. Houve alguns minutos de espera e ansiosa imobilidade.

Um dos dois batedores à porta da igreja moveu-se para o portão da rua. Pelo canto do olho, vi que um dos homens armados de fuzil se aproximou da grade, no eixo da parte mais longa do L em que eu estava agora.

Pela porta lateral da igreja, vi Alberto passar de braços abertos, artificialmente afastados do corpo. Um homem que não estava com o grupo, mas no interior do templo, o seguia bem de perto, com mão na cintura e *Bíblia* no sovaco.

O homem de branco surgiu um segundo depois, olhando dentro dos meus olhos. Ele sabia exatamente onde eu estava e saiu pelo lado, vindo em minha direção.

Eu não portava arma. Não era louco de vir armado para área de milícia. Seria pedir para ser executado se a arma fosse encontrada. Porque existe o *poliça* e existe o bandido. Para o bandido, ex-*poliça* é coisa de intelectual. A menos que se torne bandido também, mas aí é cada um por si.

Fiz cara de paisagem, sustentei o olhar e rezei. O que mais eu podia fazer? O desespero dispara tudo que é humano. A religião é um fenômeno da Cultura, mas a religiosidade é própria do homem. Portanto, rezei com um fervor muito íntimo.

Só desviei os olhos um instante, à procura do meu parça.

Alberto estava fora da igreja, na calçada, junto à grade, escoltado por um dos homens de fuzil. O outro, o de *Bíblia* no sovaco, sumira.

O chefe da milícia tinha sangue nos olhos, mas falava baixo. Cheirava como uma destilaria, o maior perigo. Um imprevisto que mesmo os planos geniais têm, o que não era o caso, decididamente.

— Inspetor Iracy Barbosa — disse. — Se você não é maluco, é o cara mais burro que eu já vi.

Eu poderia responder que me chamar de burro estava virando moda, mas não. Ele não podia adivinhar, mas estava ali a meu convite, sem prejuízo da tensão e do medo. Para aparentar tranquilidade, falei pausadamente. Mantive a voz sob controle. O camarada não me conhecia e não perceberia as mudanças. Contei com isso.

— O senhor deve saber que eu saí da polícia tem tempo. E saí limpo. Nunca esculachei ninguém.

— E só por isso ainda pode falar e andar. E vai andar praquele carro — disse, apontando com o queixo. — O carro da frente. Agora.

Foi o que eu fiz em movimentos pausados. Atravessei o pátio em direção ao portão. Acenei educado para as senhorinhas – e percebi seu desespero mudo. Observei de soslaio que Alberto era conduzido à última caminhonete.

Escalei o banco de trás do veículo adiante dos demais. Tinha cheiro de aromatizante de morango, tive vontade de vomitar. Rezando para não golfar em cima de ninguém, me vi entre dois homens de fuzil.

O comboio partiu. Antes que dobrássemos a esquina, o homem no banco da frente se voltou e, sem me olhar nos olhos, me alcançou um saco de tecido preto. Vesti a venda com cheiro de suor, medo e gordura. O Universo se apagou. Tive saudade dos morangos. Segundos depois, eu estava algemado. Um hábito, uma práxis, eram ex-policiais.

Abri bem os ouvidos para tentar fixar o trajeto. Ouvi uma risada contida e alguém ligou o rádio. Um *funk proibidão*. Barulhento, desafinado e pobre, com uma letra de merda sobre a sexualidade de alguém. Uma expressão genuína de carência e desamparo.

Por trinta ou quarenta ou cinquenta ou sessenta minutos, existi em um mundo estrondoso e destituído de luz. A caminhonete balançou, arfou e subiu. Mas subiu muito. Nos intervalos de desarmonia dos *funks*, ouvi o som que os pneus fazem em pistas de terra. Eu estaria na estrada da Serra da Paciência? Como saber?

Quando a caminhonete finalmente parou, veio um silêncio enorme. Eu queria voltar para o mundo estrondoso, mas já não podia.

— Desce.

Estávamos no Rio. O silêncio era anormal. Alguém agarrou o meu braço e me guiou para fora. Meu equilíbrio oscilou com as algemas. O tênis deslizou em chão de barro seco e me bateu um vento quente. Gelado, só eu.

Se permanecesse vendado, eu talvez sobrevivesse. Mas precisava quebrar meu silêncio, nem que fosse para parecer humano. Se me deixasse desumanizar, seria assassinado a qualquer momento.

— Eu esperava falar com alguém… — eu disse, alto e firme.

— Fala baixo, caralho — ordenou o chefe, a três ou quatro metros. Uma distância prudente para não sujar as roupas brancas com o meu sangue. — Tu esperava falar com quem?

— Um diretor, um gerente. Ser recebido pelo senhor foi inesperado.

Eu sabia o nome do chefão, ex-capitão PM. IFP – a *folha corrida* – de nove ou dez metros. Gerásio Guedes, o Gera. Mas não me atrevi a dizê-lo em voz alta. Sequer cogitei.

— Por que tu acha que viria alguém? Eu nem sei por que tu ainda tá falando…

— Quem avisou Brasília fui eu, senhor. E sabia o que estava fazendo. Eu não tinha motivo nenhum pra fazer contato, e eles podem confirmar.

Ele calou, uma reação. Por uma fração de segundo, não esteve ali, onde o silêncio era imenso, e o vento, quente, perpétuo, soprando do além. Eu estava intimidado, ele não se preocupou em me intimidar.

Ele queria entender.

— Tu tá dizendo que ligou pra Brasília de propósito? Que não foi vacilação?

— Meu amigo em Brasília tem outros amigos. E gosta mais deles do que de mim. Eu joguei com isso.

— De quem tu tá falando?

— Não sei se o senhor conhece. Ele é amigo do seu amigo. Ou quer ser amigo do seu amigo e quis mostrar sua amizade primeiro.

— Você tá falando do Chico Lobista.

Não neguei nem confirmei. Segui o meu rumo.

— Eu posso resumir? — perguntei. — Pro senhor entender o que aconteceu?

— Te dou um minuto.

Ele estava no escuro e furioso por causa disso. Era um líder inflexível e voluntarioso, acostumado a conformar o mundo ao seu próprio arbítrio. O deus de Cosmos. Senhor da vida e da morte. Até igreja o homem tinha. Mas, agora, recebendo ordens que vinham de longe, que não entendia e precisava cumprir, agia contra sua natureza. Não sei que tipo de acordo ele tinha nem queria saber. Eu estava ali por outras razões.

— Fui contratado para investigar o sumiço de um professor que apareceu morto nos Estados Unidos. Foi essa a minha consulta, um acordo de silêncio que eu cumpri. A morte desse senhor envolvia pessoas de alta roda. Me deram uma pista pra me ocupar, mas botaram gente na minha cola. Gente muito boa, aliás, eu não percebi. Não vi nada nem ninguém. Eles queriam saber o que eu sabia. Queriam medir o que tinha vazado e como tinha vazado. Minha investigação me levou ao pastor Herrera. Mas não por causa dos… negócios dele, que eu nem sei quais são. Foi o passado. A tatuagem que ele tinha nas costas. Os três losangos. Mas quem manda não quer saber. O pastor devia ter outros problemas, outras broncas, eu não sei e não quero saber também. Só por isso ele veio a óbito.

— Foi latrocínio. Saiu no jornal.

— O senhor tem razão, se saiu no jornal, é verdade. — Fiz o comentário com tanta pressa que nem por um segundo ele pensou que fosse deboche. Eu estava apavorado demais para ser engraçadinho. — Houve essa infeliz coincidência. Tudo isso aconteceu porque em Brasília não acreditaram que eu estivesse investigando o passado do Carlos Herrera. Pensaram que eu investigava… questões atuais. — Modulei a voz, fui firme e pausado. Precisava me recompor. — Essas coisas não me dizem respeito, senhor. Não sou burro nem maluco. Não é isso. São os losangos. Mesmo.

Ele ruminou. Seu silêncio foi maior que a quietude anormal e sombria em que eu afundava.

— Se tu é o malandro que finge ser, o malandro que me trouxe até aqui num domingo, por que tu me chamou?

— Eu liguei pra Brasília porque preciso de uma pista e não tenho nenhuma.

— O que você tá procurando? Que porra de conversa é essa?

— *Círculo Hermético e Hermenêutico do Self.*

— Que que é isso?

— Uma seita. A cartola de onde Carlos Herrera saiu.

— Uma seita? Coisa religiosa?

Eis um terreno delicado.

— Não sei. "Círculo Hermético e Hermenêutico do *Self*". O "hermético" pode ter muitos significados.

— Eu nunca ouvi falar dessa porra.

— Quem ouviu, sumiu.

— Por que você quer investigar essa merda? Te prometeram alguma coisa?

— Não senhor.

— Então, o que você tá procurando? Que jeito estranho de se matar. Tu quer morrer? Posso fazer tua vontade, resolvo teu *pobrema* agora.

O que responder? Repetir o diagnóstico equivocado de Kepler? "Ira, você tá bancando a investigação porque está zangado com as seitas. Cometeu um erro no passado, agora quer consertar com um erro maior."

Ou dizer a verdade?

Escolhi uma mentira intermediária.

— Quero saber por que duas pessoas desapareceram por se envolver com a seita, sendo que uma apareceu morta nos Estados Unidos. Num cemitério, inclusive. Quero saber que conhecimento é esse, que mata. Quero entender o que foi feito de uma estudante universitária que desapareceu vai fazer quatro anos.

Mais silêncio. Menor, desta vez.

— E de mim, o que você quer?

— Um nome do passado do pastor Carlos Herrera. Qualquer nome. Alguém que o conheceu antes de ele ser Carlos Herrera.

— O nome dele não é esse? — perguntou, mas não havia surpresa na voz. Talvez estivesse me testando, não sei.

— Não, senhor. Mas não conheço o nome verdadeiro.

— Já falou com a mulher dele?

— O marido dela sofreu… latrocínio. Ela não vai abrir a boca com um estranho.

Ele estalou a língua. Um *tsk*.

— *Tsk*. A mulher dele só sabe gastar dinheiro — disse. — O resto ela não sabe mesmo.

O celular do chefe tocou. Ouvi seus passos se arrastando, afastando-se no chão de terra. Ouvi o "Alô" e mais nada.

Esperei.

Medi a eternidade.

De repente, senti a pressão de um objeto sólido na orelha.

— Fala aí — disse o líder da milícia.

Ele tinha se aproximado sem barulho e encostado o celular no meu ouvido.

— Alô — eu disse.

— Reconhece a minha voz?

Reconheci a voz e o sotaque. Chico Lobista, em pessoa.

— Sim.

— O senhor é a pessoa mais teimosa que eu já vi.

— Não sou teimoso, sou "obstinado".

— Qual a diferença?

— É mais bonito.

— Teimosia demais é a forma exterior da burrice. Pessoas primitivas são teimosas assim. O senhor precisa aceitar que é defunto barato. Nem polícia mais o senhor é. Se sumir agora, ninguém vai saber. Já ouviu que "o poder é como o raio, fere antes de avisar"? É nessa condição que o amigo aí vai te liberar. Não vai ter outro aviso.

Desligou. Afastei a cabeça para indicar o fim da ligação. Veio um novo silêncio e outra eternidade. Eu o ouvi se afastar e esperei e esperei.

De repente, ele sussurrou perto de mim.

— Eu vou te dar uma pessoa conhecida do Herrera — disse. — E quando você terminar, quando fechar essa porra, tu vai me contar o que descobriu.

— O senhor quer saber quem são as pessoas de Brasília? Os amigos do seu amigo?

— O meu amigo é deputado. O amigo dele é senador. O outro é o Chico Lobista.

— Entendi.

— Não entendeu porra nenhuma: tu vai me apontar o senador. Quero saber quem é.

Era isso. Como eu, aquele homem também fora encapuzado. A rede de poder da milícia tinha chegado tão alto a ponto de subjugá-la. Chico Lobista transitava por muitas esferas.

— Quem é a pessoa que eu tenho que procurar? — perguntei.

— Ela vai entrar em contato contigo.

— Combinado — eu disse. — Mas, senhor, preciso esclarecer duas coisas. Eu tenho que garantir a segurança do Alberto.

177

— Como, se nem a tua você garante?

Ignorei.

— O Alberto é araponga nesse esquema, só. Ele não sabe de nada, eu não contei nada. A outra coisa é que eu não posso ter prazo. Eu já estou nessa vai fazer dois anos…

— Se tu souber de alguma coisa, me diz. Se eu souber que tu soube e não disse… vai doer.

Não esperou resposta. Alguém me empurrou de volta à caminhonete.

17. ROTINA

Quando finalmente me tiraram o capuz, eu estava em uma das esquinas da rua da igreja. Não sei por que mantiveram a carapuça. Desci com calma, procurando o Alberto, até para evitar o olhar dos homens nas caminhonetes.

Dei com o Alberto praticando o mesmo esporte, me fixando como um falcão peregrino. Ele estava ensopado de suor. As roupas tinham mudado de cor e de forma.

As caminhonetes partiram, eu me aproximei. Al ainda não estava andando.

— Alberto, o que você veio fazer aqui?

Ele continuou me encarando.

— O que você acha? — desafiou.

— A maldita curiosidade profissional.

— Como é que eu fui cair numa arapuca dessas, Ira? Que malandro sou eu? Foi pior que discutir com a minha mulher, que Deus a tenha.

— Morreu?

— Não, mas devia. Que Deus *a tenha*.

— É difícil explicar a curiosidade profissional pra quem é de fora, né, Alberto?

— Lá no morro eu ouvi o chefe dizendo que você tinha entregado a gente...

— Entreguei a mim, mas foi calculado.

— Tu quer jogar com milícia, Nêgo? Tu tá mais louco do que antes, Ira. Mais louco do que sempre foi. Tá ficando velho, tá ficando cheio de vontade, tá perdendo a noção, só pode.

— Calma, Al. Detetives mantêm dossiês com advogados. Não sou um defunto tão barato assim. Pra que arriscar? Sangue custa caro, e eu não valho a pena.

— E por acaso você tem relatório com advogado?

— Claro que não. — Ele riu de nervoso. — Dossiê de que se eu não sei de nada, Alberto? Se você diz que vinha, eu não tinha deixado. Cadê o teu carro? Vem atrás de mim.

O bar, lógico. Bem longe dali.

*

A vida seguiu o seu caminho de inutilidade, e eu segui os homens e mulheres infiéis na cidade infiel. Os que passeiam de mãos dadas com seu amor ilícito ao meio-dia. Indiferentes aos riscos da vida dupla, o que pode não ser nada ou trazer tremendas consequências.

No fundo, querem ser pegos. Não têm coragem de romper com o hiperconformismo, a passividade, a alienação existencial, a resignação. Entregam ao acaso a probabilidade de ruptura da vida pregressa. Atiram suas vidas para o alto, como moedas.

Se me perguntarem, direi, não vale a pena. A experiência demonstra que, rompidos os laços, o que é novo começa a oxidar. Nós somos miragens, Ira. Ninguém existe como você pensa. O Outro é uma invenção. O amor não tem nada a ver com O Outro. O amor é só de quem sente.

Um caso extraconjugal levado a sério é uma experiência melancólica. Lembro de um camarada saindo de uma livraria em Botafogo, daquelas com bar e restaurante, de braços dados com a amante morena. Que casal bonito. Eram quatro da tarde em um verão carioca. Ele me viu dentro do carro com a teleobjetiva, na vaga que me custou cem pratas. As fotos ficaram como a sequência de um filme.

O sujeito olhando para a morena e sorrindo, a gente entendia o porquê.

O sujeito encarando a lente da câmera.

O sorriso fulminado.

O estranhamento.

A cabeça baixa.

Os olhos cravados nos próprios sapatos, sem ver.

O entendimento.

O espanto.

De novo encarando a lente, desta vez, com compreensão.

O assentimento.

A resignação.

O dar de ombros, o seja o que Deus quiser.

Dias depois, lá estava eu seguindo o executivo de uma empresa brasileira no exterior. A esposa, lá do país em que vivia, contratou a campana via *internet*. O marido entrou no *modo solteiro* assim que pisou o Brasil, saindo com a ex-colega de faculdade que não estava nem aí. O executivo exalava as peculiaridades dos ofídios, e a amante, cobiça, pois o Eu angustiado só quer saber de si. A vida escreve em nossos olhos, mas os dela tinham um brilho falso. É assim que as coisas são.

Como o veneno da angústia é um surto, tornou-se comum registrar o flagrante nas primeiras 24 horas do contrato. Tive de instituir um novo sistema de pagamento: mínimo de cinco diárias, mesmo que o detetive – no caso, eu – registrasse o flagrante assim – *SNAP* –, em um estalar de dedos.

Ninguém reclamou. O que mata é a dúvida, a expectativa, a espera. Por paradoxal que seja, a verdade causa dor, mas traz alívio.

Mudando de assunto, ninguém me procurou na primeira semana após o choque com a milícia. Isso também foi difícil, pois o que mata é a dúvida, a expectativa, a espera.

Eu estava angustiado.

Achei que merecia Pandora naquela sexta-feira. Andava impaciente, não queria perder tempo namorando ninguém, não estava a fim de um relacionamento e, milagre, tinha dinheiro no banco. Como não se pode ter tudo, a inteligência e a beleza de curar soluço de Letícia teriam que bastar.

Liguei para Valesca, que estranhou.

— A Letícia não te deu o telefone, Ira? Ela gostou de você.

— Gostou, né? Não podemos culpá-la por isso, eu sempre causo esse efeito. Mas ela sabe que nós somos amigos, Val. Ela não quer passar por cima de você, nem eu. Tem a comissão. É justo. É o seu trabalho.

Val hesitou.

— Ira, eu te ligo.

Ligou em dez minutos.

— Ira, te passei o *zap* com o contato da Letícia. Ela autorizou e eu também. Resolvam-se.

— Não sei como agradecer, Val.

— Não sei como você pode agradecer, Ira. Mas vou pensar em alguma coisa.

Liguei na hora. Letícia atendeu com um sorriso honesto, tenho certeza. Sorriso é algo que se escuta.

— Ora, ora, ora. Mr. Sherlock Holmes. Por que não ligou antes?

— Não é minha intenção ser indelicado, mas eu não tive grana pra ligar.

— Pra você eu divido no cartão.

— A fatura do cartão é tão inevitável quanto a morte. — Ela riu. — Letícia, eu sei que sua agenda é disputada, mas você talvez pudesse encontrar um tempo pra mim.

— Você tá pedindo pra furar a fila? O ex-seminarista? Não tem vergonha não?

— Tive uma vez, mas esqueci no ônibus.

— Pra você eu só tenho horário na terça.

— Putz. Ainda é sexta…

— O dia que eu mais trabalho é segunda. A sexta tá queimada há muito tempo, ninguém arrisca o casamento na sexta. Só que eu tenho compromissos… As terças são minhas.

Veio um silêncio e o suspense sobre o significado do comentário.

— Na terça, você vai abrir uma exceção pra mim? — sugeri, tateando.

— Ira, aprende uma coisa. Nenhuma regra admite exceção. Eu não abro exceções pra ninguém. Nem pra mim.

— Nesse caso…

— Você ligou pra Letícia, não ligou pra Pandora. O celular da Pandora é outro. Você marcou um compromisso *comigo*. Se tiver que desmarcar, é melhor sair do país, eu sei onde você mora. — Riu com leveza. — Eu chego às oito. Você cozinha muito bem e eu gostaria que cozinhasse pra mim. Sou carnívora e como de tudo, menos aqueles peixes esponjosos. Vou comer você também, mas depois do jantar. Eu levo o vinho, combinado?

— Com certeza, mas...

Desligou *a la* Valesca, e eu sei o porquê. O temor de que alguma ponderação desastrada arranhasse o encanto desse evento raro, o compromisso não profissional com um homem. Uma mulher tão inteligente, vivendo da própria beleza, nem devia reparar que estava só.

Mas sabia que estava.

A solidão é própria do humano. Acessório de fábrica. Estamos todos sozinhos. A gente nasce e morre sozinho, o amor, qualquer amor, é para fingir que não. Como as pessoas não se suportam, precisam pertencer a grupos ou pertencer a alguém, o que der. Sozinhas, como disse alguém, estão em má companhia. Daí a igreja festiva que faz "arminha", as seitas que fingem ser famílias etc. As multidões não são seletivas.

Lisonjeado, preparei *A Terça-feira da Letícia*.

Pelo menos tentei, com honestidade.

18. LETÍCIA

Não sou *gourmet* nem *gourmand*, mas gosto de cozinhar. A vida inteira eu fiz o que não queria porque não podia optar. Este país rouba o direito de escolha na maternidade. Foi como o jovem que queria ser padre virou *poliça*. Eu esnobo as receitas como um ato de modesta rebeldia, mesmo sendo fã da Rita Lobo. Faço do meu jeito, sem medo. Chama-se "independência". Rita Lobo aprovaria, eu sei.

Para Letícia, preparei escalopes de *mignon* ao vinho e uma massa leve, com molho de tomates frescos, manteiga, ervas, grão-de-bico e cogumelos Paris. Nada de mais. Os pratos principais seríamos nós.

Eu mesmo fiz a pasta do *fettuccine* com uma polegada de largura. Lindo. Doze ovos e um quilo de farinha, sem água ou leite. Uma massa de pedra, comprei a máquina à manivela para a ocasião. Letícia merecia o melhor. A bunda mais gostosa do mundo é um cérebro de primeira classe.

Levei duas horas para fazer o molho com grão-de-bico de caixinha e tomates escolhidos como se minha vida dependesse disso. Quando abri a porta para recebê-la, perfumei o corredor, o edifício, a Moura Brasil, Laranjeiras e o Cosme Velho.

Ela estava linda em trajes civis. Um vestido curto de tecido azul, irresistível.

— No museu já sabem que você fugiu de um quadro de Gauguin?

— Estou atrasada, não estou?

— Uns quarenta anos, no máximo.

Ela me deu um beijo forte, estalado, me empurrou de volta ao apartamento, fechou a porta atrás de si e aspirou o aroma.

— Ira, não brinca, vigia esse molho. Não é hora de apagar? Isso não pode ser melhor.

— Prove, por favor.

Não, não podia ser melhor.

— Posso mexer aqui? — perguntou, vasculhando os armários e gavetas à procura do abridor, mas isso foi depois. Antes, de uma bolsa compacta, fez saltar duas garrafas de tinto. *Château Bélair-Monange*, mais de mil reais a garrafa, e *Château Mornag Rouge*, um vinho da Tunísia forte e aromático.

— O príncipe e o mendigo — ela disse, exibindo uma garrafa em cada mão. — Aquele seu *Chablis* é uma delícia, mas a verdade é que até hoje não entendi a finalidade do vinho branco.

— Eu te entendo. É um mundo sujo.

Eu não tinha mesa de jantar. Cavalheiros solteiros de origem modesta improvisam diante do televisor. Falseei com uma mesa metálica de armar, a dos botequins, que emprestei do salão de festas do condomínio. A toalha era bonita.

Letícia reparou.

— Um homem não compraria essa toalha — ela disse.

— Minha ex preenche seus vácuos com a insignificância. E por causa de alguma insignificância, abandonou essa toalha.

Ela sorriu.

— Conheço o tipo. Mamãe é assim.

Os melhores vinhos franceses não saem da França. O *Château Bélair-Monange* era maravilhoso, sem dúvida, mas não "excepcional".

— Gostou do vinho? — ela perguntou.

— Excepcional.

Ela sorriu de novo.

— Mentiroso.

Letícia comeu com prazer, o que me fez muito bem. Alguém já viu um avarento ser bom cozinheiro? Não existe. Cozinhar para o outro é o ato da mais alta generosidade. Isso explica o sabor da "comida da mamãe", mesmo quando mamãe é má cozinheira.

Ela notou meu contentamento. No fim, de boca cheia, apoiou a mão sobre a minha. Sorriu *a bocca chiusa* e fez um assentimento agradecido. Elevei a taça, brindamos e, não lembro bem como começou, de repente, estávamos fazendo amor pela segunda vez naquela noite.

— Quanto tempo juntos? — ela perguntou, ajeitando os travesseiros e se reclinando.

— Oi?

— Com a dona da toalha.

— A toalha é minha.

— Por que acabou?

— "O casamento é um destino muito pobre para uma mulher."

— Essa é velha, Ira, é Borges. — Sorriu. — Você sabe o que ele disse depois?

— Que ninguém entende as mulheres, nem ele. Estou em boa companhia.

— Quer falar sobre isso? A separação? É bom, Ira. É catarse.

— Os álcoois ruins...

— Faz de conta que eu sou um barril de uísque.

— Você é um ânfora.

Eu não queria falar. Ela entendeu, segurou o meu rosto com ambas as mãos e me beijou.

— Fala, Ira. Eu preciso ouvir. Vício profissional.

— Isso tem duplo sentido.

— Três. Prometo ouvir como mulher, psicóloga e puta. Confie na puta.

Suspirei. Havia más recordações, que não Patrícia, no ocaso do meu casamento. Foi um período difícil. Tempo de doença.

Mas lá foi o ex-seminarista se confessar...

19. PILLOW TALK

— Eu fiquei muito doente, Letícia. Fiquei uns três ou quatro meses sem andar… um esforço enorme pra ficar de pé… me apoiava nas paredes… tinha que parar pra respirar… pensei que estivesse morrendo.

— Mentira… o que você teve?

— Duas oclusões.

— Você teve duas tromboses?

— Fui tratado como cardiopata. É uma história longa e complicada… Ela me deixou em casa doente e viajou com o irmão. Dias depois de me ver entrar em casa tremendo, de quatro, engatinhando feito um bebê, e me sentindo humilhado porque não conseguia ficar de pé.

— E ela te deixou sozinho.

— Na véspera da viagem, eu passei muito mal. Bati na porta do quarto, ela tinha deitado cedo, ia pegar o avião às sete da manhã. Eu disse que tinha alguma coisa errada comigo.

— E ela?

— Riu.

— Meu Deus…

— O Eu é como o bolsonarismo, que se revela quando acusa. Ela riu e disse "Você não vai morrer não", como se eu estivesse com medo. Não estava, Letícia. Nunca estive. Nunca me lamentei. Ela é quem tem pavor da morte, embora finja que não. Patrícia se afastou de mim quando adoeci, como se um problema no coração, era esse o diagnóstico, fosse contagioso. Ou como se estivesse com medo de virar minha *cuidadora* se eu não me recuperasse. Quando ela teve *covid*, quem cuidou fui eu. Foi leve a partir do quarto dia, mas ninguém sabia que seria leve. Foram mais de setecentos mil mortos no governo fascista…

— Ira, termina a história.

— Ela foi pra praia no Nordeste. Ficou uns dez dias e voltou pra São Paulo, onde o irmão morava, não veio pro Rio. Enquanto ela passeava, eu tive a segunda oclusão.

— Meu Deus…

— Uma punhalada no peito. Uma dor insuportável. Pensei que estivesse infartando, caí no chão da cozinha. Uma hora depois, quando fiquei de pé, meu casamento tinha acabado. Foi como descobri os coágulos. Eu descrevi os sintomas, e o cardiologista, o segundo, achou parecido com outro caso. Ele mandou fazer a tomografia no lugar certo e localizou as oclusões.

— As duas?

— Hum-hum.

— E aí?

— Quando ela voltou de viagem, no que enfiou a chave na porta e abriu, eu disse que o casamento já era...

— E ela...

— Não disse uma palavra. Eu perguntei se ela queria comentar, eu disse que ia ouvir, ela não quis.

— Ela te manipulou...

— É assim que as coisas são. Mas não fui "ludibriado", eu vi acontecer. Só não me importei, embora a deslealdade doesse.

Letícia me encarou com muita inteligência.

— Você não se importou porque sentiu alívio?

— Hum-hum. Ela queria a vida burguesa de volta. Está envelhecendo rápido, e eu não vou ficar rico... não nesse mês.

Ela sorriu com condescendência. Eu me apressei.

— Não tenho nada contra o dinheiro, Letícia. Mas tenho pavor da burguesia brasileira, que cabe em Cinco *is*: insossa, inculta, imbecil, insensível e ignominiosa.

— Por que "ignominiosa"?

— A burguesia brasileira é a ciranda dos mortos. A *dança macabra* medieval. Mortos insepultos, os *transis*, patrocinando o genocídio da *covid* e a tentativa de demolição da democracia. Matando e enterrando direitos sociais e trabalhistas para custear o rentismo. Fascistas, todos eles.

— Ira, eu vou votar em você, mas termina a história.

— Onde eu... Em um ambiente insípido, de frivolidades, Patrícia está entre iguais. Tudo bem, é a sua natureza, não tem discussão. Mas por que não assumir? Qual a dificuldade em ser honesto nas situações em que a honestidade só depende das palavras? Ela queria minha amizade...

— Por quê?

— Porque eu sou um cão.

Sorri. Ela me abraçou.

— Você tem pulgas?

— Tenho pulgas e lealdade. Ela é quem prometia as coisas assim — estalei os dedos —, mas a palavra era vento. Ela fez uma promessa que nunca teve intenção de cumprir e eu fiquei pensando "Como é que uma pessoa mente pra você jurando pela memória da mãe morta, a mãe que ela viu morrer?" O que ela tem de sólido é o rancor. Nunca conheci ninguém tão rancoroso.

— O rancor é o tesouro do narcisismo. Mas você amou essa mulher...

— Lógico. O amor é óbvio, só o ódio é complexo.

— Nada é óbvio.

— Não sou um homem "profundo", mas tenho alguma densidade.

— E ela?

— Um Eu enorme, mas vazio.

Calei. Mas... eu tinha chegado até ali, não tinha? Por que não regurgitar o pior de tudo? O que feria o ex-seminarista. O que feria minha humanidade.

— Tem a cereja do bolo. Dias depois de ela ter voltado, não lembro quantos, eu desmaiei. Tenho mais de um e oitenta. Caí de costas, bati a cabeça no chão. Ela ouviu a onze metros. Quando voltei, ao invés de me cuidar, tentei acalmá-la. Eu ainda estava no chão, entende? Ela parou de chorar, serenou muito rápido, e disse do modo mais tranquilo que "Ninguém tem obrigação de cuidar de ninguém. Só as mães." Ela não me disse isso quando teve *covid*.

— O *descarte* no seu momento mais indefeso é típico. Você percebeu que ela ficou com raiva de você, não percebeu?

Encarei Letícia.

— Como...

— Ela ficou furiosa, não foi? A doença exige a empatia que o narcisista não tem. E enfraquece a noção de perfeição e controle que ele precisa ter. Isso é TPN.

— Transtorno de Personalidade Narcisista? Está na moda, né? Eu acredito que ela seja uma "narcisista vulnerável".

— A *superioridade silenciosa...*

— ... e velada. Tudo nela era velado. Aliás, o narcisismo é a grande metáfora do nosso tempo. O "mercado" é o narcisista vulnerável.

— É uma condição clínica. Uma patologia psiquiátrica classificada no DSM-5. Que mais?

— Raivosa na intimidade, reagindo muito mal à mínima crítica, insegura, mesquinha, que exigia atenção o tempo todo, que nunca pedia desculpas, que dizia coisas horríveis e depois negava. "Eu disse isso? Você tá maluco." Impossível conversar...

— Você se sentia solitário.

— Eu sou solitário. Eu me sentia abandonado.

— Típico.

— Pouco antes da separação, pedi pra fazer uma pergunta. "Pode fazer." "Então, Patrícia, você disse que 'ninguém tem obrigação de cuidar de ninguém; só as mães.' De onde você tirou isso? Parece um adágio, a frase não é sua." Eu juro, Letícia, eu só queria entender... ela fez parte de uma seita, uma vez... primeiro ela negou, mas não deu, era coisa recente. Aí virou pra mim, muita tranquila, "Você só lembra das coisas ruins", como se isso não fosse...

Hesitei.

— Fala, Ira.

— Monstruoso. Desumano. Foi de onde eu caí. Foi o que tornou a separação muito fácil. Eu perguntei "Qual foi a última coisa boa que você me disse"? Ela dizia que tudo era culpa minha, que eu não reconhecia nada e era egoísta, sabe? E eu me perguntava "Meu Pai, será que eu sou assim"? Aí eu comecei a prestar atenção nos momentos em que era egoísta.

— Quando dizia "não". — Ela tentou sorrir. — Eu não adivinho, Ira. Que história é essa de "seita"?

Fiz a síntese da conversa com Kepler, não preciso repetir. Mas Letícia quis saber mais, muito mais. Como todo mundo, era atraída pelas variedades da loucura.

Por fim, suspirou.

— Você fazia proselitismo? Falava de sua fé?

— Ela tinha signos místicos indianos na parede e na mesa de trabalho. Quem fez fui eu. Não colonizo a cabeça de ninguém.

— Bom menino. Termina.

— Você é boa nisso.

— Termina o bafo. Você não sente raiva, frustração, irritação…

— Isso passou rápido.

— Ficou o quê?

— Primeiro, foi o desencanto. Depois, a desilusão. Então, a indiferença. Quando você não alimenta o rancor, as pessoas que você despreza se diluem. Não demorou.

— Mas você ainda sente…

— Estou dividindo minha perplexidade. O choque moral.

Ela me abraçou.

— Eu entendi que a separação foi civilizada. O que houve?

— Ela fez outra leviandade, e eu me toquei que já não precisava aturar. Se ninguém tem a obrigação de cuidar de ninguém, eu não preciso me sentir responsável.

— Não precisa mesmo, isso é manipulação. Ela não queria sua amizade, queria um plano B. Ninguém tem defesa contra alguém assim. Eles são predadores muito próximos dos psicopatas, Ira. Narcisistas, psicopatas e maquiavélicos são a *Tríade Sombria* da psicologia social. Se serve de consolo, o narcisista inveja aquilo que destrói.

— É assim que as coisas são. Mas eu só entendi quando… como se diz?

— "Quebrou o ciclo". Ótimo. Vocês tiveram filhos?

— Não.

— Ela tem?

— Significa alguma coisa?

— Muitas mulheres não querem filhos. Eu não quero. Mas as narcisistas não querem de jeito nenhum. Elas não sentem empatia, não podem amar. O que não é Eu, não existe.

Letícia me acariciou em silêncio. Um hiato em que eu poderia acrescentar alguma coisa, mas já não tinha nada a dizer.

Por fim, a bela propôs um brinde.

— À mediocridade e ao que vem depois da mediocridade.

— O quê? — quis saber, intrigado.

— O abismo.

— Não sei se...

— Eu sou puta numa sociedade bárbara e hipócrita.

— De gente perversa, liberal na economia e conservadora nos costumes?

— Isso é tipo jurar pelo cadáver da mãe, né? — Ela sorriu sem ressentimento ou altivez. Letícia não estava nem aí para a sociedade enganadora que a desprezava. — Cercada de mediocridade, eu nem preciso abrir a boca. Cresço até por contraste. — Ergueu a taça. — Aos comediantes.

Tim-tim.

— Você já passou por algo assim, mulher?

Ela me olhou fingindo estranhamento. Que rosto. Que expressão.

— Eu, Letícia, a filha de dona Lúcia, gostar de uma miragem? — Riu. — Nós somos miragens, Ira. Ninguém existe como você pensa. O Outro é uma invenção. O amor não tem nada a ver com O Outro. O amor é só de quem sente.

— Que discurso, Letícia. — Sorri. — Posso usar?

— Vai citar a fonte? Jura? Então tudo bem.

20. ORAÇÃO

Letícia e eu conversamos com leveza até às três da manhã. Ninguém pensava em entrar na vida do outro. Gostávamos de estar juntos – e estávamos.

Ela sonhava uma vida boa e assumia o propósito. Sua profissão milenar e arriscada não comprometia a inteireza. Letícia entendia que a prostituição é o ofício de maior obsolescência do mundo, portanto, não havia tempo.

Ao contrário, ela tinha pressa.

Reparando que o vinho da Tunísia estava quase no fim, Letícia quis fazer "um repasto" com a última taça. As "reminiscências" do jantar viraram ceia.

O encontro só terminou na quarta-feira, às três da tarde. Eu a acompanhei até o táxi, voltei para dormir um pouco mais, vi os avisos de mensagens no celular, mas nem toquei no dispositivo.

Tirei folga de mim, do Bosco, do lobista de Brasília, dos milicianos, da vileza das seitas e da usurpação da religião pelos Carlos Herrera deste mundo. Como disse o filósofo Bob Guccione, *bon-vivant old school*, criador da revista *Penthouse*...

"A oração mais curta do mundo: 'Que se fodam'."

Que se fodam.

Todos eles.

É um mundo sujo.

21. EXORCISMO

Liguei para Kepler no sábado seguinte, na sequência de uma semana cansativa e uma garrafa de *Chablis*. Mas isso foi depois. Antes, fui abalroado por um telefonema do doutor Alencar, o delegado *old school* com quem trabalhei no sequestro de dona Charlotte.

— Ira, pegaram os caras. Três, pelo menos. Faltam dois.

— E eles vão entregar os comparsas?

— Duvido. Tem um pescador metido a malandro que se quebrou, mas não sabe nada. Os outros são do crime. Têm linhagem. E lobo não come lobo. O que negociou com você é sequestrador e assaltante de banco. Dois quilos de IFP. Alta periculosidade.

— Não surpreende.

— Ele pediu pra falar com você.

— É?

— É.

— Então. O senhor sabe o que ele...

— Nem imagino. Curioso?

— Minha curiosidade é uma doença.

— Eu sei — disse, sorrindo. Ouvi de longe.

— Onde está o camarada, doutor Alencar?

Autorizado pelo secretário de segurança, parti para a carceragem antes do horário de visitação. Fui reconhecido por ex-colegas, mas obedeci a todos os protocolos. Passei por cinco trancas, uma delas a seis metros da precedente, me identificando a cada portão de aço, sem brincadeira. Terminei em uma sala quadrada, pequena, de janelas gradeadas muito acima da minha cabeça, impossíveis de alcançar, com um banco de concreto em cada parede e um portão de grades. Fuga, meu amor, só pela porta da frente, é assim que as coisas são.

Surgiu um camarada enorme, forte, com cicatrizes no pescoço, olhos mortos de tubarão. O olhar não incomodava tanto assim. O que exalava perigo era a calma infinita da expressão. Como uma granada sem pino que deveria ter explodido há cinco minutos.

Ninguém abriu a grade. Era ele lá e eu aqui, e eu estava muito bem com isso.

— Dia — ele disse em voz baixa. — Lembra de mim?

— Não.

— Não?

Eu o encarei com intensidade. Nenhuma reação.

— Hã-hã — resmunguei. — Não te conheço.

— Tem mais de dez anos que você me prendeu. Roubo de carga. Um cegonha com nove carros de luxo.

Lembrei, mas fingi que não. Roubos de carga são uma indústria de mais de um bilhão por ano, e podem terminar muito mal para o motorista do caminhão. Daquela vez, não foi o caso.

— "Você", não — eu disse, com firmeza, mas sem elevar a voz. — Eu não sou seu amigo. Eu não tenho amigo sequestrador. O senhor não pode me chamar de "você".

Ele não se alterou.

— Primeiro, eu queria agradecer sua visita. E dizer que ninguém tocou num fio de cabelo da dona Charlotte, muito pelo contrário. Ela foi bem tratada, bem alimentada e foi medicada quando precisou. Eu sou profissional e agi como profissional. E peço desculpas pelo tratamento que lhe dei. Eu esstava trabalhando. O senhor também é profissional e…

— Uma senhora de mais de sessenta anos — interrompi. — O seu trabalho é muito covarde.

— O senhor é detetive, que eu sei. O senhor não fode a vida das pessoas? Não é o *seu* trabalho?

— Quem pula a porra da cerca assume a porra do risco. É assim que as coisas são. Não sou moralista nem hipócrita.

Que perigo aquele homem. Não por acaso, dona Charlotte manifestava sintomas leves da síndrome de Estocolmo, o que, aliás, não existe. É só um nome para caracterizar um sentimento torto depois de uma situação disforme e paradoxal.

— Mas não tem bronca — acrescentei, entendendo o que ele esperava ouvir. — Eu não vou patrocinar nenhuma maldade contra o senhor, nenhuma covardia. Não sou esse tipo de pessoa. O senhor não me deve nada, é cada um com o seu cada um. É assim que as coisas são.

— Seu Ira, o seu cheque tem fundo. Eu sei que o senhor não vai fazer crocodilagem. Mas eu queria pedir um favor pro senhor porque eu não tenho ninguém pra quem pedir.

Fiquei quieto. Esperei.

— Eu fumo. Eu fumo muito, seu Ira. Mas não tenho ninguém pra me trazer um cigarro.

O cigarro, por razões óbvias, é artigo de luxo no xilindró. Coisa de bacana. Ele estava me pedindo dinheiro na moeda corrente da carceragem. Tudo bem. Matar é tão fácil e prudente quando se é do ramo... mas o motorista da cegonha de dez anos atrás e dona Charlotte estavam vivos.

Assenti apenas e lhe dei as costas. Bati no portão de aço, esperei um minuto, refiz o trajeto em direção à saída, cumpri todos os protocolos (ou estaria lá até agora) e catei um botequim. Comprei cinco pacotes de um cigarro barato, cinquenta maços.

Eu faria do sacana um homem rico.

Posso assegurar, se ele tivesse uma fortuna, daria tudo para não passar um só dia na cadeia. O xilindró é enlouquecedor. A privação da liberdade, o confinamento na cela lotada, o cheiro da tranca, a comida intragável que exige o *recorte*[8], as horas infinitas de ócio são uma violência tremenda, mas sempre insuficientes para aplacar o desejo de vingança da sociedade.

Tornei à carceragem. Pedi ao *poliça* no balcão para providenciar a entrega dos pacotes, ciente de que nem um único cigarro seria subtraído: centenas de bandidos espremidos, angustiados ou furiosos em uma panela de pressão; meia dúzia de *poliças* malpagos e exaustos para segurar a tampa; nesse ambiente, cigarro é bênção.

Um exorcismo.

*

Como eu dizia, liguei para Kepler no sábado seguinte, na sequência de uma semana cansativa e uma garrafa de *Chablis*.

— O camarada fez contato — eu disse. — Na verdade, uma mulher.

— Quem?

---

8 As quentinhas nos presídios são encaradas como ingredientes, não como refeição. "Recorte" significa refazer a comida para torná-la minimamente digestível.

— A pessoa que conheceu Carlos Herrera antes de ele ser "pastor". A voz era de uma senhora idosa. Ela marcou comigo no subúrbio.

— Onde?

— Na fronteira entre Engenheiro Leal e Cavalcanti. A linha do trem corta o bairro em dois. De um lado é Cavalcanti, do outro é Engenheiro Leal. O mapa da prefeitura é diferente, mas é assim que as coisas são. Chama-se "realidade". No caso, a realidade do Estado mínimo. É estranho que a burguesia não viva lá.

— Não conhecem, é a única explicação.

— A dona marcou na passarela da estação de trem… na verdade, Kepler, eu não entendi nada. Tô meio alto e a ligação estava muito ruim. E a dona também era atrapalhada…

— Onde fica isso, Pilares?

— Pertinho do subúrbio verde de Pilares, justamente. Uma estação depois de Tomás Coelho, rumo Madureira, não tem erro. Ela marcou na passarela da estação de trem.

— Você já disse isso. Mas, ó, tem erro sim, Ira, tá TUDO errado. O cara da tatuagem morreu, a moça da tatuagem sumiu, o tal Carlos Herrera foi assassinado. Deixa esse negócio pra lá.

Kepler não sabia do meu sequestro-relâmpago pela milícia. Teria sido um sermão e tanto, de proporções castristas.

— Se o caso envolvesse outro mote, as paixões cariocas, por exemplo, samba, praia ou futebol, eu deixava pra lá — expliquei. — Mas é sobre um filho da puta que vende um tecido invisível para os que querem ser reis.[9] Eles foram duques, princesas e guerreiros na outra encarnação, não é isso? Nunca ninguém é camponês ou lavador de pratos. — Mudei de tom. — A questão é o abuso da fé por algum miserável. Por que tanta gente se deixa enganar? Deus é Mãe. Os homens dizem que Deus é Pai porque temem as virtudes das mulheres. Deus é Mãe. Mãe não desampara. Não é pela Patrícia, como você pensa, Kepler. Mas é mais forte do que eu.

---

9 "A roupa nova do rei", conto de Hans Christian Andersen.

— Interessante. Mas o que, além do álcool, explica o enunciado?

— Pandora abriu a minha caixa. — Ele riu. — Pandora exorcizou o que restava da Patrícia na minha garganta. Eu não conseguia engolir algumas coisas, ela me fez mastigar. O gosto ruim passou. Agora estou me sentindo num livro do José Louzeiro. Em um filme de John Ford. O subtexto, manja? Lealdade. Coisa que muita gente não entende. Você viu o subestimado filme *Jorge, um brasileiro*, do Paulo Thiago? Tem uma pista ali. O povo brasileiro tem um tipo peculiar de nobreza, e os canalhas se aproveitam disso. Eu, você, nossos amigos... mesmo em nossos erros... temos um tipo de nobreza... uma nobreza conquistada por atos morais, não pelo acaso do nascimento.

— Você bebeu como um cossaco?

— Me sinto livre de um peso.

— Vinho ou uísque?

— Vinho.

— Imaginei. O uísque desperta a violência, não a verve retórica. Uísque, num dia ruim, é cocaína líquida.

— Amanhã estarei sóbrio, enquanto os canalhas continuarão canalhas. Eu precisava avisar alguém. Não quero ir vendido pro limbo que a Central do Brasil impôs sobre Cavalcanti e Engenheiro Leal. Dois bairros de mesma longitude separados pela latitude da linha do trem. A Central do Brasil é o equador que divide o Rio entre o sonho e a sustentação do sonho, sem a qual o sonho não acontece. Nunca foi pelo progresso. A porra do trem seca a vida por onde passa.

Kepler protestou muito e, com reiterada ênfase, me pediu para não ir. Não sei por que liguei pra ele e não para o Alberto ou pra Valesca.

Nossos caminhos são estranhos porque somos absurdos.

22. CAVALCANTI

Na manhã seguinte, fui de carro até o subúrbio verde de Pilares. Deixei o *Onix* à sombra de uma mangueira copada no quintal de um ex-vizinho. Ganhei café com leite, pão e mortadela, e só não me senti feliz porque estava tenso. Tomei um táxi para a estação de Cavalcanti, desci na Rua Herculano Pena e subi a rampa da estação de trem.

Poderia haver um elevador para gente idosa ou com dificuldades de locomoção, mas não, era aquela rampa infinita, que as dignas mães dos senhores diretores da companhia de trens urbanos jamais escalariam. A Central do Brasil foi criada para transportar mão de obra. Se você não pode subir a rampa, não serve mesmo, foda-se, fique em casa. É assim que as coisas são.

Lá em cima tive a visão mais ampla dos dois bairros, Cavalcanti e Engenheiro Leal. Um vale, o que explicava o calor, polvilhado de casas geminadas e vilas mais velhas que os dormentes dos trilhos.

Olhando na direção em que ficava Pilares, à esquerda da linha, ali em Cavalcanti, eu via o portento da Paróquia do Apóstolo Pedro, dos frades franciscanos. Onde, há muitos anos, Frei Mariano disse que "Os menores mostram o caminho". Não se referia à *Ordo Fratrum Minorum*, à *Ordem dos frades menores*, os rapazes de Francisco.

Referia-se às crianças.

O Cristo disse "Deixai os pequeninos, não os embaraceis de vir a mim, porque dos tais é o reino dos céus".[10] Frei Mariano propunha que aprendêssemos com elas. Algo que Jesus não poderia ter dito em seu tempo, o que seria inaceitável e incompreensível, pois crianças e mulheres sequer eram contadas nos recenseamentos.

Divaguei.

Voltado para a igreja, observei que ela irradiava a mínima movimentação do entorno. Reparei um padre de terno preto e gola clerical, um homem dos seus sessenta e poucos anos. Àquela hora, a única alma a caminhar desde a igreja do Apóstolo Pedro, no caminho da estação sob a dura luz suburbana. O resto era silêncio e imobilidade. O vale brecava todos os ventos.

Voltando-me em direção a Madureira, sabia que, atrás de mim, à minha esquerda ficava uma escola, mas a meninada estava em aula. Não havia movimento nem razão para movimento em toda a região. Os carros nos dois lados dos trilhos estavam só de passagem. Nenhum comércio sobrevivia ali desde antes da *covid*.

No Rio, é costume dizer que as lojas ao longo da ferrovia "têm caveira de burro". As portas de aço, muito espaçadas, pareciam grimpadas.

206
_____
10 Mateus 19:14.

Aquele era um subúrbio industrial restrito, o trem existia para levar os homens e mulheres para longe.

De repente, na curva, surgiu o Expresso Santa Cruz rumando à Central do Brasil. Ele tinha parado em Madureira e só voltaria a abrir as portas quatro estações depois, na gare do Engenho de Dentro. Salvo engano, a estação de Cavalcanti ainda empregava cornetas de plástico. O som ruim que anunciou o expresso reverberou e me chegou como ruído.

— Não vejo o que admirar nessa paisagem — disse uma voz masculina. — Lá em cima, na Serrinha, não. Lá é bonito, sim, senhor.

Eu me voltei. Dei com o padre que vira há pouco, mais velho do que parecia em um terno barato. Os sapatos também eram velhos, mas tinham brilho.

— O senhor deve ser o seu Ira.

Hesitei.

— Me perdoe. Eu não sabia quem iria encontrar. A ligação estava horrível…

— Eu pensei que vinha ver alguém muito zangado. Quem me pediu para encontrar um "Ira" foi um… — baixou a voz — miliciano. O senhor tem ligações com a milícia? Aviso que eu não tenho. Eu tenho é juízo.

— Ira é meu apelido. Tudo a ver com meus métodos — brinquei, e ele sorriu por cortesia. — Eu não estou ligado à milícia.

— O senhor falou com a Míriam, secretária da igreja.

— Da Paróquia São Pedro?

— Não.

Apontou morros a cinco quilômetros de Cavalcanti, entre Quintino e Cascadura.

— Fazenda da Bica, Morro da Bica, Morro do Fubá — apontou. — Divisa entre Quintino, Cascadura, Campinho e Praça Seca. Tudo aqui tem nomes que só quem é daqui conhece. O senhor já ouviu falar em

Fazenda da Bica? É lá a minha igreja. Uma comunidade rural em pleno Rio de Janeiro. Leite distribuído cedinho, em galões, num carro de boi.

— Ouvi falar sim, mas nunca...

— Ora, venha nos visitar, de preferência num sábado. O senhor vê aquele morro mais alto? — Indicou a elevação verde em Cascadura. — São 251 metros. Nossa igreja leva mingau de aveia lá em cima todo sábado à tarde. Uma panela deste tamanho, fervendo, no banco de trás de um *Chevette* velho, forrado com papelão. O carro só chega até ali, o resto é escalada. Primeira e única refeição do dia de uma quantidade de crianças. Na semana passada, faltou leite. As irmãs completaram o mingau com água. Não queira saber o cheiro que ficou... mas é melhor que a fome.

Estendi a mão. Ele tinha um aperto forte.

— O que eu posso fazer pelo senhor, seu Ira?

— Eu sou investigador particular. Estou no meio de um trabalho. Carlos Herrera.

Ele assentiu.

— Muito bem. Vamos andar um pouco? Sair desse calorão?

Descemos a interminável rampa da estação em silêncio. Não era um passeio. Recuamos a uma pracinha na Herculano Pena a pouco mais de cem metros. Havia bancos de concreto e árvores misericordiosas.

Ele suspirou quando nos sentamos.

— Setenta e quatro anos. Pesam.

— O senhor está muito bem.

— Não me fio nisso. A velhice vem aos saltos, sabe? Numa manhã você levanta, olha no espelho e descobre que alguma coisa desastrosa aconteceu. Foi ela que atacou à noite. A velhice é uma doença devastadora. Incurável, inclusive.

— O senhor não disse seu nome, padre.

— Eu sou pastor. Pastor Josias. — E declarou sua denominação, uma Igreja protestante histórica.

— É que eu vi o senhor saindo dos franciscanos...

— São meus amigos. O Patrão deles é o mesmo que o meu. Temos o mesmo projeto, declarar que Deus se importa. Que Deus conhece o seu CPF, o RG e aquele boleto vencido, pendurado na porta da geladeira com um ímã. Isso na casa dos privilegiados que têm geladeira. Há quem chame "miséria" a pobreza dessa região, mas não. E olha que eu ajudo a entregar o mingau lá em cima. Mas eu fui missionário no Norte e Nordeste. Conhece Alagoas? Não? Na orla, o senhor está numa Ipaneminha de prédios baixos. Quando o senhor chegar do outro lado do quarteirão, já está na Tijuca. Atravessando a rua para o quarteirão seguinte, Méier. Na outra ponta, Madureira. No terceiro ou quarto quarteirão, o senhor vai sair numa favela com esgoto a céu aberto. No Brasil é assim, a riqueza é o biombo das mazelas.

— O senhor conhecia o Carlos Herrera? Sabe o nome verdadeiro dele?

— Sei — murmurou. — Direto, hem, seu Ira? Eu prefiro assim. Se o senhor deixar, passo o dia falando, eu não tenho com quem conversar. Vivo cercado de gente muito simples, que vive na escuridão desse fim de mundo. Eu não estou na televisão, sabe? Não estou no *Youtube*, não uso *Rolex*, não ando de avião pra lá e pra cá. Quando muito, ando num *Chevette* velho, forrado de papelão. Estou do lado do povo, onde procuro e encontro o Cristo. Eu e a maioria dos pastores desse país. Infelizmente, uma alcateia é quem tem exposição. Como aquele Fulano afeminado, cheio de *Botox*, que ajeitou os dentes com dinheiro público. E aquele outro, que rosna e espuma contra todo mundo em defesa da extrema-direita. Um cretino, né? Tem um projeto de Poder, quer ser o Richelieu da República. Ataca os irmãos católicos, mas sonha ser um Papa medieval. Como se diz na gíria, estão queimando o filme de Deus. Trabalhando nas comunidades daqui, conheci o seu homem quando ele era só um menino. Jorge Motta, com dois tês. Um garoto muito inteligente da Serrinha, se o senhor quer saber. Um pouco rebelde, mas um bom garoto. Poderia ter sido qualquer coisa se fosse europeu. Mas, aqui, nasceu predestinado. A pobreza é a impossibilidade do livre-arbítrio.

— Jorge Motta foi membro de uma seita. Eu estou no rastro da seita. Ele arregalou os olhos.

— O senhor quer ser membro?

— Deus me livre, pastor Josias. Estou com Deus e não abro.

— Com Deus tão disponível, só esperando um chamado, um convite, o que alguém vai procurar numa seita? Por que não falar com Deus e ver se ele está por aí? Pra que financiar o caviar do intermediário, que vai comer em segredo e não vai dividir com você? Eu tenho um método, sabe?, para os livres pensadores. Eu digo a eles, olha, faz o seguinte, em solidão, com o espírito livre, se volte para o céu, para o teto, para o chão, para o relógio, e diga "Deus, se Você existe, me faça acreditar". Eu explico a eles, não precisa chamar de "Senhor", esqueçam as formalidades. E digo também que não precisa ser um apelo "fervoroso", sabe? A fé é um milagre e o milagre vem depois. Basta estar disponível e atento ao que vai acontecer. Eu digo a eles, senta que vocês vão assistir um espetáculo, meus amigos. Vai ser uma semana inesquecível.

— E o que acontece, pastor?

— O de sempre.

— Perdão…

— A vida da pessoa… *vai andar*. Vai ser uma corrente de eventos impossíveis de serem chamados "acaso".

— A casualidade é a causalidade desconhecida.

— Eu me apoio nisso, sabe? Em geral, funciona. E eu não arrasto essa gente pra minha Igreja. Nem o cristianismo eu forço, não empurro nada. Você é católico?

— Mais ou menos.

— "Quem anda na luz mostra ao outro o seu amor, e não sua religião." O Papa Francisco disse isso, sabe? É muito bonito e ele tem razão, que grande homem. Como aprendi com os irmãos franciscanos, "Pregue o evangelho a tempo e fora de tempo, e se preciso for, use palavras". Eu digo às pessoas que peçam ao seu novo Amigo que mostre um lugar. Até onde eu sei, Deus nunca mostrou uma seita pra ninguém. O que esse povo vai buscar nas seitas? Que ambição é essa de ter uma verdade só para si? Um conhecimento que ninguém tem? Eu nunca vi uma seita aberta aos pobres, e o senhor? É da classe média pra cima. De preferência, os entediados. Tédio custa caro. Onde existe tédio, existe um abastado.

— Algumas igrejas neopentecostais parecem...

— Não são seitas, filho. Têm unidade doutrinária, a mesma *Bíblia* de todo mundo. *Parecem* seitas, mas não são. Cuidado, é por isso que eles são fortes, mesmo concorrendo entre si pela preferência do consumidor de milagres. Eles são o desvio das doutrinas cristãs, autoajuda de massa, mas estão conectados pela unidade do texto. O povo das seitas acredita em segredos e conspirações. Terra plana, vacina com *microchips*, vacina com alterações genéticas, Michael Jackson está vivo, Elvis não morreu, o homem na Lua é uma farsa dirigida por Stanley Kubrick. Você viu *2001*? Ainda somos aqueles macacos. — Ele suspirou. — Esse povo das seitas tem ambições de poder; quer subornar Deus; quer Deus no bolso e na palma da mão. O neopentecostalismo vende a mesma coisa, e cria essa falsa ideia de que são seitas. Mas, querendo ou não, são *eclésia*. Suas comunidades de fé têm formas de acolhimento que as seitas não têm. *Eles acreditam no poder das pequenas somas.*

— Ser padre, mulá, pastor, rabino também é ambição de poder — eu disse. — Todo líder espiritual quer representar Deus do seu próprio jeito. Uns com mais, outros com menos razão. Mas é uma relação de poder.

— É isso mesmo, você está certíssimo. Quem nega, não ora, não vigia, tropeça, cai e derruba os outros. Não vê esses pastores milionários? Por isso mesmo eu tomo muito cuidado com o que eu falo. Minha comunidade de fé sabe o que é alegoria. (Eu não tenho rebanho, sabe? Ovelhas não têm visão periférica.) Claro, alguns ainda acreditam no homem feito de barro, eu não forço nada. Um dos lemas da minha denominação é "pensar e deixar pensar". Mas, quando aponto a alegoria, explico o significado.

— O senhor sabe alguma coisa da seita?

— Mais do que queria. Mas estou selado.

— Foi uma confissão?

— Você parece ser do ramo, seu Ira.

— Fui seminarista.

— Ah, eu sabia. Você é do ramo.

— Mas vocês, protestantes, não têm confissão auricular.

— Temos confissão, mas não é sacramento. "Confessai as vossas culpas uns aos outros, e orai uns pelos outros, para que sareis. A oração feita por um justo pode muito em seus efeitos." Tiago 5:16. Pecou contra o irmão? Confessa *pra ele* e pede o perdão *dele*. Me fale do seu seminário…

Esbocei cinco anos em cinco minutos. Ele fez perguntas e me pareceu satisfeito.

— É difícil explicar para um leigo o que significa o sigilo — ele disse. — Ainda mais no meio protestante. O senhor me poupou uma ladainha.

— Mas se não é sacramento…

— Minha palavra é sacramento pra mim. Nunca quebrei. Estou no mundo, mas o mundo não me venceu. "Sobretudo, meus irmãos, não jureis, nem pelo céu, nem pela terra, nem façais qualquer outro juramento; mas que o vosso sim seja sim, e o vosso não seja não, para não incorrerdes no juízo." Tiago 5:12. O Jorge não tinha com quem falar e vinha a mim... como se eu fosse um padre. E me fazia prometer os silêncios que prometi. Não sou eu quem vai burocratizar a culpa. Quer falar? Quer sigilo? É ao gosto do freguês.

— Isso soa absurdo em um mundo leviano.

— Ô, e como. Ainda bem que você é do ramo.

O pastor Josias sorriu aliviado. Não iria ceder.

— Nesse caso, pastor, o que o senhor pode dizer sobre o Jorge? As menores coisas podem ser importantes.

— Você falou como Sherlock Holmes. Sim, eu li. Por que você está "no rastro da seita", como você mesmo disse?

— Quero saber por que duas pessoas em contato com o *Círculo Hermético e Hermenêutico do Self* despareceram. Eles são influentes, eu sei. Tem gente graúda envolvida, até em Brasília. Por que tanto segredo? Qual a doutrina?

— Abominação.

Ele fez uma pausa e se distraiu reparando na árvore que nos abrigava. Por um momento, não esteve ali.

— A doutrina deles é abominação — repetiu. — Se as religiões, com seus textos sagrados, estudados há milênios e à exaustão, parecem loucura, imagine as seitas. Especialmente as modernas. Você leu *O pêndulo de Foucault*? Umberto Eco? Gostou? Que bom. Está tudo ali. A mentira e a insanidade atraem os loucos e os tolos.

— As respostas também. Todas as seitas explicam tudo.

— As seitas e o milenarismo.

— O milenarismo é a invenção do diabo — protestei. Há muito tempo eu também não tinha com quem conversar. — Isso tem a ver a com a seita do Jorge?

Ele me olhou com repreensão. Depois, negou com a cabeça.

— O diabo, como é conhecido, veio antes de Milton. É uma invenção do século XIII — ele disse. — Efeito colateral da oposição entre as teologias de Tomás de Aquino, dominicano, e Pedro de João Olivi, franciscano. Isso e a bula *Super illius specula*, de João XXII, o AI-5 do século XIV. A bula foi a carta branca da Inquisição. Antes, o diabo era só uma personagem secundária, o derrotado, e não apitava nada. Infelizmente, o tal Círculo Hermético não é assim tão simples. Eu vou te contar o que eu sei sobre o Jorge...

E contou uma história triste como a de milhões de brasileiros. A jovem mulher grávida abandonada por seu homem, o lar desequilibrado pela pobreza e pela intimidade do padrasto com o álcool, o esgotamento da mãe diarista, explorada até a medula dentro e fora de casa, os espancamentos, os pequenos furtos, uma adolescente grávida no asfalto e a reprise de um padrão.

Eu também não conheci meu pai.

— A moça morava em Bento Ribeiro — disse o pastor Josias. — E frequentava aquela igreja grande, perto do viaduto. Uma moça bonita, bem nova. Pensei que o Jorge gostasse dela e orei pelos dois. Só o amor transforma, resgata e põe alguém de pé. Mas o Jorge sumiu da Serrinha quando a moça engravidou. Repetiu a abominável matriz masculina.

O pastor Josias contou que, a seguir, vieram os assaltos, as detenções, a primeira arma, a prisão, a descoberta da religião no cárcere, o ingresso em uma igreja pentecostal, a rebeldia, a fundação da própria igreja, a descoberta da seita, o afastamento da seita concomitante à perda da fé cristã. A religião transformada em *business*.

— Então ele conseguiu abandonar a seita — concluí.

O pastor Josias hesitou. Não queria quebrar suas promessas.

— Ele deu sorte. Veio o momento de dar o passo irreversível dentro da seita, mas ele desistiu de avançar. Foi muito assediado, mas não foi perseguido. Jorge tinha fundado a igreja em Jardim América e já mantinha relações com a milícia. Ficou escorado, era um comerciante, vendia as coisas de Deus. O silêncio interessava a ele tanto quanto à seita. Ficou por isso mesmo.

— Ele explicou por que se afastou da seita?

O pastor me encarou com ceticismo.

— Eu paro por aqui, seu Ira. O que ouvi em segredo vai permanecer em segredo.

— O senhor me ajudou muito, pastor Josias. O senhor lembra o nome da moça que ele engravidou?

— Não lembro. Só a vi uma vez. Uma festa na igreja em Bento Ribeiro. Faz muito tempo.

— Um membro da seita foi encontrado morto em Saint Augustine, a cidade mais antiga dos Estados Unidos.

— Hum-hum.

— O senhor pode dizer alguma coisa...

— Não.

— Eu corro perigo?

Ele me fixou. A cabeça foi aquiescendo aos poucos.

— Seu Ira, uma vela tem dois estados, acesa ou apagada — ele disse. — A vida tem um só, a própria vida, porque a morte é a ausência de vida. Apagada, a vela ainda é vela, mas o corpo morto já não é alguém. Estar vivo é uma condição muito precária e maravilhosa, mas não há alternativa. É estar vivo ou estar vivo, a opção não é opção. A Eternidade é ainda mais maravilhosa.

— Não sei se entendi.

— A vida é sua, a alma, não. A alma é Dele. Trate bem o que é Dele. "Quem é de Deus escuta as palavras de Deus..."

— "... e por isso vós não as escutais, porque não sois de Deus" — arrematei. —João 8:47.

Ele me encarou.

— Cuidado para não perder mais que a vida.

Foi um silêncio grande. Amenizei.

— Uma curiosidade, pastor Josias. O que o senhor diz na sua comunidade sobre o homem feito de barro?

— A verdade. Que o *Gênesis*, o primeiro livro da *Bíblia*, não é o mais antigo, é o mais recente do Antigo Testamento. Foi compilado por volta de quatrocentos anos antes de Jesus. Reparou que o texto tem um refrão? — Ele sorriu e cantarolou o texto como um *funk*. — "E foi a tarde e a manhã, o primeiro dia." "E foi a tarde e a manhã, o segundo dia." Sacou, *cumpadi*? *Gênesis*, capítulo um, é uma cantiga popular que foi canonizada. Eu explico a eles que, naquele tempo, a civilização dependia do barro, as pessoas cozinhavam em panela de barro, comiam em pratos de barro, bebiam em copos de barro. O oleiro era a figura mais importante da vida comum. O *Gênesis* apresenta Deus como oleiro. "Então, pastor Josias, o que diz o texto?" Que Deus amou tanto Sua criação que quis fazê-la com as próprias mãos. O homem de barro é a alegoria do Amor incondicional de Deus. O que pode ser mais bonito?

— E eles entendem?

— Se eu e o senhor entendemos, por que não os nossos irmãos em Fazenda da Bica? Recuse o "elitismo de baixo nível". Ofereça o seu melhor, Ira. Não deixe a lógica do mundo te contaminar e te encolher.

*

Ofereci uma carona ao pastor Josias. Em suas palavras, "ao pé do Fubá". A Rua Herculano Pena abrigava uma cooperativa de táxis, os carros passavam amiúde. Antes de fazer sinal, ofereci uma doação à igreja. Ele me passou o PIX, mas insistiu na visita em um sábado. "Traga seus amigos, toda ajuda é bem-vinda."

No táxi, o motorista disse que tinha medo de alcançar o pé do Fubá.

— Não tem problema não, meu senhor, eu entendo — disse o pastor Josias. — A chapa esquenta mesmo de vez em quando.

O táxi parou na Clarimundo de Melo. Desci com o pastor para me despedir. Arrisquei a última pergunta.

— Pastor, a tatuagem. O senhor pode dizer o que são os losangos – ou retângulos?

Por um momento, ele observou os próprios sapatos. Depois me encarou.

— Os losangos representam tudo aquilo que você já deve saber e... "três dimensões". "Espaço, tempo e indivíduo". E agora que aprendeu, esqueça.

23. SUÍTE EROS

NÃO LIGUEI para Valesca porque antecipei o que seria a conversa.

— Val, sou eu, Ira. Tudo bem com você?

— Tudo bem comigo. Você?

— Já estive melhor, mas não gosto de me queixar.

— Não se queixe. Não funciona. Que que manda?

— Dandara Drummond tem uma filha.

— Dandara Drummond tem uma filha, eu sei.

— Se estou certo, filha do Carlos Herrera.

Ela faria uma pausa, tenho certeza.

— O pastor que mataram na Lapa?

— Lobo em pele de cordeiro.

— Como você descobriu, de que jeito?

— Uma longa história, conto depois.

O que mais eu poderia dizer? Eu teria prosseguido sem entrar no mérito de qualquer coisa. A verdade é longa, a mentira é breve, a omissão é mais breve ainda.

— Vê se ela pode me atender, Val. Quanto mais cedo, melhor.

Ela teria hesitado, presumo.

— Tem uma condição, Ira.

— Pode falar.

— Essa garota é minha — diria, implacável. — Dandara tem uma filha. Você nem imagina o que ela passou.

— Você sabe?

— Não sei o que ela passou, mas sei o que ela passou porque sou mulher, deu pra entender? Vocês homens são lixo, põem barriga na gente e somem. Você vai me prometer que vai pegar leve com ela.

— Ok.

— "Ok" uma ova, Ira. Eu quero sua palavra.

— Palavra, Val.

— Ira, eu te adoro. Você é um camarada sensacional. Inteligente, culto, bonito e muito, muito atencioso. Um pão, filé *mignon*, lindo mesmo. Uma pessoa adorável, maravilhosa e generosa. E um detetive incrivelmente agudo, arguto e perspicaz. Mas você não pode imaginar o que essa garota passou.

Conheço Valesca há anos. Ela ficaria alerta como um felino e a um passo da exaltação furiosa. A defesa de suas meninas estava sempre à flor da pele. Homens dignos de fé dizem que, em seus tempos de cortesã, a reputação de mulher confiável rivalizava com a beleza. Chama-se "integridade".

Alguns instantes depois, imagino, ela ligaria de volta.

— Ira, Dandara está muito assustada. Ela não queria te ver. Só aceitou porque eu garanti. Você está me entendendo?

— Te dei minha palavra, Val.

— Ela não quer ir pra tua casa. Quer um local público. "Rua do Rio", naquele shopping…

— Sei onde é. Todo suburbano conhece.

— Ela vai chegar em uma hora. Você tá em casa?

— Hum-hum.

— Corre. Não deixa a menina esperando.

E desligaria. É assim que as coisas… seriam. Mais ou menos assim. Bem perto disso.

Tive que agir do meu jeito.

Visitei a página da agência da Val, aquela em que havia fotos incríveis de Dandara Drummond. Joguei as fotos no *Google*. Vi surgir uma "Chloé Leblanc". Não sei se a inspiração era a mitologia, Ravel ou a marca francesa. Sei que Chloé Leblanc era Carla, *aka* Dandara Drummond.

Instalei um aplicativo modificador de voz no celular que funcionou à perfeição. Inseri o *chip* de outra operadora. Liguei com o aplicativo ligado, me apresentei como Rodrigo, falei com Chloé. Confirmei a voz rouca, suave e as nuances de Carla.

Pedi que a garota escolhesse um lugar na Zona Norte, pois sabia que ela morava em Ramos. Carla sugeriu um ótimo hotel na fronteira do Grajaú com o Andaraí. Piscina aquecida com cascata, coisa que eu precisava e merecia.

Em quarenta minutos, eu estava no quarto asséptico e confortável. Liguei para ela e dei o nome da *Suíte Eros*. O telefone fixo da suíte tocou em dois minutos. A telefonista perguntou se eu aceitava a ligação de Chloé. Assim, confirmando que o programa não era um trote, pois o

221

cliente esperava na suíte, Carla avisou que estava saindo de casa. "Meia hora, quarenta minutos no máximo."

Tirei a roupa e passei meia hora cravado na piscina. O *timer* do celular me expulsou. Tomei uma ducha e me vesti. Abri uma garrafinha de uísque e a porta da suíte. Sentei-me à mesa colada na parede de entrada, fora do ângulo dos espelhos, de modo que ela só poderia me ver quando estivesse no quarto.

Esperei tranquilo. Fiz o uísque render com água mineral. Uma hora e dez minutos. O telefone do quarto tocou, autorizei o ingresso da dama e tornei ao meu nicho.

Mais cinco minutos.

Delicada, Carla não tocou a campainha. Bateu de leve, entrou e fechou a porta atrás de si.

— Rodrigo?

— Oi.

Ela veio procurando, deu comigo e congelou. O sorriso despencou da vertigem dos saltos. Ergui as mãos em sinal de paz, me levantei, caminhei com lentidão e, de súbito, agarrei seu braço.

— Senta aí — rosnei.

Empurrei-a para a cadeira, intimidando mesmo, e permaneci de pé.

— O Jorge morreu, você tá sabendo — eu disse.

Ela começou a tremer e não parou mais. A resposta custou.

— Sei.

— Quem matou fui eu.

— Foi?

— Você me pôs na cola dele para que fosse assassinado.

— Eu não…

— Ele é o pai da sua pequena. Um camarada que cumpriu a tradição do homem brasileiro e te abandonou na gravidez. Você, muito jovem, passou o diabo. Mas ele se tornou um "pastor" e começou a aparecer nas telas por aí. Você o procurou, ele te deu dinheiro, te bancou por um tempo, mas não assumiu a filha. Ao contrário, continuou te usando. Nunca demonstrou arrependimento nem remorso.

— Como você...

— É assim que as coisas são.

Ela engoliu em seco.

— Me dá uma bebida? Uísque.

O frigobar ficava no corredor de acesso ao quarto. Avancei de ouvidos abertos, atento aos reflexos nos espelhos. Ela estava no ponto cego, mas me mantive ligado. Servi uma dose dupla com gelo para ela e com água pra mim.

— Esse uísque não é o seu — eu disse. — O gelo vai ajudar.

Carla bebeu metade de uma vez.

Notei a mão esquerda dentro da bolsa, mas não fiz caso.

De súbito, ela debochou.

— Ira, promete que não vai "me ferir"?

Que mulher atraente a Carla, *aka* Dandara Drummond, *aka* Chloé Leblanc. O sorriso irrepreensível, a beleza loira de porcelana e os olhos de castanha madura eram o véu mais bonito da mágoa, da frieza e do ódio.

Do nada, desferi uma bofetada desmoralizante em seu rosto. Ao mesmo tempo, premi o punho esquerdo com força. A bolsa caiu aberta sobre o tapete. A pistola nove milímetros *G3c T.O.R.O.* resvalou para fora. Arma de mulher; corpo e coronha em aço verde-água; arabescos floridos escavados a *laser* no ferrolho. Em segundos, na minha mão.

— Tá vendo essa pecinha aqui? É a trava — eu disse, liberando o disparo da arma, tomando a bolsa no piso e investigando o interior.

Ela não conseguia me olhar. O rosto afundou entre as mãos.

— Eu não quero "te ferir", Carla, mas você me usou pra matar um homem. Se não me levar a sério, vai sair daqui de ambulância.

223

Tive uma vontade louca de rir. Eu me sentia em um filme *noir* ruim. A vontade passou quando ela me voltou o rosto.

Eu tinha medido a força do tapa. Queria tomar a arma, mas não fui bem-sucedido. Os lábios da beldade inchavam. Minha mão estava decalcada no punho.

Ela rosnou. A voz alterada foi se elevando. Se o gerente do hotel ou a camareira viessem investigar, adeus arapuca.

— Ninguém bate na minha cara, seu filho da...

Outro tapa desmoralizante. As lágrimas desceram, mas os lábios túrgidos e as mãos já não tremiam. Carla distraíra-se do teatro – o que me deu um clique: ela não tinha "juízo de reprovabilidade", não sentia culpa nem remorso.

— Desculpe, garota, eu não percebi. Você é psicopata.

Ela inclinou o corpo e se encolheu como alguém muito doente. Tremeu de alto a baixo e soluçou. Um instante depois, ergueu a face soberba com soberba arrogância. Sorriu. A voz ligeiramente rouca e doce retornou.

— Que peça ruim, Ira. Caiu a quarta parede. Vamos colocar a conversa em uma atmosfera de *business*? Eu não cometi crime nenhum.

— Ao contrário. Cometeu o crime perfeito.

Ela deu de ombros.

— Mas foi tão fácil. O crime perfeito deve ser muito banal.

— A modéstia não é virtude em caso de assassinato.

— Não é meu *métier*, Ira, o sucesso aqui não significa nada. Mas, admito, saber que o filho da puta se decompõe a sete palmos tem alegrado as minhas manhãs. — Ela se encarou no espelho, tocou o lábio inferior e fez uma careta. — Você estragou minha semana. Vou levar uns dois dias pra disfarçar o estrago. Mas vai custar caro, você vai me indenizar. Eu sei quem estava com o Jorge quando ele foi assassinado.

— Prostituta? Travesti?

Ela me olhou com ceticismo.

— Ira, gostar de mulher e de vinho é a mesma coisa. Começa barato, depois sai caro e cada vez mais caro. Mas é impossível voltar. Mulheres como eu tornam os homens exigentes. Eu mantenho o mercado aquecido.

— O que o Jorge fazia na Lapa?

— Ele foi buscar um livro.

— ?

Ela indicou a cama com um gesto.

— Senta um pouquinho, Ira. Eu vou te contar uma história que vai valer uns…

E disse o preço. Que olhar. Que desprezo por mim. Ao mesmo tempo, que desafio. Eu deveria ter fotografado, mas estava ocupado regateando o valor como um mascate. Era a minha vez de amolecer. Fechamos pelo valor de três programas. Um seguro até a boca desinchar.

Ela pediu mais uísque, sem gelo dessa vez. Servi com a pistola travada no bolso.

— O Jorge tem dois assistentes na igreja. Um deles é meu cliente.

— O Jorge sabia?

— Não podia nem sonhar com isso. — Deu de ombros. — Mas agora… não sonha mais. Eu dava um desconto pra fidelizar o cara. Ele não sabia, mas era o meu infiltrado.

— O camarada estava com o Jorge quando…

— Hum-hum.

Carla fez uma pausa e me avaliou, mais inteligente e material do que eu. Vi minha decifração na claridade dos olhos de castanha madura. Ela compreendia que minha cabeça de ex-inspetor de *poliça* dava voltas. E sabia que nada no mundo é o que parece. Não enxergamos a realidade, nem mesmo as aparências, só as sombras. Alguma densidade serve de refúgio a quem não encontra o seu lugar neste mundo – e olhe lá. Era o caso dela e o meu. A vida é um sonho e um pesadelo. Platão não precisou pensar muito na alegoria da caverna.

Ela tornou a tatear a boca inchada.

— Lamento — eu disse. — Se eu soubesse que você é psicopata...

— Você gosta? Foi um prazer? — Carla passou o copo de uísque suado nos lábios entreabertos. — Eu gosto.

Ela seguiu me avaliando sem exprimir rancor ou perdão.

— Nós colocamos a conversa em uma atmosfera de *business* — eu disse. — Podemos abreviar?

— Os livreiros do Centro, da Zona Sul e até de São Paulo sabiam que o pastor Carlos Herrera queria um livro. No ano passado, um velho no Flamengo morreu e deixou três apartamentos lotados de estantes. O filho, drogado, não quis saber e torrou tudo. O livreiro da Lapa comprou uns lotes. E foi organizando devagarinho, até que deu com o livro tão procurado naquela sexta-feira. Ele ligou pro Carlos, digo, pro Jorge, que estava numa festa da igreja. Jorge disse que não queria esperar a segunda-feira e perguntou se podia passar mais tarde. O livreiro disse que tudo bem, ele morava na sobreloja. A festa terminou depois das onze, Jorge acabou saindo tarde. Ele chamou o pastor assistente pra buscar o livro enquanto daria umas voltas no quarteirão. Com aquele carro, ele tinha medo de assalto. O assistente subiu e pagou em dinheiro. O livreiro quis contar. Quando o cara desceu, deu com o carro aberto e o Jorge morto. Na hora ele pensou na milícia e fugiu. Não chega a ser um gênio, mas também não é burro.

— Ele não chegou a entrar no carro?

— Não.

— Por que a porta do carona ficou aberta?

Carla deu de ombros.

— Foi assim que aconteceu.

— Foi assim que ele contou. Qual o título do livro?

De novo, deu de ombros, mas não disse nada.

— Qual o idioma?

— Latim.

— Jorge não sabia latim.

— Não, mas podia pagar quem soubesse.

— Quanto custou o livro?

— Quinze mil.

— Quinze mil reais por um livro?

— Quinze mil dólares.

Assobiei.

— O livro ainda está com o pastor assistente?

— Edimar. Pastor Edimar. Vou te passar o contato e você que lute. — Ela suspirou como se estivesse entediada. — Acabei aqui. Pede um táxi pra mim. Pede logo porque demora. Eles só chamam os taxistas que fazem acerto. Um dinheirinho a mais no final do mês. Não é todo mundo que tem a boceta cor-de-rosa.

Enquanto eu pedia o táxi, Carla entrou no banheiro com a bolsa. Ficou lá uma eternidade. Quando saiu, nem as marcas no punho eram visíveis. Os lábios, carregados de batom, pareciam o resultado patético de uma harmonização facial.

— Eu odeio preenchimento com ácido hialurônico — resmungou. — Nunca fiz. Você me deixou com cara de pata.

— E ainda assim, linda.

— Eu sei. — Mudou de tom. — Faz o meu PIX, Ira. Você é um babaca, mas tem palavra.

— Primeiro, o contato do pastor Edimar.

Carla sentou, tomou um gole de uísque (quase sem marcar o copo), abriu o celular e cantou o número. Gravei e paguei em dois minutos.

— Minha pistola — exigiu, estendendo a mão aberta.

Devolvi a arma em três partes. Balas e carregador separados.

— Brinquedo caro.

Ela me ignorou. Já não queria papo.

Eu me recostei na cabeceira da cama à espera do táxi. Liguei a TV em um canal de notícias. Nem por um minuto me descuidei. Uma coisa que não nos contam sobre os psicopatas é que alguns são sensíveis – e ainda mais sensíveis quando se creem insultados. Muita gente morreu por um gesto, um olhar, uma palavra distraída.

Uma hora e duas doses de uísque depois, o telefone tocou. Carla ficou de pé. Atendi, ouvi e fiz sinal de *Okay*. Ela saiu sem me dirigir outro olhar. A porta ficou aberta, mas eu não me mexi.

Esperei.

Ela ressurgiu no portal instantes depois.

— Ira, acabamos aqui — disse. — Não temos mais nada pra conversar.

— Talvez.

— Acabou, Ira. E nem uma palavra pra Valesca. Uma coisa não tem nada a ver com a outra. Um pouco de cavalheirismo não vai te fazer mal. Não fode.

Fiz cara de tédio.

— Carla Fernanda Rezende, me ouça. Mas ouça bem. Você é um tesão, mas é meio chatinha. Se o tal Edimar não existir, se for outra pessoa ou alguma brincadeira, vou atrás de você. E eu juro, por tudo que é sagrado, porque *eu* acredito no sagrado, que você não vai me ver chegar.

Ela ficou cabreira.

— Como você sabe o meu nome?

Saquei a carteira *Louis Vuitton* do bolso de trás da calça. A carteira *dela*. De novo a vontade de rir do *noir* tropical.

— Peguei a carteira quando a bolsa caiu — eu disse, me aproximando.

— Fotografei o que eu quis enquanto você se consertava. Tomei a liberdade de abrir a fatura do cartão. Esse mês deu mais de dez mil, mas sei que você não está preocupada. Não com uma boceta cor-de-rosa. — Peguei-a pelo pulso e depositei a *Louis Vuitton* na palma da mão. — Agora – eu tenho – você.

Ela me fixou, pensando no que fazer ou dizer. Os olhos de castanha em brasa turvaram como os céus das tempestades.

Então, de súbito, me beijou, gemendo baixinho de dor e prazer. Que boca macia, cheia e molhada. Em uma vida inteira não lembro de boca mais suculenta.

— Ira… quando… a caçada… terminar… se você… sobreviver… e quiser me contar… como foi… eu dou pra você… de graça…

Afastou-se de repente. Foram três ou quatro passos antes de se voltar.

— Boa sorte.

Carla cruzou o longo corredor e desapareceu. Eu observei cada passo. Ninguém sabe quando será a última bunda. Pena que a irritei demais para arriscar qualquer coisa, mesmo pagando adiantado.

Ela era um sonho e um pesadelo.

*

Bem, eu ia mesmo bancar o hotel e tinha umas horas pra gastar. Cedi aos apelos da mais suburbana das paixões.

Piscina. Lógico.

*

No dia seguinte, liguei para Valesca. Mas liguei mesmo. Dos prolegômenos, fui direto ao ponto.

— Val, é o seguinte. A Dandara Drummond é psicopata.

Uma pausa. O autocontrole.

— Dandara Drummond é psicopata. E?

— Não tem "e". São cerca de 1% a 2% da população. Entre dois e quatro milhões no Brasil. A maioria nem sabe que é. Mas é uma informação importante. Ela pode ser perigosa.

— Você tá falando sério? Tá, não tá?

— Não precisa parar de trabalhar com a moça, Val. A garota tem uma filha e tem boletos, eu sei. Mas quando o cliente for chatinho, abusado, prepotente...

— Sem-noção — abreviou.

— Quando o camarada for um babaca sem-noção, manda outra garota.

— Eu mando outra garota.

E desligou.

De minha parte, segui levantando a vida do "pastor" Edimar.

24. O TAMBOR

Edimar não tinha anotação no IFP. Era o que as pessoas chamam "um rapaz esforçado". Vinte e nove anos, o futuro pela frente. Carlos Herrera demonstrou perspicácia quando, reconhecendo-o entre as ovelhas, tirou-o do rebanho para elevá-lo à condição de Mestre.

Naquela manhã, Edimar saiu em seu carro classe-média do apartamento classe-média em Irajá. Sim, era vizinho da Kátia Flávia de Fausto Fawcett. As prestações do carro e da casa estavam em dia. Os boletos, todos pagos. Sua mulher estava grávida de três meses. A amante era um monumento cor-de-rosa. E ele acabara de herdar um negócio altamente lucrativo em Cosmos; tornara-se procurador da divindade; o sócio das almas da igreja com dez por cento de comissão. Como não sorrir em tal cenário? Ainda mais quando se é um patife.

Naquele dia, manhã de segunda-feira, Edimar seguiu para uma livraria evangélica imensa em Vicente de Carvalho, em que havia todo tipo de suprimentos para as igrejas. De edições populares da *Bíblia* aos púlpitos de madeira e acrílico. Felizmente, naquele dia e naquela manhã, vazia.

Ele estava passeando entre gôndolas de literatura cristã quando deu comigo. Não me reconheceu, uma pena.

Tive que me apresentar.

Tomei uma *Bíblia* na estante e comecei a procurar um trecho. Eu estava de *blazer* para esconder o revólver *Smith & Wesson Model 29*, com cano de 6,5 polegadas para suportar o cartucho .44 *Magnum*. Uma arma enorme, com comprimento total de 300 mm, e 1.500 *joules* de energia cinética, capaz de parar um urso pardo de Kodiak de 600 quilos. Deixo claro que nunca em minha vida atirei contra qualquer ser vivente ou fascista. Jamais foi necessário, Graças a Deus. Eu utilizava o *Model 29* na esperança de intimidar os homens maus, como aprendi no cinema. Chama-se "estratégia, em grego *strateegia*, em latim *strategi*, em francês *stratégie…*"

— Com licença, o senhor é pastor? — Me aproximei. — O senhor pode me esclarecer uma passagem?

O peito de Edimar inflou.

— Se eu souber…

— Nossa situação lembra *Atos*, né? "Como poderei entender, se alguém não me ensinar?"[11] Imagino que isso aconteça o tempo todo… com o senhor… achei, aqui. Tiago 3:1. "Não vos torneis muitos de vós mestres, meus irmãos, sabendo que receberemos um juízo mais severo." O que Tiago quis dizer, reverendo?

---

11 Atos 8:31.

Ele estranhou. Olhou pra mim como se eu fosse um idiota, há muitos deles por aí. Mas respondeu com paciência.

— Tiago fala do compromisso dos líderes. Tem gente que descobre o *Evangelho* e sente o chamado, mas acontece que "muitos são chamados, mas poucos os escolhidos."[12] O texto é uma advertência. O irmão tem que consultar o Espírito pra testificar se pode ser pastor.

— O senhor testificou, reverendo?

— Com muito jejum e oração.

Assenti.

— Por falar em oração, Edimar, essa é a hora, olha pra mim. Você mora na... — Dei o serviço. Citei o nome da esposa grávida, dona Mônica, mas não mencionei a amante. Tirei da reta o cu cor-de-rosa da Carla. O pastor ficou azul. — Tá vendo esse revólver, Edimar? Você vai sair comigo pra gente orar e jejuar. Fica calmo que não sou da milícia. Nem vou contar pra milícia que você roubou o livro. Mas eu quero pra mim.

Ele me olhou aterrorizado.

— Eu não tenho a menor ideia do que o senhor tá falando, meu senhor. Que loucura é essa?

— Você é o pastor Edimar da *Igreja Pentecostal do Deus de Cura*, em Cosmos.

— Meu senhor, isso é um engano. Eu sou pastor da Assembleia de Deus. Minha Igreja tem mais de cem anos. Não tenho a menor ideia do que o senhor tá falando. Pelo amor de Deus, meu senhor, o que é isso?

Toquei a arma com a mão direita e estendi a esquerda aberta.

— Sua aliança.

Ele tremeu.

— O quê?

— A aliança de casamento, agora. Ou lá fora você vai perder a porra do dedo.

12 Mateus 22:14.

Os ombros caíram. A cabeça pesou para a frente. O malandro suspirou.

— Que livro o senhor quer?

— O livro em latim que Carlos Herrera comprou e você foi buscar. Não é seu. Tem dono.

— O dono morreu. São quinze mil dólares...

Rosnei.

— Tua mulher tá em casa sozinha, grávida. Tu quer negociar o que, ô filho da puta? — Puxei pelo braço e fui tocando o camarada para fora.

— Não tenta nada, Edimar. Se eu sacar esse revólver, esvazio Vicente de Carvalho.

Ele tremia a ponto de comprometer os passos. Mas entendeu que o carro parado em frente à livraria o aguardava. Ao volante, Alberto Pereira, malandro *old school*, meu parça eventual.

Entramos no banco de trás sem complicação. Ele reconheceu o Alberto da igreja, eu percebi. Bom de nomes como os melhores pastores e padres, chamou-o pelo prenome falso.

— Paulo?

Alberto fixou-o pelo espelho. Parecia um bicho.

— Cala a porra da boca, Edimar Ratazana *Filha* da Puta da Silva.

Em cinco minutos, Alberto nos levou a uma pracinha bem suburbana. Portanto, destituída de árvores. Ali do lado, na Vila da Penha. Que calor medonho. Ninguém para ocupar os bancos ou derreter as rodas do *skate*.

Ao estacionar, Alberto me alcançou a prancheta com caneta e papel no banco do carona. Entreguei ao pastor.

— Edimar, faz um bilhete aí. Explica pra dona Mônica que o portador, o Rodrigo, veio buscar um livro em seu nome. Ela pode entregar.

— Eu escondi...

— Escreve aí onde é que tá o livro, reverendo, que é pra sua senhora não ter problema comigo, nem você com o Paulo. Não parece, mas o Paulo é meio esquentado.

Na verdade, Alberto parecia ferver. Ele tinha qualquer coisa de intimidante. É assim que as coisas são.

Edimar errou três vezes, mas tínhamos papel de sobra. O bilhete saiu meio tremido, mas… fazer o quê? Esses malandros todos são frouxos.

— Agora, assina esse papel aqui. E me passa a identidade que eu vou conferir a assinatura.

— O que é isso? — perguntou, sem nervos ou olhos para o documento saturado de letrinhas miúdas.

— Isso é um termo de compra e venda. Você está me vendendo o livro pelo valor simbólico de um real. É tipo uma doação. Um ato generoso de sua parte. Papai do Céu tá vendo. Toma aqui a moeda… toma a moeda, senão não é legal… PEGA A PORRA DA MOEDA OU VAI ENGOLIR… isso, bom garoto. Agora assina. Que cara bacana esse Edimar, hem, Paulo?

Concluídos os "procedimentos caligráficos, positivo?", tocamos para o apartamento em Irajá. Por que não conversar no trajeto?

Resolvi pinçar um nervo.

— Edimar, vamos fazer as pazes? Eu só quero o livro. Ninguém vai se ferir. Qual o título?

— Não faço ideia, eu não sei latim.

— O livro era a obsessão do Carlos Herrera. Por quê?

— O Carlos era uma pessoa muito estranha. Não tenho a menor ideia do que é o livro. Ele nunca explicou. Só sei que, ele disse uma vez, estava procurando o livro há mais de dez anos. Até em São Paulo ele procurou. Custou quinze mil dólares. Eu vi. Eu paguei.

— Ô, malandragem, você não pagou merda nenhuma — berrou o Alberto. — Você *entregou* a porra do dinheiro do Herrera. Dinheiro que ele desviou da milícia.

— Não era da milícia, era dele…

— Quer perguntar pra milícia? — sugeri. — Quer conversar com o seu Gerásio? Quinze mil dólares num livro, Edimar. O que será que a milícia vai dizer? Você acha que vai ficar tudo bem?

Ele calou e voltou a ficar azul.

— O que aconteceu naquela madrugada, Edimar? Não mente pra mim que eu vou saber.

Ele hesitou enquanto revisitava a mentira.

—Eu desci do sobrado e vi o carro aberto, vi que o Carlos tava morto e saí fora. Nem pensei no livro que tava comigo, só me toquei depois...

— Ouviu, Paulo? — Alberto fez uma careta ameaçadora no espelho. — Foi só dizer que eu não ia ferir o camarada pra ele entrar no *modo Pinóquio*. Porra, Edimar, não me testa. Você entrou no carro, a milícia veio, apagou o Herrera, mas te poupou. Uma concessão. A bronca não era contigo. Seria melhor te apagar também, mas aí quem ia tocar a igreja? Você se deu bem, Edimar. E ainda meteu a carteira e o livro do defunto. Que você tava apavorado, tava, porque fugiu e deixou a porta do *BMW* aberta. Aposto que ia tentar revender pro livreiro, nem que fosse por um valor menor. Era só esfriar.

Pincei o nervo certo. Um abalo sutil contaminou a expressão do falso pastor azul. Edimar assentiu de cabeça baixa. Eu tinha acabado de dizer que ele era testemunha do assassinato. Alguém capaz de reconhecer os assassinos. Pessoa de alto interesse para as forças policiais – o que implicaria ser executado pela milícia para conhecer o Céu que loteava a bom preço.

— Relaxa, Edimar, relaxa. Não sou *cana* nem miliciano. Não fala de mim pra ninguém que eu também não falo de você, beleza?

O livro era meu. Edimar estava manietado pela vontade de viver. Foi como comprar um seguro. É assim que as coisas são.

*

Mônica, a esposa do Edimar, era graciosa e doce. Uma moça de vinte e pouquinhos, educada no *Evangelho*, que me ofereceu café, o que recusei. Como toda dona de casa, me atendeu pela porta da cozinha. Ela tinha uma coleção de folhetos com o carimbo da igreja sobre a mesa de fórmica e me deu um de cada tipo.

— Desculpa, meu senhor, qual o seu nome?

— Rodrigo.

— Seu Rodrigo, quando o senhor puder, visite a nossa igreja em Cosmos. Nós passamos por uma provação, nosso pastor-fundador foi pra Glória. Um homem muito bom, cheio do Espírito, com o dom da palavra. O meu esposo assumiu a liderança e, graças a Deus, o Senhor tem abençoado abundantemente. *Mas a gente ainda estamos sentidos*. Visita de irmãos de outra igreja é sempre uma bênção.

— Eu entendo a senhora, irmã Mônica. Eu vou aparecer, tá bom?

Ela teve alguma dificuldade para alcançar o volume. Edimar, que não era leitor de Edgar Allan Poe, não escondeu o livro entre livros, mas no *box* sob a cama. Segundo dona Mônica, "uma confusão". Ela era organizada, mas o marido era "bagunceiro".

— Também, né, seu Rodrigo, com tanta coisa na cabeça... Tadinho do meu esposo.

É. Tadinho do filho da puta.

Confesso, observei a moça com melancólica comiseração. Elevando o peculiar ao universal, o fundamentalismo é um porto seguro para o homem inseguro. A ultraortodoxia cristã manipula questões pontuais para justificar um machismo mais que retrógrado, recusado e vencido por Jesus. Aquela ovelha amava o lobo e tinha se casado com ele.

Ela me entregou um saco de tecido ordinário com um cordão amarrado na ponta. Dentro, inequívoco, um volume mais alto e mais estreito que o tamanho A4. Fólio, provavelmente.

— O senhor tem certeza de que não vai querer um café? Uma água?

— Não senhora, irmã. Muito obrigado.

Ela abriu um sorriso vivo. Lá estavam a bondade, a fé simples e poderosa.

— Fica na paz, seu Rodrigo. Deus abençoe.

*

No elevador, a textura da encadernação me incomodou. Li o título macabro do livro e me veio uma vertigem. Em retrospectiva, descer com o corpo do Emílio não pareceu tão ruim.

*

Voltei ao carro. De braços cruzados, Alberto mantinha uma arma sob o sovaco. Sentei ao seu lado e me voltei para trás.

— Tudo certo, Edimar. Acabou. Só uma pergunta. Sua esposa é uma moça do maior quilate, a gente vê só de olhar. Como é que você engana uma pessoa assim e dorme? Você acredita em Deus, Edimar?

Ele me olhou como se eu fosse o *ET* de Varginha. Abriu a porta.

— Qual o seu nome? — perguntou.

— Pra você, é Rodrigo.

— Então, Rodrigo, vá tomar no olho do seu cu.

E saiu do carro cheio de marra. Alberto começou a rir. E rindo, manobrou e saiu.

— Viu, Alberto, que homem perigoso?

— É justo, Nêgo. Você tirou quinze mil dólares da boca da criança. Ela tem que fazer birra.

— Por falar em dinheiro, quando eu chegar em casa, faço o teu PIX.

— Ira, não leva a mal, mas você vai vender o livro?

Entendi. Fui atencioso ao responder.

— Não, não vou vender não, Alberto. Vou doar pra... — e citei a universidade em que Kepler era professor. — Depois que eu doar, vou te enviar o comprovante...

— Porra, Nêgo, não precisa, não falei por isso...

— Precisa sim, Alberto. A gente prova amizade demonstrando amizade. Se eu fosse colocar à venda, não ia esquecer de você. Mas, dou a minha palavra, não é o caso. Eu não quero um centavo dessa merda. E você também não quer. É coisa maldita.

Ele era supersticioso e ficou *perplecto*.

— Como assim "coisa maldita"?

— Alberto, você confia em mim, não confia, parça?

Ele me encarou, com o carro a sessenta quilômetros por hora.

— Confio, Ira. Porra, claro que confio...

— Olha pra frente, Alberto... caminhão... caminhão... caminhão... o ônibus... o ônibus... bom garoto. Deixa o livro pra lá. Não põe o dedo nisso.

Atirei o volume dentro do saco ao banco de trás e espanei as mãos, incomodado.

— Quer álcool? — perguntou.

— E um fósforo.

— Tem os dois no porta-luvas.

Todo mundo tinha álcool em todo lugar depois da *covid*. Me fartei.

— Ira, tira o revólver da cintura, Nêgo. Correndo risco à toa...

— Corri mais riscos do que você imagina. Não tem uma bala nessa merda, Alberto. Se eu sacasse, ele ia ver o tambor vazio.

De novo desatou a rir.

— Chope? — perguntou.

— Lógico.

239

25. O ÓBOLO DE CARONTE

Levei o livro para Kepler na universidade. Ele tirou da embalagem de tecido, dispôs na mesa, reagiu ao título e catou um par de luvas de borracha.

— Kepler… antes das luvas… experimenta a textura da capa.

Ele me fixou e, sem desviar os olhos de mim, como se agora relutasse examinar o livro, deslizou os dedos muito suavemente sobre a encadernação.

— Você quer saber se é bibliopegia antropodérmica — afirmou.

— Cu de quem?

— Encadernação com pele humana.

Hesitei.

— É?

— Não. — Só então retornou ao volume. — Isso é couro de porco. Está enrugado porque é velho e muito manuseado. A encadernação é coisa do século XIX, início do século XX. O livro é mais antigo.

— Quanto?

— Muito, muito antigo.

OBOLUS CHARONTIS

Óbolo de Caronte, eis o título.

Kepler abriu o volume com cuidado, virando uma página de cada vez. Eram mais de duzentas, mas só as vinte e sete primeiras estavam impressas em latim. As demais consistiam em manuscritos gregos, massoréticos, em aramaico e sua derivação, o siríaco, e mesmo copta saídico. As alterações na caligrafia assinalavam as obras de variados copistas. Havia ilustrações esparsas de caráter esquemático e mapas astrológicos.

Volta e meia, Kepler murmurava o seu adágio – "Interessante" –, espreitando algum detalhe com a lupa e fazendo anotações em um caderninho.

— Esta página é um palimpsesto — disse, em dado momento. — O pergaminho foi raspado para receber o texto novo. O que continha? Podemos tentar com raios X…

— É mesmo antigo?

— Aposto. Mas seriam necessários exames de laboratório.

— O que é o livro, Kepler?

Esperei duas horas pela resposta. Um pouco mais, talvez. Foram muitas murmurações e notas. No verso da última página, constavam observações em uma caligrafia acrobática, cheia de arabescos. Nessa ele demorou um pouco mais.

Por fim, satisfeito, removeu as luvas e nos convidou a sentar.

— O livro é um grimório — disse, abandonando-se na poltrona. — Reformulo. É a cópia do século XVI ou XVII de um grimório medieval, com inserções de códices mais antigos.

— Um livro de magia com instruções de rituais, fórmulas, encantamentos...

— Um compêndio. Um guia para executar feitiços, misturar remédios, confeccionar talismãs, conjurar demônios, anjos, *djinns* e entes que eu pessoalmente desconheço. Se não estou enganado, com ênfase na *passagem*, no "acesso entre os véus". "*Velum immotum sed non iners.*"

— "O véu está imóvel, mas não inerte."

— O que foi? Que cara é essa?

— O falso pastor Carlos Herrera sonhou com essa frase, com o "Vale dos Aflitos" e "A Mulher Alta". A moça que desapareceu antes também disse qualquer coisa assim.

— Carlos Herrera e a moça eram da mesma seita, Pilares. Cuidado. Não tem mistério.

— Ao contrário, tem véus demais nessa história. Alguma menção à "Mulher Alta"?

— Não vi.

— Ao "Vale dos Aflitos"?

— Também não, mas eu só folheei...

— O que pode ser o "acesso entre os véus"?

— Em linguagem moderna?

— Viagens astrais?

— Interdimensionais, acho.

Respirei fundo.

— Você está brincando, Kepler, não pode ser...

243

— O véu que está imóvel, mas não inerte, leva a uma... eu anotei... aqui. *Planities crepuscularis montibus circumdata.*

— *Planície* o quê?

— "Planície crepuscular cercada de montanhas." Seja o que for, "*Est et non est in mundo*", "Está e não está no mundo".

— Como uma dimensão paralela ou algo assim? Quem compilou o grimório?

— Himeneu de Éfeso. Soa familiar?

Sorri. De nervoso, talvez.

— Alexandre e Himeneu foram dois mestres heréticos que se colocaram contra o apóstolo Paulo e seu sobrinho Timóteo. Eram "antinomistas".

— ?

— Uma doutrina. A ética cristã não é necessária à salvação, basta a fé.

Kepler também sorriu. A religião o fascinava e irritava ao mesmo tempo.

— Não foi exatamente o que Lutero disse? — E negou com um movimento de cabeça, enfastiado.

— O antinomismo, não confundir com antinomia, é mais radical — expliquei. — E esbarra no gnosticismo.

Ele gargalhou.

— A veeeeelha sorte do Ira.

— É difícil ser eu.

— Cansativo, inclusive.

— Em Lutero, a salvação é pela fé. "Pela graça sois salvos, mediante a fé; e isso não vem de vós, é dom de Deus."[13] Mas há sinais.

— Quais?

— Os sinais da Graça. Responsabilidade moral, obediência à lei do amor de Deus, isto é, servir uns aos outros,[14] e andar no Espírito,[15]

---

13 Efésios 2:8.
14 Gálatas 5:13,14.
15 Gálatas 5.16.

o que opera uma transformação.[16] Viver sob a ética e a moral cristã é uma "resposta grata" e, ao mesmo tempo, um sinal de salvação. O antinomismo é muito mais radical que Lutero.

— Interessante. E como os gnósticos entram na história?

— Os gnósticos frequentemente endossavam o antinomismo, mas ensinavam que a *perfeição espiritual* vinha da...

— Gnose — encerrou. — Himeneu de Éfeso?

— Um minuto... — Abri a *Primeira epístola a Timóteo* no celular. — Aqui, você vai entender. "Esta admoestação te dirijo, Timóteo, filho meu, de acordo com as profecias de que foste objeto, para que por elas pelejes uma boa peleja, conservando a fé e uma boa consciência, a qual alguns, tendo-a repelido, naufragaram na fé, e entre estes Himeneu e Alexandre, os quais entreguei a Satanás, para que aprendam a não blasfemar."[17]

— O que significa "ser entregue a Satanás"?

— Muito forte? Provavelmente sofreram uma excomunhão temporária ou foram excluídos do rol da igreja.

— Só isso?

— Hum-hum. Um susto. Paulo não era inquisidor. Mas não importa, Kepler, o *Obolus Charontis* é apócrifo.

— Pseudoepígrafo.

— Pseudoepígrafo é "apócrifo" com chantili. Vocabulário *gourmet*. É apócrifo.

— Como todos os grimórios, aliás. Mas, Ira, observe, eu não acredito em falsificação. Creio que é, de fato, a cópia de um grimório medieval com alguns acréscimos.

— Como todos os grimórios, aliás — insisti.

— Sim. Como *O livro da sagrada magia de Abramelin, o mago*, *A franga preta* e a *Clavícula de Salomão*, todos conhecidos.

---

16 Colossenses 3:1 e 3:8-10.
17 I Timóteo 1:18-20.

— Vai por mim, Salomão não escreveria livro nenhum se pudesse examinar a própria clavícula. Apócrifo, *QED*.[18]

Ele sorriu.

— E disponível. Da *Clavícula* existem uns cento e vinte manuscritos, por aí. Cento e vinte versões, na verdade, pois há muitas variantes. Valem uma nota, todas elas.

— Eu nunca ouvi falar do *Obolus Charontis*, nem você. Pensa comigo, Kepler: por que alguém se daria ao trabalho de falsificar uma coisa que não existe? Não seria inteligente, nem lucrativo.

— Por que não falsificar uma *Clavícula*, preciosa já no século XV, é isso? — Ele assentiu. — Foi a primeira em que pensei. O que você vai fazer com o *Obolus Charontis*?

— Você vai guardá-lo pra mim aqui na universidade. Vou precisar de um recibo de empréstimo, um documento oficial pra mostrar pro Alberto. Guarde o grimório num cofre, mas guarde bem, pelo amor de Deus. Se roubarem o livro, eu serei assassinado.

Kepler empalideceu e ficou mudo. Prossegui.

— A posse do livro é meu seguro de vida. Com ele, vou chegar ao *Círculo Hermético e Hermenêutico do Self*. Vou assinar um documento legando o livro a você. Se alguma coisa me acontecer, Kepler, você decide o que fazer com ele. Se for vender, não esqueça do Alberto, vou deixar o contato.

Levantei-me, abri o volume e procurei a página do palimpsesto. Foi sem luvas, mas Kepler estava *perplecto* demais para protestar. Fotografei com o celular, abri no verso da última página e registrei as anotações floreadas.

— Não é estranho? — divaguei. — Um homem como Carlos Herrera bancar um livro de quinze mil dólares? Uma obra de magia com ênfase em viagens "entre os véus"? Tem caroço no angu, Kepler.

— O que pode significar?

---

18 *Quod erat demonstrandum*. Assim é, como demonstrado.

— Que ele deixou a seita, é seguro, eu levantei. Ele saiu no momento decisivo, à beira do ponto sem retorno. Mas manteve os contatos...

— Como Patrícia e a amiga da seita, isso dá pra entender. Mas por que Herrera continuou atrás do livro?

— Para trocar por alguma coisa que valia mais.

— Ele poderia revender...

— É muita grana pra empatar em papel velho, Kepler. Ele não faz o tipo. Deve ser isso *também*. Tem que haver uma ambição maior no tabuleiro.

— Tipo...

— Eles são loucos...

— ... uma "verdade"? A verdade não é cognoscível, é uma fantasia. Fácil de embalar e vender.

— Pode ser — assenti. — Quem tem uma verdade tem um problema. A vida se faz com esperança. As certezas nos decepcionam.

*

Fui para casa, redigi uma nota, anexei as fotos do livro e enviei por *e-mail* ao Chico Lobista de Brasília, no endereço eletrônico que constava no cartão. Um texto breve, mas charmoso. Jamais renuncie à elegância, eis o meu lema.

> Diga aos seus amigos que o *Óbolo de Caronte* é meu. Está em segurança em uma universidade do Rio. Se eu sofrer um assalto, cair em um bueiro, for atropelado por um trem, atingido por um raio ou contrair uma virose, o grimório vira fumaça. Espero não ter sido sutil.
>
> —————————————— *Ira*

Sentei e esperei. O que mais eu podia fazer?

*

Foram menos de vinte e quatros horas. Desta vez, prefixo de Brasília. A mesma voz jovem e decidida de mulher e a mesma ladainha.

— Sem nomes, por favor — ela disse, mais pausada que de costume. — Eu sou a...

— ... a amiga do meu amigo, eu sei. O que que manda, minha senhora?

No silêncio, a ebulição. A vontade de revidar a insolência.

— Tem uma passagem pra você no Santos Dumont. Balcão da *Latam*. Voo das oito e cinquenta da manhã. Santos Dumont, repito. O bilhete está em nome de... Iracy Barbosa. Iracy com ípsilon, que chique.

Com que volúpia a vaca ruminou o meu nome. Foi a minha vez de fazer silêncio para ela saborear. Não se pode ganhar todas, é assim que as coisas são. Chama-se "prudência".

— Desembarque e aguarde no saguão — ela prosseguiu. — Tem uma suíte pra você no Plaza. É bom não se acostumar.

— Nem posso, minha senhora. Não sou bandido, não vivo de negociata, não mamo dinheiro público...

Desligou.

Touché, vaca. Cuidado com a ira do Ira.

26. IMPROVISO

Às sete e pouquinho, peguei o táxi no ponto da Moura Brasil. O motorista era o meu chegado, Billy Wilder.

— Ira, você tá com uma fama tremenda aqui no ponto.

— Loira ou morena?

— O loirão. A morena é linda, classuda e coisa e tal, mas o loirão… puta que pariu. Kim Novak em *Um corpo que cai*, sem sutiã debaixo do suéter. Nunca comi nada parecido. Não sem me endividar.

— *Cinemascope*?

— *Imax*.

— Mulher fatal, né, Billy?

— *Fatal*, todas são. O difícil é encontrar aquela por quem vale a pena morrer. Aquela vale, puta que pariu.

Ele não poderia imaginar o quanto se aproximava da verdade.

*

Kepler, Alberto, detetive Rodrigues com *s* e o doutor Alencar, o delegado *old school*, todos estavam informados de minha vigem a Brasília. Amigos fiéis, os rapazes mandaram mensagens cobrando notícias, tudo ensaiado. Respondi com fotos do cartão do Chico Lobista, via *WhatsApp*. Se houvesse grampo em meu celular, no Planalto Central saberiam que eu estava escorado. Chama-se "precaução". Coisa de gente mortal.

Será que a vida nos odeia? Tudo se move contra nós, inclusive o tempo. Mas as pessoas fingem que não e vivem como imortais, consumindo a insignificância e o Nada. Eu vivi a vida consciente da finitude. Jamais dissipei o meu tempo, mantive a Morte em meu horizonte. Quando ela voltar, estarei pronto. Já passei por isso antes, na juventude também, e ela me encontrou apto, embora tenha me poupado. Morrer não é tão fácil quanto dizem, nem tão difícil quanto parece, mas alguma preparação é necessária.

No balcão da *Latam*, encontrei o bilhete de ida e volta com retorno em aberto. Fotografei, enviei aos rapazes pelo *WhatsApp* e embarquei tão logo pude. Abri o leitor de livros digitais nos *Sermões* do padre Antônio Vieira.

"Quem em tudo quer parecer maior não é grande."

Que oportuno em uma viagem a Brasília.

*

No desembarque, dei com um gordinho bem-vestido e bonachão exibindo uma placa de cartolina. "Irany Barbosa", que sacanagem. Pensei em olhar ao redor e gritar "Irany? Irany? Alguém conhece algum Irany?", mas não tive ânimo.

— Boa tarde, companheiro.

— Doutor Irany?

— É Iracy, queridão. Muito mais bonito. — Eu tinha um diploma de direito, era doutor por decreto, mas raros são os momentos. — Eu não sou doutor, e o amigo, tão simpático, não deve ser também. Então a gente pode se tratar por "você", não pode? Se o amigo me chamar de Ira, vai me fazer um bem enorme. Tem tudo a ver com os meus métodos.

Ele sorriu e apontou a direção. Nem por um segundo o subestimei por seu aspecto simplório. Em meu tempo de *poliça*, prendi monstros sem resquícios de humanidade, vórtices de crueldade e indiferença, suaves e afáveis na aparência e no trato. Considere Carla, a Dandara Drummond e sua boceta cor-de-rosa, cozinhando a vingança por anos em banho-maria. O Mal é feio no cinema. Na vida, a morte pode ter rostos belos e benévolos.

O nome do motorista era Henrique. Ele não usava uniforme, mas dirigia um carrão. Considerando a intimidade precipitada por minha retórica suburbana e carioca, Henrique me fez baixar a guarda um pouquinho quando abriu a porta traseira.

Ele perguntou se eu desejava guardar a valise no porta-malas, mas não, era pequena e leve, tudo bem. Eu vestia um paletó sem gravata, camisa de colarinho passada na lavanderia, *jeans* e um tênis de corrida discreto. Sapatos seriam de bom tom, eu sei, mas a gente nunca sabe se vai precisar correr de alguém muito maior, é assim que as coisas são.

Pousei a mala no banco e, de pé, tirei o paletó para espreitar o entorno. Nada, como esperado. Se não deram bandeira no Rio, não dariam em seu território.

Vários hotéis de luxo em Brasília ostentam "Plaza" no nome. Deixo assim. Em vinte minutos, cheguei a um Plaza na Asa Sul, um colosso. Henrique me passou seu contato e disse que estaria à disposição. Fiz o *check-in*, tomei posse da suíte elegante no nono andar, abri o leitor digital e segui com o padre Antônio Vieira.

"Guardai-vos dos homens. O diabo anda pelos desertos porque nas cortes os homens lhe tomaram o ofício"

"Que aconteceu a Cristo com as feras, com o demônio, e com os homens? As feras nem lhe quiseram fazer mal, nem lho fizeram; o demónio quis-lhe fazer mal, mas não lho fez; os homens quiseram-lhe fazer mal, e fizeram-lho. Olhai para aquela cruz. As feras não o comeram, o demônio não o despenhou; os que lhe tiraram a vida foram os homens. Julgai se são piores inimigos que o demônio. Do demônio defendeis-vos com a cruz; os homens põem-vos nela. De maneira que não há dúvida que os homens são piores inimigos que os demônios."

O telefone do quarto tocou. Reconheci a voz e o sotaque do Chico Lobista.

— O senhor chegou bem? Fez bom voo? Está bem instalado?

— Sim para todas as questões.

— Ótimo. O senhor se importaria de visitar a fazenda do meu cliente? São mais ou menos duas horas de helicóptero, por aí. Um helicóptero enorme, seguro, e um cenário magnífico.

Instantaneamente me chegou a voz de Gerásio Guedes, o Gera, ex-capitão PM, líder da narcomilícia evangélica em Cosmos. "O meu amigo é deputado. O amigo dele é senador. O outro é o Chico Lobista."

Foi a oportunidade para bater um pênalti de derrubar barreira.

— Diga ao *senador* que sim, eu me importaria.

Nunca ouvi um silêncio tão estrondoso. O homem parou de respirar.

Eu sou uma foda viva, pensei, e marquei um golaço. Fica pelo desprestígio de não me receber na porra do aeroporto. Não serei tratado como lacaio de um alcateia de filhos da puta. Mataram o patife do Carlos Herrera, perderam a pista e agora o *Óbolo de Caronte* é *meu*. Não me chamam de Ira à toa. Estudei diplomacia e relações internacionais no subúrbio verde Pilares. Vão pra puta que os pariu, bando de *burguês safado*.

Não desperdicei a maré.

— Vou encontrar o seu cliente em um lugar público, seu Chico. Quero um monte de gente em volta. Manda o senador pegar o helicóptero se quiser me ver. Dá tempo de jantar.

Ele sorriu.

— Muito bem. Não saia do hotel.

Peguei o paletó e saí imediatamente.

No corredor, abri os ouvidos. Nada. Fiz um rápido reconhecimento da topografia. Desci ao oitavo andar pela escada de incêndio. Percorri o corredor e... nada. Desci ao sétimo e localizei o que procurava. O carrinho com as sobras do almoço de algum guloso.

Encontrei uma faca e a metade de uma bisteca sob a cúpula da bandeja de serviço. Talher do melhor. Robusto, largo, excelente empunhadura. Limpei a lâmina na toalha até brilhar, voltei às escadarias e subi.

De volta ao nono andar, permaneci no patamar da escada. Eu não podia ver meu quarto, depois da curva do corredor, nem os elevadores.

Mas ouvia muito bem.

O elevador estava em movimento. A porta fez "plim" e abriu. Escutei passos abafados no carpete. Dois homens. Os arianos que escoltavam Chico, supus. Gente com pinta de ter um treinamento que eu não tinha. Logo, teria que pegar pesado. Apelar para a intimidação, a ameaça de violência extrema. A faca vistosa era a ferramenta apropriada.

Não ouvi campainha nem batidas na porta. Mas ouvi os passos. Os filhos da puta entraram em meu quarto. Hora de sair da toca.

Avancei no corredor mantendo o corpo de lado, quase colado à parede, seguindo em direção à curva. Diminuindo o passo, ouvi uns resmungos.

Ouvi um "vamos".

Agora, pensei, e que o Senhor guie a minha mão.

No que o primeiro ariano saiu do quarto, a faca em minha mão direita voou em direção à garganta, enquanto a mão esquerda agarrava o pescoço por trás.

— Não pisca, não pisca, não pisca...

Ele arregalou os olhos quando a ponta da faca arranhou a pele. O sangue gotejou. Continuei falando sem parar, uma técnica para induzir o atordoamento.

— Pianinho, pianinho, fica pianinho, mão pra trás, mão pra trás, mão pra trás — e espetei o camarada de novo. — Mão pra trás, porra, mão pra trás, caralho, cadê a arma?

Os olhos arregalados deslocaram-se para o lado esquerdo do peito. Espetei o pescoço com mais força. Ele recuou e deu com as costas contra a parede. A faca não cedeu. O ariano cerrou os olhos por instinto. Ao abri-los, deu com o coldre axilar vazio e a pistola em minha mão esquerda. Recuei a faca, avancei a arma para a têmpora.

— Quieto, porra, quieto, quieto, caralho...

Atrás dele, o segundo ariano tocava a pistola no coldre. O estalo da trava o fez congelar. Ele se voltou. Deu com a pistola empunhada corretamente em minha mão direita.

— Pistola no chão... devagar... devagar, porra... bom garoto... chuta de calcanhar... chuta pra trás... isso... O Chico sabe que vocês são dois merdas? Eu achei que vocês tinham capacitação. Que iam tomar a faca em dois movimentos e me dar uma coça.

Recuei de costas.

— Fora, os dois... devagar, por gentileza... escuta, eu não tenho intenção nenhuma de usar a arma. Nunca dei um tiro em serviço. É para a minha proteção, minha defesa, só isso. Vamos fechar um acordo.

Eles se entreolharam. O que sangrava estava vermelho como um tomate, não sei se envergonhado ou furioso.

— Vocês vieram aqui pra me fazer dar um passeio de helicóptero, não é isso?

O outro fez que sim.

— Foi.

— Faz o seguinte. Diz pro Chico que eu estava armado e que a chapa esquentou. Diz que embarquei no Rio sem arma, mas meu contato em Brasília me supriu. Diz que fui eu mesmo quem contou. Diz que foi dramático, *Mexican standoff*, *Impasse mexicano*, Quentin Tarantino, aquelas coisas. Quando eu for embora, vou deixar as pistolas na gaveta da escrivaninha, do lado da *Bíblia*. Não posso embarcar armado, não vou sacanear. Hem? Esse corte no pescoço, ô bonitão, não foi pessoal, já vai secar, nem precisa de *band-aid*. Eu não tenho *nada* contra vocês. Cada um no seu cada um, é trabalho, não tem bronca. A verdade é que vocês desafiaram forças muito além de sua compreensão.

O tomatão olhou severo para o outro, que esboçava o sorriso. O que importa é que concordaram e me deram as costas.

É assim que as coisas são.

27. CONTANDINO

Pedi o almoço no quarto, comi bem, mas comi pouco. Quando se tem estômago, colar uma faca no pescoço de um homem não faz bem à digestão.

O telefone tocou em sincronia com um belo arroto.

A dona de sempre.

— Jantar às nove, Iracy. O Henrique vai chegar às oito e meia pra te apanhar. Esteja no saguão.

— Pra onde eu vou? Que restaurante?

Ela hesitou. Ficou um som abafado. Devia estar tapando o fone e consultando o Chico. Por fim, disse o nome do restaurante.

— O lugar é muito fino, *Iracy*, melhor não se acostumar. Mais alguma coisa? — perguntou.

— Quando acabar, eu posso pedir uma quentinha?

Desligou.

Entendendo que o quarto poderia ter escutas e câmeras, peguei um segundo celular na valise, novo com *chip* novo, deixei uma pistola na gaveta, saí com a outra na cintura e o paletó abotoado.

Desci ao saguão de elevador. O tomatão continuava vermelho, sentado em uma poltrona próxima à porta do hotel. Nem sinal do outro, que devia estar nos fundos. Movi a cabeça em um ligeiro aceno, procurei um sofá recuado e isolado e ele me deixou em paz.

Abri o *Google*, catei o restaurante e liguei. Dei uma de João-sem-braço.

— Boa tarde, senhor — eu disse. — Meu nome é Danilo Lima, sou assessor do senador Fulano de Tal — e citei um nome da esquerda muito respeitado. Um homem de diálogo em muitas esferas. — Tudo bem? Obrigado. Sabe o que é, senhor, o senador Fulano tem convite para um jantar às vinte e uma horas. Mas ele esqueceu o restaurante e não quer que o anfitrião saiba. É um homem cortês e tem medo de que pareça uma… "subestima". O seu já é o terceiro restaurante que eu ligo. O senhor tem reserva pra algum senador às nove horas? Pois não, eu espero, muito obrigado. — Dois minutos. — Ah, tem? Senador Adriano Contandino, isso mesmo, confirmado. O nome do senhor é… Seu Eurico, muito obrigado, seu Eurico, que gentileza. Um abraço, boa tarde.

Acenei ao tomatão antes de retornar ao quarto. Quem se mostra tranquilo não causa alvoroço.

Na suíte, coloquei o trinco na porta, as pistolas ao alcance da mão e me posicionei de frente para a janela. Criei um contraluz e, ao mesmo tempo, usei o corpo para bloquear a visão do celular no espaço atrás de mim.

Tasquei "Adriano Contandino" no *Google*. Surgiu um trator "agrotroglodita"[19] do partido de extrema-direita que afetava "conservadorismo". Membro da bancada cancerígena ruralista, com propriedades em Goiás, Mato Grosso e Amazonas. Que investia na tecnologia de suas fazendas, no envenenamento extensivo e indiscriminado do solo e lençóis freáticos pelos agrotóxicos. Que negava as mudanças climáticas como "coisa de esquerdista". Conhecido por esfolar seus empregados. Conservador nos costumes e liberal na economia, especialmente com o dinheiro dos impostos. Membro do grupo que articulava reduzir as obrigações do agronegócio e aumentar os "estímulos" do governo. Esse tipo de *coronel*.

Li duas biografias de Adriano Contandino. Descendente de uma linhagem de imigrantes com a tradição da terra e, mais tarde, da política. Diploma de engenharia civil por uma universidade do Rio, pós-graduação nos EUA por uma universidade menor. Notas no limite da reprovação.

Vale notar que sua vida acadêmica insípida não evidenciava debilidade, mas o brilho. Currículos com grandes notas, em geral, ornam a mediocridade, não o gênio. Contandino era, de fato, inteligente demais para a conformação da sala de aula.

Na juventude, fora um filhinho de papai insolente e cheio de si. Aos sessenta e nove anos, era um coroa insolente e cheio de si. Como deputado federal, tinha votado contra o povo em todas as grandes decisões. Como senador, a atuação era mais discreta. Uma precaução, talvez, considerando o entrelaçamento de seu partido com os chamados "atos antidemocráticos", a tentativa de golpe.

Tentei relaxar. O senador precisava de mim inteiro para negociar o *Óbolo de Caronte*. Eu não correria perigo até a hora da sobremesa. Assisti a um filme de suspense em um dos canais do hotel. Não entendi

---

19 Expressão criada pelo jornalista Elio Gaspari.

absolutamente nada, pensando, remexendo o momento e pensando um pouco mais.

Tomei uma ducha, troquei a camisa e a roupa de baixo, vesti o mesmo paletó. Removi o *chip* do meu celular pessoal, guardei na carteira e zerei a memória do aparelho. Pus o celular novo no bolso da calça e guardei o que era meu na valise. Se as coisas corressem mal, abandonaria tudo sem hesitar. O importante era o *chip* na carteira e o *backup* na nuvem. Val ficaria orgulhosa.

Às oito e meia em ponto eu estava na porta do *Plaza*. Nem sinal dos arianos. Reconheci o carrão do Henrique pela distância entre os faróis. Ele parou exatamente diante de mim. Vi a sombra de um homem no banco de trás. Abri a porta com cuidado.

Chico Lobista, naturalmente.

— Eu não posso dizer que é um prazer revê-lo, seu Ira.

— Então minta, seu Chico. Não vai ser a primeira vez.

Ele sorriu. Acenei ao Henrique, que me observava pelo espelho, e entrei.

Foi como a mais longa das noites começou.

28. A PEÇA

Chico Lobista mostrava-se tranquilo. Parecia mais bronzeado e saudável.

— Deixa eu te explicar uma coisa, seu Ira — ele disse, com seu sotaque melódico — Tomei algumas precauções para evitar que o senhor se evadisse. Essa noite custou caro, seu Ira. Custou caro e não pode ser adiada, o senhor vai entender depois. Foi só por isso. No Rio, o senhor se envolveu num rolo que me custou muito desfazer. Não estou dizendo isso porque quero sua gratidão. Mas não sei bem o que é aquilo lá e não quero saber, eu não me meto. Quanto menos eu souber, melhor. Sou um animal político. Vivo da política, sei ouvir os políticos, entendo o que eles precisam. E sou pragmático, é o meu talento, é isso que eu vendo. O que os meus clientes fazem nas suas bases é problema deles, não quero saber. Quando virar um escândalo, se eles me chamarem pra resolver, vou cobrar caro por isso. É como vivo. Mas o senhor deu um passo louco, arriscado mesmo, na área daquele… "empreendimento". Como chama o bairro?

— Cosmos.

— Pois o senhor criou um problema cósmico. E quase que eu não resolvo, hem?

— Obrigado assim mesmo.

Gratidão é nobreza. Pouca gente tem. Ele me encarou tentando medir se era um deboche. Não era. Ele fez um gesto de aprovação.

Dali para a frente, me tratou como turista. Apontou uma e outra arquitetura explicando o que se processava ali. Confesso, os comentários irritavam.

Em dado momento, ele murmurou, distraído.

— Brasília é uma cidade muito bonita.

— Se os seus clientes trabalhassem para os brasileiros, e não para eles mesmos, seria ainda mais bonita. E se o povo sofrido, alienado por um projeto político, votasse em quem tem currículo, não em quem tem prontuário, a gente resolvia o Brasil. A despeito da estupidez da classe média e da desumanidade das elites econômicas, que não estão à altura do país.

Eu queria induzir o silêncio, mas Chico tinha a resposta pronta no bolso, como toda raposa. Resposta ordinária e de segunda mão, é verdade, mas não se pode ter tudo.

— O senhor está certo — ele disse. — Mas uma gota d'água no oceano não pode fazê-lo mais doce.

— É o seu pragmatismo?

— Meu não. O *deles*. O senhor entende de política?

— Ninguém entende de política — respondi. — No Rio, um político experimentado, mil e um mandatos, uma vida inteira na política, fundador de partido, perdeu a eleição por *um* voto. Um único voto. No mesmo ano, no Acre, o camarada perdeu por um voto e outro perdeu por vinte. Depois, uma senhora perdeu em Roraima por um voto, e um gaúcho, companheiro da esquerda, perdeu por três. Em 2018, alguém perdeu no Sergipe por dois votos, e uma senhora do Pará não foi reeleita por doze. Ulysses Guimarães, gênio político, amado e respeitado à esquerda e à direita, espírito da Constituição de 88, perdeu a eleição para presidente. A conclusão é que *ninguém* entende de política. Se fosse possível entender, ninguém perderia uma eleição. Quem pensa que entende, deu sorte. Os marqueteiros vencedores não são melhores que os vencidos.

Foi como consegui o silêncio que desejava.

*

Henrique parou o carro em frente ao restaurante. Gostei do ambiente, chique sem ostentação. Um daqueles lugares onde você olha e, por alguma razão, sente que investiram no *chef*, não no decorador.

Henrique abriu a porta para o Chico Lobista, o porteiro abriu a minha. Lançou um olhar discreto ao meu tênis, o invejoso. Tenho certeza de que gostou.

Meu "sentido de aranha" me deu uma beliscada. Estranhei, mas não entendi a razão. Olhei ao redor procurando, mas, com a tensão, não percebi nada.

Chico se aproximou, tocou meu cotovelo e apontou a entrada do restaurante. Lá estavam os arianos e dois outros brutamontes.

Não me movi.

— O que foi? — ele perguntou.

Eu o encarei. Tranquilo, mas inquisitivo.

— Tem alguma coisa errada.

Chico me devolveu um olhar ausente e, súbito, fez que sim.

— Ah, certo, o senhor tem bons instintos. Mas não há nada de errado. O senhor estranhou a calmaria e o silêncio. O senador reservou o restaurante inteiro para os dois. Custou uma fortuna, mas ele tem uma fortuna. Por favor...

Caminhei devagar com Chico ao meu lado, um passo atrás de mim. Rastreei o entorno procurando outros sinais de vida.

Em um canto afastado do estacionamento, um grupo de três garçons de terno fumava cigarros ao redor de um poste baixo e estreito de ferro. Havia uma caminhonete mais adiante, e rapazes com roupas de trabalho descarregando caixas de isopor.

Ao nos aproximarmos da entrada, os dois brutamontes se adiantaram escoltados pelos arianos. Um deles abriu os braços, ensaiando o movimento para me revistar.

Parei de repente. Chico continuou avançando. Dei um passo para trás e me posicionei atrás dele.

Chico se voltou, tentando controlar a irritação.

— Seu Ira, isso não é uma armadilha, é um jantar. Eu vi que o senhor reparou na caminhonete da peixaria. O *staff* do restaurante foi mantido, até para induzir tranquilidade. O senhor não tem nada a temer do meu cliente. Não aqui em Brasília.

— Seu cliente é o Adriano Contandino, da bancada ruralista. Não estou temendo nada, seu Chico, estou incomodado e de saco cheio. — Com o dedo indicador em riste, falei ao brutamontes, capanga do senador. — Você não vai me revistar, ô bonitão. Não vai botar a mão em mim.

Os arianos sorriram. O bonitão era mais feio que nós todos juntos.

— Nós sabemos que o senhor está armado, seu Ira — disse o Chico.

— O problema é a arma?

— E o celular.

— Eu entrego a pistola e o celular. — E apontei o dedo para o jagunço. — Mas você não bota a mão em mim. Aliás, ninguém vai botar a mão em mim. Cansei de vocês todos.

O bonitão olhou para o Chico, que assentiu. O camarada me olhou com irritação, mas estendeu a mão aberta.

Eu abri o paletó, fiz sinal de "calma", toquei a arma na cintura com a mão direita, sem sacar, e tomei o Chico pelo braço com a mão esquerda.

— Vamos, seu Chico. Na porta eu entrego a arma aos rapazes — disse, e sussurrei. — Não quero papo com jagunço de pecuarista. É assim que as coisas são.

Chico me olhou mais irritado que o bonitão, mas seguiu comigo em direção à porta.

O grupo se abriu à nossa passagem como em *Trono manchado de sangue*. Kurosawa teria aprovado. Ninguém parecia nervoso, mas os dois jagunços me olhavam como se eu fosse o camarada mais burro desse mundo. Que malandro é esse que faz essa presepada toda para entregar a arma na porta da arapuca? Que mundo é esse, meu Deus? Sério, eles me olhavam com tanto desprezo que quase parei para mostrar a outra pistola, escorada na meia da perna direita e enlaçada com o cordão do meu *short*.

Os arianos me fixavam cabreiríssimos, mas devolvi um olhar tranquilo e controlado de *poliça old school*.

Com essa história toda, o porteiro tinha vazado. Soltei o braço do Chico, empurrei a porta do salão com a mão direita, sustive com o pé, entreguei a pistola e o celular.

— Aqui, seu Chico. Segura a peça. Obrigado pela gentileza.

— Ô, Iracy — chamou uma voz de baixo-barítono.

Era o bonitão.

— Eu não sei em que buraco você escondeu a outra arma — disse o jagunço. — Não tem problema, pode entrar assim mesmo, toma cuidado quando for sentar. — Ele mudou de tom. — E mais cuidado ainda pra não fazer nenhum movimento brusco. Bom apetite.

Isso significava agentes vestidos de garçons. Eu não tinha pensado nisso, mas tudo bem, fiz meu papel de detetive malandro carioca.

E deixando o lobista e os rapazes para trás, entrei no restaurante.

265

29. O SENADOR

O *maître* me recebeu. Um cavalheiro distinto.

— Boa noite. O senhor é esperado e é bem-vindo. Por favor, me acompanhe.

O interior do restaurante confirmava a simplicidade elegante do exterior. Teto rebaixado com tecido, lustres diferentes com lâmpadas de suave tom amarelo, mesas rentes às paredes, ampla circulação. Um espaço para cochichar e conspirar.

O senador Adriano Contandino me aguardava em uma mesa afastada, voltado para a porta, com uma companhia feminina. A mulher, em ângulo, estava como que de costas para mim.

O senador parou de conversar, me olhou de cima a baixo e encarou. Queria estudar minhas passadas e, ao mesmo tempo, intimidar. Técnica antiga de gerente de quitanda, mas é assim que as coisas são.

Segui devolvendo o olhar. O *maître* avançou e puxou a cadeira. O senador se levantou e me estendeu a mão. Era um camarada alto, grande, corado, em excelente forma para sessenta e nove anos. Seus agricultores, devorados pelos agrotóxicos, não tinham a mesma saúde.

— Bem-vindo, seu Ira.

Apertei a mão de modo protocolar, mas firme.

— Boa noite, senador. Boa noite, Dandara.

Carla, vulgo Dandara Drummond, abriu o sorriso de milhares de reais, bela como nunca. Que instrumento poderoso é o sorriso. Disfarça a burrice, quando é o caso, e o mau-caratismo. O decote estava a um centímetro de rasgar o Código Penal. Não que eu tenha reparado.

— Dandara está de saída — disse Adriano Contandino. — Nos vemos mais tarde, minha querida.

Ela se levantou e deu dois beijinhos no senador, que envolveu sua cintura com ambas as mãos.

— O Chico está lá fora e vai te acompanhar — acrescentou.

— Tchau, Adriano, até depois. — Ela se voltou para mim e moveu a cabeça de lado, irresistível. — Tchau, Ira. Boa noite, meninos. Bom jantar.

Saiu trilhando uma passarela imaginária. O senador e eu a observamos sem pudor. Ninguém sabe quando será a última bunda.

Contandino me convidou a sentar com um gesto. O *maître* tinha se desmaterializado.

— Por favor. Se o senhor quiser colocar a pistola na cadeira ao lado, fique à vontade.

— Estou bem, senador, obrigado por se preocupar. O senhor conhece Dandara há muito tempo?

— Há três dias. É raro que o útil seja tão agradável, de modo que acabei misturando negócios com prazer. Acontece, né, por que não? O homem que não está preparado para transigir com as próprias regras é escravo de si mesmo. Ora, onde existe um escravo, existe um senhor, e o senhor deve comandar. Eu não sei ser subalterno.

— A razão do encontro com Dandara sou eu, imagino.

— É certo, o senhor é a razão do contato. Eu perguntei a Dandara se o senhor poderia ser subornado com mulheres. Uma vez, comprei a tolerância de um juiz incorruptível com uma loira. Dizem que todo homem tem um preço, mas não é verdade. Alguns não podem ser comprados. Mas mesmo esses têm uma fraqueza. Todo homem tem. Explorar a fraqueza é sempre mais barato do que pagar o preço.

— Dandara explicou que eu não posso ser comprado com uma loira só?

Ele sorriu.

— Ela gosta do senhor, viu? Gosta mesmo, eu senti. Ela disse que tentar comprar o Ira com mulheres é perda de tempo. Considerando o episódio que motivou sua saída da polícia, o caso do vereador, sei que com dinheiro também é.

— Se é assim, o senhor precisa encontrar minha fraqueza…

— Já encontrei.

Contandino me fixou como o gato ao passarinho.

— O que o senhor bebe? — perguntou. — Ouvi dizer que o senhor é bom de copo.

— Meus amigos dizem que eu não preciso beber para ficar interessante. O problema é que as outras pessoas só ficam interessante quando eu bebo.

Ele sorriu com a estocada. Era um bom filho da puta.

— Vamos combater o tédio, então. — E estalou os dedos. — O senhor tem alguma preferência?

— O que o senhor pretendia beber?

— Vinho. Sempre vinho.

— Ótimo. Faça a escolha, por favor. Eu sou muito diletante nessas coisas.

— Nesse caso... — Ele encarou o *maître*, que havia se materializado junto à mesa. — Eurico, *aquele*, 1982 ou 85. Se minhas contas estão certas, você tem os dois. Traz o 85 primeiro.

O *maître* não se afastou, ele desapareceu.

— Essa casa tem um *sommelier* maravilhoso — disse Contandino. — Um tipo raro de profissional, imune ao *marketing* e à crítica bancada pelo *marketing*. O explorador que descobriu um primitivo de Manduria que ninguém conhece. Um vinho de produção muito restrita. Eu comprei as duas caixas que ele tinha, levei uma pra fazenda e deixei a outra aqui. Mas tudo termina, tudo acaba... o *chef*.

Nós nos levantamos. Contandino abraçou o *chef*.

— Ira, conheça o melhor *chef* do Centro-Oeste, entre os melhores do país. *Chef* Giannandrea Caputo.

O *Chef* Giannandrea era um homem de quarenta anos. Um estereótipo. O padeiro bigodudo e boa-pinta de uma comédia erótica italiana. Contandino conversou com ele em italiano. Abri as orelhas e mais ou menos entendi que falavam de um jantar há quinze dias. Foi um breve momento. O senador teve a elegância de retornar ao português.

— Seu Ira, se o senhor me permite a sugestão, se entregue às recomendações do *Chef* Giannandrea. Clássicos da culinária italiana revistos por ele. Em lugar da extravagância, a surpresa. Ele nunca diz o que vai servir, nós vamos descobrir na hora.

— Com muito prazer, *Chef* Giannandrea. Considero uma oportunidade.

O *chef* fez uma vênia de aristocrata.

— Perfeito, perfeito — exultou o senador. — Não poderia ser melhor.

O *chef* conversou conosco dois minutos e foi cuidar da boia.

O senador parecia feliz.

— Pelo menos uma vez por mês, eu me dou a oportunidade de ser surpreendido pelo Giannandrea. Nunca me desapontei, o que faz bem ao espírito. A certeza de que você não vai se decepcionar é o evento mais raro da experiência humana.

— Por falar em experiência humana, senador, o que é o *Círculo Hermético e Hermenêutico do Self*?

Ele sorriu.

— É uma seita por definição, mas não é o que o senhor imagina.

— E o que eu imagino?

— O senhor me permite uma pergunta pessoal?

— Não vamos parar agora.

— Como o senhor classifica a seita de sua ex-mulher?

Congelei. Devo tê-lo encarado furioso e assustado ao mesmo tempo. Contandino leu meus pensamentos, ergueu as duas mãos e falou apressado.

— Isso não é uma advertência, nem uma tentativa de intimidação, uma ameaça, nada, nada, nada. Eu sei tudo sobre o senhor, seu Ira. Considere minha posição. Eu sou rico e senador da República. Eu preciso saber quem são as pessoas que se aproximam de mim. Eu não preciso ameaçar ninguém, minha pergunta é honesta, palavra. Como o senhor classifica a seita de sua ex-mulher?

Hesitei, mas precisava avançar.

— Hoje eu não sei. Mas eram "apocalipticistas".

— É muito pior que isso, o senhor não entendeu. É um erro grave chamar essa gente de apocalipticistas. Eles são "sobrevivencialistas". Um bando disposto a sobreviver à própria espécie. Uma assembleia grotesca, necrofóbica, patológica. No Rio, o seu estado, ouvi sobre pessoas que compraram casas na serra, influenciadas pela seita e pelos livros de um tal de Benson, que preconizava retiros de sobrevivência longe dos grandes centros. Até receita de *C-4* caseiro esse homem publicou. A seita em que sua ex-mulher congregou é uma… baixeza. A pior expressão do termo "seita".

— E qual seria a melhor?

— O cristianismo começou como uma seita judaica. O senhor há de convir que amor incondicional é melhor que *C-4* feito na cozinha. Há seitas boas e más, como tudo na vida. Quantos médicos morreram na pandemia cumprindo seu dever? Quantos ficaram ricos recomendando cloroquina e hidroxicloroquina? Não fizeram o mesmo juramento? — Ele divagou. — Sobrevivencialistas são… abismos.

Contandino estava informado sobre mim e me tentava pela indignação.

— É o meu ponto fraco, senador? O desprezo pela falta de empatia?

— Isso não é fraqueza, é virtude. — Ele meneou a cabeça e me encarou. — Seria um erro tentar cooptar alguém por aquilo que detesta.

— Nesse caso…

— Sua fraqueza é a curiosidade. Uma pulsão, eu diria. Foi o que trouxe o senhor até aqui. O senhor quer saber o que sei e o que eu quero. Nós vamos chegar lá… o vinho.

Com uma desenvoltura como eu nunca vi, o *maître* desarrolhou a garrafa. Fomos envolvidos por um perfume de tabaco morno, aroma de charuto aceso. Não fossem as testemunhas, eu passaria o vinho no cangote e nos pulsos, tal sua fragrância.

O senador fez o gesto de quem não queria provar. O maître serviu e desapareceu.

— Que tal? — perguntou, após o brinde.

— Magnífico. — E era mesmo. Nunca provei um vinho tão robusto e tão leve.

— Perfeito, perfeito. Olha a abertura dos trabalhos…

Dois garçons tão profissionais quanto o *maître* surgiram do nada.

— *Carpaccio di Manzo* — disse o primeiro. — Marinado em azeite, sal e limão, com rúcula e lascas de parmesão rústico.

— *Bruschetta tradizionale* — disse o outro, servindo uma brusqueta clássica, outro perfume. — *Pane dello chef.*

O senador, relaxado, não escondeu o prazer com os antepastos. A boa notícia é que isso me acalmava, o homem queria negociar. Em Brasília, Contandino estava tão exposto quanto eu.

— O que são os três losangos? — perguntei, sem preâmbulos.

Ele não se alterou.

— O que o senhor sabe?

— São três dimensões. Espaço, tempo e indivíduo.

— Perfeito. O que vou lhe dizer é sigiloso. Considere uma prova de confiança.

— Francamente, não quero saber nada que me comprometa...

— Não, não vai comprometer. É segredo, mas não tem significado real aqui fora. Os três losangos representam "os três momentos". O primeiro momento o senhor já sabe, são as três dimensões do homem, que é uma consciência autônoma, ou ilusão de autonomia, no espaço e no tempo. O segundo momento são "os três degraus". Conhecimento, poder, eternidade. No terceiro momento, os losangos representam um trapezoedro.

— O que é isso?

— Um sólido. Um poliedro. Vinte e quatro faces, quarenta e oito arestas, vinte e seis ângulos. Embora o losango seja uma forma bidimensional, pode ter conexões com o trapezoedro. O losango é um quadrilátero e seus lados têm comprimento igual. As diagonais são perpendiculares entre si e formam um ângulo de 90° uma com a outra. O trapezoedro pode ter faces que são losangos.

— O trapezoedro, o que significa?

Ele bebeu um gole de vinho e meditou.

— O que eu posso dizer — falou, pausadamente — é que existem vinte e quatro dimensões conhecidas. Vinte e três dimensões além da nossa. Quatro são abismos de horror, mas nós não falamos nisso. Dezoito são inabitáveis. Restam duas. Uma é a nossa, a outra é o objeto do meu círculo de estudos. Não somos uma seita religiosa como o senhor entendeu.

— Alguma das dimensões guarda um *graal*?

Eu me referia a algo cobiçado, mas difícil de alcançar, não ao cálice das lendas arturianas. Mas ele me olhou contrariado.

— Não. Isso é coisa da senhora sua ex-mulher. Aliás, me perdoe a linguagem, mas na porra daquela seita não tinha um meio-idiota pra explicar que a quarta dimensão é o tempo? Imagine descrever estados de consciência ou, vá lá, que seja, realidades colaterais, como "quarta dimensão"? É coisa de desenho animado. Eles estudaram para ser mais imbecis, é inédito. Até a série de TV dos anos sessenta se chamava *Quinta Dimensão*.

— Que hoje procuram no CERN — mencionei, não inteiramente perdido, embora pouco informado. Eu não pretendia apaziguar, queria que ele continuasse falando.

— Sim, a partícula — assentiu. — Improvável, mas não impossível. *Gráviton*.

— Vânia Goulart — emendei. — Morena, bonita, uma pinta charmosa na bochecha. Natural de Minas Gerais.

— O que tem ela?

— É o que eu pergunto. O que aconteceu com Vânia Goulart?

— Ela está onde quer estar. Nós vamos falar sobre Vânia daqui a pouco, prometo. Mas alguns pressupostos são necessários.

— Por que Carlos Herrera foi assassinado?

— Não sei, não quero saber, e não me meto com quem sabe. Não fomos nós, o *Círculo*.

— Quem foi?

— Você sabe quem foi.

— Quem foi, senador?

— A milícia daquele lugar que eu nem sei o nome.

— A milícia tem um senador no bolso.

— Corre o boato de que um deputado também, mas o senador não sou eu — disse, muito tranquilo. — Eu sou um homem rico. Não preciso dessa merda.

Tive vontade de rir. Então os ricos não têm ganância? Que banqueiro poupou a viúva? Homem modesto, o senador Contandino. No singular, a palavra "fortuna" não comportava os bens e a riqueza herdada, que soubera multiplicar como nem os grandes financistas sabiam. Seus detratores diziam que as acrobacias financeiras não resistiriam à investigação, mas é um mundo sujo.

— Por que Pedro Bosco morreu?

— Porque era sedentário e abusava da gordura.

— O que ele foi fazer em Saint Augustine?

— Inicialmente, pesquisas.

— De que tipo?

— Copiar um desenho do século XVII, com menções a coisas mais antigas, reproduzido numa cripta do século XVIII. Uma brilhante descoberta. Ele se comoveu e não resistiu.

— Que desenho?

— Um mapa astrológico.

— Ele viajou incógnito para copiar um horóscopo?

— Não, a viagem seria mais longa. Tem a ver com a "Nava do Crepúsculo". O senhor sabe o que é nava? É uma planície cercada de montanhas. Uma palavra pré-romana. De origem basca, provavelmente. Uma língua isolada.

— E o que a seita procura?

— Não procura. Encontrou.

— O que, exatamente?

— A Nava do Crepúsculo. Descoberta há mais de setecentos anos, talvez antes.

— A Nava é o que vocês chamam "Vale dos Aflitos"?

Ele me olhou surpreso, hesitou, mas assentiu. O *maître* materializou-se junto à mesa. Dois garçons recolheram os antepastos, outros dois serviram o prato principal.

— *Ossobuco alla Milanese* — disse o *maître*. — Jarrete de vitela cozido, molho de vinho e tomates frescos. Acompanha *gremolata* sobre polenta cremosa.

Servido o manjar, ele se perfilou à espera de um parecer. Fez um gesto nos convidando a provar.

— Uma apreciação — disse. — Ordens do *chef*.

Provamos. A vitela, impregnada de vinho do melhor, cozida muito lentamente, se dissolveu em nossas bocas. O *maître* colheu as impressões em nossos olhares.

— Tenham um excelente jantar — disse, antes que o senhor Scott o devolvesse à *Enterprise*.[20]

— Perfeito, perfeito, não lhe parece? — O senador ergueu a taça. — Honra ao mérito do *Chef* Giannandrea.

— Ao *Chef* Giannandrea — brindamos. — Agora, senador, onde fica a Nava do Crepúsculo?

Ele assentiu, tirou um celular mínimo do bolso interno do paletó e deu três toques na tela.

— Minha querida, até você chegar, o rapaz estará pronto para ouvir — e desligou *à la* Valesca. — A Nava do Crepúsculo é o nome com que os cabalistas portugueses medievais designavam... umas terras, um

---

20 Da série *Jornada nas Estrelas*.

espaço na 24ª dimensão colateral, cognoscível e habitável. A Nava está em todo lugar e em lugar algum. Ninguém sabe, ninguém conhece sua extensão.

Agarrei meu ceticismo pelo cabresto. Qualquer idiota é cínico, mas eu não sou assim tão vulgar. Penso que não.

— Aqui e agora, podemos chegar à Nava do Crepúsculo?

— Não é tão simples. O lugar deve ter alguma… antiguidade. E é necessário esperar certos alinhamentos planetários ou estelares.

— Por quê?

— Não sabermos, não explicamos. Amanhã, algum dia, saberemos.

— É assim que as coisas são?

— Exatamente assim.

— Por que a demanda do *Óbolo de Caronte*?

— Demanda? É muito apropriado. É perfeito. Foi Herrera? Ele chegou a comprar? Quanto pagou?

— Quinze mil dólares.

— Que filho da puta. A última notícia que tivemos dele é que pagaria cem mil dólares pelo grimório, para nos repassar a cinquenta por cento de comissão. Ninguém pode confiar em ninguém. — Ele pigarreou e retomou o tema. — Nós sabemos alcançar a Nava do Crepúsculo. Existem textos herméticos, apócrifos talvez, não sabemos, por discípulos de Abulafia, Moses de León e Gikatilla. Os discípulos se atreveram ao que seus mestres proibiram.

— Magia negra?

— Para eles, sem dúvida. No século XXI, prefiro chamar de *ciência além da ciência*. Uma ciência sem nome.

— Bosco não pensava assim. Li fragmen…

— Bosco morreu — arrematou. — Hoje explicamos em parte, manhã explicaremos o todo. Nós temos versões do *Óbolo de Caronte*. Algumas omitem o retorno da Nava, outras ensinam métodos que não funcionam. Precisamos cotejar sua versão. O senhor quer vendê-lo?

— Não quero um centavo, até porque não é meu. Só estou em posse do livro. Não quero e não vou contribuir com... não quero ter nada com isso. Vou doar o *Óbolo* à universidade. Se vocês tiverem um doutor com lastro e credenciais, terão acesso.

Ele se queimou.

— Perdão, mas nós não somos a seita da sua ex-mulher. Não exploramos os imbecis, não vendemos salvação nem sobrevivência. Nós *estudamos*. Temos *experts* no mundo todo. Bibliófilos e bibliotecários em instituições importantes. Filólogos em universidades europeias com mais de mil anos. No Brasil, temos um ex-ministro de Estado, dois deputados, dois diplomatas e este senador da República. Quando o livro for integrado à universidade, em poucos dias os *fac-símiles* estarão em mãos competentes. Como eu disse, não somos uma ordem religiosa ou mística. O livro em si não é um fetiche, não é objeto de interesse. Nós queremos o texto.

— *Velum immotum sed non iners.*

Ele reagiu, eu vi, mas retomou o controle. Fingiu não fazer caso.

— "O véu está imóvel, mas não inerte" — prossegui. — O senhor quer a fórmula para ir e voltar à Nava? O sortilégio do "acesso entre os véus"?

— Nós sabíamos que havia uma cópia do *Óbolo de Caronte* por aí. Só não sabíamos onde. As providências que Carlos Herrera tomou foram à revelia do *Círculo*. A verdade é que ninguém acreditava nele, não era um homem de livros... mas tivemos tanta sorte que o grimório surgiu nesta geração. Se você diz que vai doar à universidade, a questão está resolvida. De graça, ainda por cima. Minha ambição agora é você.

De novo, me encarou como o gato ao passarinho.

— Eu quero te cooptar, Ira — acrescentou. — Quero sua expertise, seu faro, sua inteligência, buscando a solução para ir e voltar da Nava do Crepúsculo. Estamos perto de conseguir. Um de nós conseguiu.

— Quem?

— Fale com ela.

— Ela quem?

Ele apontou o dedo para alguém atrás de mim.

— Vânia.

Contandino levantou-se. Pegou uma cadeira e dispôs a quase três metros da mesa. Estalando os dedos, chamou a atenção do *maître* e, com um gesto, pediu privacidade.

De pé, vi quando uma mulher ossuda avançou das sombras para o círculo de luz baça. Por um instante, gelei e quis gritar. Ela tinha quase dois metros de altura e estava trajada de luto. Vestido comprido, meias de seda, luvas e um chapeuzinho com véu comprido e opaco.

"A Mulher Alta", cogitei, não querendo mais pensar.

Adriano Contandino não fez menção de ajudá-la a ocupar a cadeira. Retornou à nossa mesa e esperou de pé até que a dama sentou-se.

— *Carpe noctem*,[21] minha querida — saudou o senador. — *Veritas lux mea.*[22]

— *Vincit omnia veritas*[23] — disse a mulher, com voz grave e sombria. Parecia um efeito especial.

— *Bine ai venit. E pluribus unum.*[24]

— *E pluribus unum.*

— Este senhor é o Ira, sobre quem conversamos. Ele perguntou por você. Você pode mostrar a marca?

A dama levantou parte do véu e expôs a pele de um defunto. Cerosa para além da humanidade que vive e sofre. Seca como um pergaminho

---

21 Aproveite a noite.
22 A verdade é a minha luz.
23 A verdade vence tudo.
24 Sê bem-vinda. Entre muitos, um.

muito velho. Havia uma mancha, uma pinta na bochecha esquerda, como uma hipóstase cadavérica.

— Quem é a senhora? — indaguei.

— Sou Vânia Goulart — respondeu, recompondo o véu.

— Impossível...

Contandino tocou o meu braço. Um gesto que recomendava tato.

— Vânia conseguiu voltar da Nava do Crepúsculo — disse. — É a primeira pessoa em mais de duzentos anos a realizar a proeza. Mas pagou um alto preço. Houve modificações físicas e genéticas. A verdade é que ela...

— ... estou morrendo, senhor. Só estou aqui para lhe falar. Amanhã, pela benesse do confrade Contandino, retorno aos Estados Unidos.

— Saint Augustine?

— Sim.

— A senhora quer voltar à Nava do Crepúsculo?

— Sim.

— Cananéia não funciona mais?

A cabeça enlutada moveu e balançou. A dama tinha se voltado para o senador.

— Vânia, eu declaradamente estou tentando cooptar o Ira para nossa comunidade de interesses. Ele pensa que sabe, mas não sabe nada. Algumas luzes serão necessárias. Senão, como julgar o aceno? Peço que você explique com alguma liberdade.

O véu meneou.

— Para chegar à Nava do Crepúsculo, dependemos de algumas condições celestes — disse aquela Vânia. — Alinhamentos precisos, não pode ser de outro jeito. O próximo vai acontecer no hemisfério norte daqui a três meses. Se eu viver até lá, tentarei voltar.

— Por que "tentar"?

O senador interrompeu com um gesto.

— Não convém, não convém. Existe um caminho e um preço a pagar.

— O que a senhora foi buscar na Nava do Crepúsculo? — prossegui.

Ela procurou Contandino, que assentiu.

— Eu escalei os três degraus, senhor. Conhecimento, poder e eternidade.

— E por que voltou?

Ela calou e o véu balançou outra vez. Que imagem incômoda. Eu me sentia falando com a estátua velada de um cemitério. Alguma escultura avistada no Caju, no São João Baptista ou em uma foto do Zentralfriedhof, em Viena.

— Façamos o seguinte, minha querida — disse Contandino. — Conte como foi chegar à Nava do Crepúsculo. Conte como atravessou o véu.

Então ela contou.

30. NAVA DO CREPÚSCULO

[A leitura deste capítulo é opcional. Se você tem pesadelos por qualquer coisinha, ou um sono inquieto, não leia. O texto descreve o indescritível, a suposta paisagem da suposta Nava do Crepúsculo. Se a loucura e o horror de mais uma seita imbecil não interessam, siga para o próximo capítulo. Sem melindres e, talvez, sem perdas. Nada aqui vai afetar o arco da narrativa policial do *Círculo Hermético e Hermenêutico do Self*, creio. Mas, devo acrescentar, este capítulo justificou o meu relato.]

— Nós chegamos à Nava do Crepúsculo por fendas dimensionais. Elas existem neste universo colateral, o nosso, o XXIII. A Nava é o XXIV universo. A vigésima quarta face do multiverso trapezoédrico. Parece complicado, eu sei, mas é muito mais complicado. Basta dizer que nossa realidade é uma das realidades do multiverso trapezoédrico. Devem existir muitos mais, devem ser infinitos. Deve haver outras formas de representação além do trapezoedro.

"Atravessar o véu, o portal, foi a experiência mais dolorosa de minha vida. Uma vibração. Como se um dentista louco expusesse o nervo de um molar e golpeasse com a escavadora. Como se em cada poro do meu corpo houvesse um nervo escancarado. Foram apenas alguns segundos, mas é desesperador imaginar que vou passar por isso outra vez. Nem sei se em meu estado posso sobreviver.

"Quando voltei a mim, estava no fundo de um vale. Uma floresta crepuscular envolta em neblina. Uma floresta siberiana, onde, vale notar, pratica-se o xamanismo original. Na verdade, ao pé de uma das montanhas que cercam a nava, mas do outro lado: eu teria que subir e descer a montanha para chegar à planície da nava. Atrás de mim havia outra montanha que, como descobri mais tarde, também cercava a nava. Entende a configuração do espaço? Não importa por onde subisse, eu chegaria à nava. A nava não é um planeta nem um universo compacto. É um espaço. Apenas isso, um espaço.

"Iniciei a subida da montanha. Volta e meia, cruzava as trilhas e estradas no flanco. Trilhas circulares, mas que me pareciam infinitas. Eu tinha estudado muito. Bebi de toda a literatura do *Círculo Hermético e Hermenêutico do Self*. Sabia que precisava subir. Sabia que seriam dias até o topo.

"Pensei que a primeira criatura que vi fosse me devorar.

"Imagine um lagarto em forma de pirâmide, isto é, uma corcova de formato piramidal, cônica, na verdade, e anelar, cheia de dobras, com uma cabeça meio cônica também, meio piramidal, aguda, com quatro olhos, quatro presas, quatro pés em forma de tentáculos, dois metros de altura, no mínimo. Eu me escondi entre as árvores e pensei que fosse enlouquecer.

"O tempo é diferente na Nava do Crepúsculo. Nosso tempo é linear, o de lá é logarítmico. Flui como um rio cheio de curvas, é como o percebemos, e como é descrito por gente mais sábia que eu. Não sei quanto tempo fiquei ali até entender que o lagarto cônico... bem, não era um lagarto, era... uma coisa lentíssima, pesadíssima, que mal se arrastava.

"Eu continuei subindo. A coisa me ignorou completamente. Eu me senti invisível.

"Vi outras criaturas logo depois. Preciso mencionar o efeito que faziam na neblina perpétua. Era como se o mundo, aquele mundo, se formasse aos poucos, compreende? As coisas eram sombras terríveis antes de existirem.

"Às vezes, eu via uma criatura e, depois, descobria que era uma árvore morta, como que atingida por um raio n'alguma tempestade. Esses *movimentos estáticos*, essas convulsões violentas petrificadas, podiam ser mais assustadoras que os animais. E os animais, mais altos que algumas árvores.

"Havia paquidermes imensos, colossais paquidermes, como medusas disformes, hirsutas, vagando em bandos, surgindo e desaparecendo na neblina. Ou seres iguais a insetos, inquinados à forma humanoide, de um metro e vinte de altura. Quitinosos na aparência, mas cobertos por uma pele branca, fina, leitosa e muito lisa, com seios rígidos e ventres protuberantes.

"Os insetos mesmo, assim pareciam, os vi depois. Primeiro, uma criatura quitinosa pesada, semelhante ao escaravelho. Quatro metros de altura sobre pernas em forma de pinças muito magras. Boca saturada de dentes grandes e finos. Uma das coisas mais repugnantes que já vi, seguida por uns sessenta filhotes de quarenta centímetros de altura. Os filhotes me perceberam e me cercaram, e julguei que seria o meu fim. Penso que me farejaram, não sei o que foi, mas descobri que eu não estava invisível. Eles me farejaram e seguiram a mãe, que me desprezara e se adiantara para a banda da floresta.

"Cruzei com outras espécies e com uma máquina flutuante numa das trilhas perpendiculares ao caminho para o alto. Era um tubo branco muito complexo, cercado por mecanismos incompreensíveis, repleto de tentáculos, dezenas deles. Pairava a seis metros do chão. Embaixo, havia o que pareciam robôs... mas não, eram criaturas orgânicas, entende? Formas robóticas de carne e sangue cerúleo. Eu não sei bem por que, mas me mostrei a elas.

"De novo, fui ignorada. Insisti, me aproximei, mas um dos robôs de carne me empurrou para fora da trilha. Foi quando entendi: na Nava do Crepúsculo, eu também era uma criatura exótica.

"Eu vi as renas, lindas. Descendentes das mil e quinhentas renas da tribo dos Tunguses, tragadas quando uma fenda se abriu em Tunguska, Sibéria Central, em 30 de junho de 1908. O incidente incinerou oitenta milhões de árvores em uma área de 2.150 km². Foi um tremor de cinco graus na escala Richter. É outra história para se contar, mas ali estavam as renas e, talvez, as árvores desparecidas.

"Ao anoitecer, vi uma luz verde tremulando na mata. Eu me aproximei e encontrei uma clareira. Não havia fogueira, mas uma pedra que exalava uma fumaça gasosa, semelhante ao fogo fátuo. Diante dela, como que diante de um bom fogo, uma criatura humanoide baixa, magra, de cabeça monumental, jazia sentada sobre um tronco caído coberto de musgo. A cabeça era um crânio descarnado, similar ao nosso, mais largo, mais anguloso, de testa alta e proeminente. Os dentes estavam podres na raiz. A coisa tinha ligeiras cavidades oculares, mas não tinha olhos.

"De um jeito peculiar, a coisa me encarou. Tinha uma espécie de alforje, que vasculhou até encontrar a raiz que me ofereceu. Parecia... batata-baroa, bem brasileira, embora maior e mais pesada. Tive medo de recusar, de ofender, então aceitei e provei. Era macio. Parecia pão.

"Ensaiei um agradecimento. Ouvi sua voz em meus pensamentos, em um idioma de articulação impossível. Nem em mil anos eu poderia entender o que a coisa dizia, mas *compreendi* suas intenções. Que me quedasse ali, pois alguma coisa estava vindo.

"Então eu vi a procissão dos Kharashay.

"Dezenas e dezenas de homens com cabeça de animal vestidos de peles. Cabeças de animal, não máscaras. Eram caprinos, de chifres longos, é o que posso dizer. Os que vinham à frente do cortejo carregavam um tipo de andor, uma padiola em que havia vísceras roxas e azuis e um cadáver esfacelado, inchado pela decomposição. Atrás, e acima de todos eles, vinha seu totem, uma espécie de mamute peludo. Tromba malhada, venosa, uma dezena de pequenas trombas no alto da cabeça. Quatro olhos. Patas como de alces, desajeitadas, largas, estranhamente desproporcionais. A coisa tinha uns cinco metros de altura e era pesada ao andar. Suas quatro presas, semelhantes às dos elefantes, deviam alcançar mais de dois metros.

"A procissão passou diante de nós a coisa de vinte metros. Lenta, compassada, mas silenciosa. A criatura que me abrigara ao pé do fogo fátuo pôs-se em uma imobilidade de pedra. Eu também não me mexi. Respirei com cuidado.

"Com os Kharashay fundindo-se à neblina, à noite e à distância, minha anfitriã, pois o cuidado é próprio das fêmeas, 'disse', isto é, 'pensou' que queria sua solidão de volta. Segui caminho montanha acima na escuridão.

"Em outra clareira, deparei com um grupo de mulheres em vestidos semelhantes à moda europeia dos anos 1930. Pareciam humanas, mas eram disformes. Os rostos eram... *truncados*, os narizes, deformados e largos. As mulheres padeciam de uma doença do rosto. Estavam deitadas formando um círculo, veladas por mulheres de seis metros de altura, amortalhadas da cabeça aos pés – se é que tinham pés. As mortalhas, brancas e imaculadas, luziam... como abajures. Ao redor, em um círculo mais amplo, que não cessava de girar, criaturas menores, também em mortalhas brancas, cumpriam uma ciranda, como uma dança da morte. Seus crânios disformes e encardidos eram visíveis.

"Depois, dias depois, desci à planície da Nava do Crepúsculo, tão ampla que não se via o seu fim, nem o topo das montanhas do outro lado, aquelas que, no vale inicial, estavam tão próximas uma da outra.

"Vi coisas que não saberia descrever. Acostumei-me às variedades do monstruoso, do bizarro e do grotesco. No tempo da Nava, vivi ali mais de oitenta anos terrestres. Eu me propus a desvendá-la, peregrinei por anos e anos até decidir que não precisava nem poderia esgotar o infinito dos seus povos e criaturas.

"Por onde passei, encontrei *apatia*, a expressão da perda da relevância, como alguém já disse. Nada nem ninguém ali se importava consigo mesmo ou com qualquer outra coisa. Mais tarde, entendi, a raiz que recebi da criatura na clareira tinha o propósito de me silenciar.

"Descobri que os Kharashay são o menor perigo das noites nas montanhas. Há coisas horrendas, perversas, perigosas. Nos montes e nas estradas da planície da nava.

"Não há cidades na Nava do Crepúsculo, mas vilarejos. Encontrei aldeias de tendas de peles e de tecidos, vilas de alvenaria e outros materiais, orgânicos, inclusive. Em um povoado, as casas eram feitas dos intestinos de seres gigantescos. As fezes removidas eram atiradas em um buraco imenso, ao lado do povoado, para produzir um braseiro naquela região fria. O cheiro era tão acre que chegava a ferir, vi tudo de longe.

"Em uma vila de casas de alvenaria, as habitações eram coletivas. Nos interiores amplos, sucediam-se camas de ferro, espaços vazios e abandonados. Aqui e ali, algumas camas eram unidas para suportar pessoas formadas por muitas pessoas, como múltiplos irmãos e irmãs siameses. As mães os alimentavam sem demonstrar sentimento. As criaturas viveriam enquanto as madres vivessem.

"Tais casas me lembravam hospícios. A vila era como o pesadelo de alguém muito doente. Nos arrabaldes, encontrei uma casa grande de fazenda, com porões e muitos cômodos. Era lá o cemitério do hospício. Os cadáveres não eram sepultados, mas empilhados ali. Alguma coisa no ar mumificava-os. Havia cômodos em que reconheci fantasmas de vitrais no teto, sancas nos bordos das paredes, onde era impossível entrar, pois as portas estavam emparedadas com múmias. Reconheci o traje e o elmo de um astronauta, com inscrições esmaecidas em cirílico.

"Conheci lugares povoados por crianças disformes e andrajosas. E uma população de idosos curvados e deformados pela antiguidade indecifrável.

"Em uma vila, deparei com um cinema frequentado pelos cegos e uma estrada iluminada por insetos bioluminescentes com a altura de três homens.

"No meio do nada, havia a Catedral Mínima de Pedra, erguida em honra a Kahrkachjan, rei dos Wurkolakas, sobre os quais nada encontrei. Pode ser que a catedral tenha sido erguida sem que o rei soubesse... ou que tenha sido desprezada por ele.

"Entrei naquela catedral mais gótica que o gótico, vi seus sacerdotes mais monstruosos que os monstros, vaguei na biblioteca da torre sem ser molestada. Entendi que o deus da catedral é a Razão. Que cada entalhe, relevo, curva e marca de cinzel nas pedras gastas remete, de alguma forma, à Razão. Decifrar os detalhes e o que dizem as pedras é a devoção imemorial dos sacerdotes.

"É curioso, mas cada aldeia, povoado ou vilarejo da Nava do Crepúsculo preserva algum tipo de biblioteca. Há rolos, pergaminhos, livros e suportes estranhos, como peles e coisas que não entendi. Talvez seja melhor não saber. As línguas, os caracteres, os pictogramas são tão variados quanto são as criaturas da nava, impossível decifrar.

"E, contudo, os livros pareciam *conversar* comigo.

"Existe um tipo de imanência, um eflúvio, uma irradiação de solene autoridade que transfere a *essência* dos livros, de modo que abrir os volumes e percorrer seus códigos com interesse implica algum aprendizado.

"Encontrei humanos aqui e ali, alguns vivendo com os machos e fêmeas das localidades segundo seus gostos e… desejos. Muitos ignoram como chegaram à Nava do Crepúsculo. Alguns são herdeiros da ciência sem nome que o *Círculo Hermético e Hermenêutico do Self* compila há gerações.

"Em nenhum encontrei desespero.

"O desespero era meu.

"Queria voltar, contar e não sabia.

"Até que fiz o que fiz. Mas aqui eu silencio."

31. A CILADA

— A senhora não guarda semelhança com a Vânia que investiguei — insisti. — Vânia era uma morena baixinha, um metro e sessenta, se tanto. Uma mulher que hoje teria pouco mais de trinta anos. A senhora é mais madura, muito alta e tem a pele muito clara — acrescentei, embora a pele fosse macilenta e aparentasse a idade do Tempo. — A senhora tem algum meio de provar que é Vânia?

— Como?

— Vânia é uma jovem com diploma de comunicação social. A senhora fala como alguém com mais vivências, mais leituras…

— Já não conheço minha idade, eu não estou certa. Vivi mais de oitenta anos na Nava do Crepúsculo. Pode ser que ainda esteja lá, ou ainda não tenha chegado. O espaço-tempo foi…

— Minha querida… — interveio Contandino, apressado.

Ela assentiu. O véu balançou. Dizem que o inconsciente não está recôndito, mas é visível e ostensivo. Um véu entre a consciência e o mundo. Supor, ainda que pelo instante de um raio, que o relato era verdadeiro, implicaria dizer que o véu com que a dama se ocultava…

Tremi. Ela percebeu.

— De fato, eu "li", senhor, como contei — ela disse. — Nos povoamentos, recebi as irradiações das bibliotecas peculiares. É uma das virtudes da Nava. Uma das razões pelas quais me arrisquei no véu imóvel, mas não inerte.

— Valeu a pena?

— Sofri transformações, é verdade. A mais dramática, invisível, é minha expansão intelectiva. O senhor não pode imaginar a profundeza e impenetrabilidade das coisas que conheci. É o meu legado ao *Círculo Hermético e Hermenêutico do Self*. Não tudo, naturalmente, mas o…

— Não, minha querida — atalhou o senador. — Existe um caminho e um preço a pagar.

— Com que propósito? — insisti. — Quais as intenções do *Círculo*?

O senador negou com a cabeça.

— "E só eu escapei para trazer-te a nova." — disse a dama, à guisa de conclusão.

Ela me fixou em sua imobilidade de monumento funerário. De mulher absurda, beirando a decomposição e tutelada pela morte.

— Jó 1:16 — eu disse. — A senhora guarda alguma prova de que esteve na Nava do Crepúsculo?

O tempo em que a dama persistiu em silêncio me transtornou. Como se houvesse alguma coisa com ela. Coisa morta, remota e muito antiga. Um miasma, uma sombra do mundo tumular que dizia ter percorrido e agora defrontava.

Não permiti que a sensação sombria e opressa diluísse a certeza de que era louca, completamente louca, enlouquecedora e louca, é assim que as coisas são. E porque a loucura é contaminante, infecciosa e pegadiça, eu precisava me defender.

"A Mulher Alta não é ela, não pode ser ela, ainda que se pareça com ela, pois A Mulher Alta não existe", gritei, no silêncio do íntimo.

Ela se levantou. Sob o véu, o rosto se ergueu também. O senador e eu ficamos de pé.

— Deseja a prova de que pisei a Nava do Crepúsculo, senhor?

— Por favor.

— Pois eu lhe dou minha palavra — disse, sem afetação, inclinando-se em uma vênia. — Boa noite, caros senhores.

O senador respondeu à saudação de modo idêntico. Eu não me movi. Vânia, aquela Vânia, se retirou.

Contandino abandonou-se na cadeira, exausto. Enchendo a taça do precioso vinho até a metade, bebeu metade em um gole, como se fosse guaraná.

E me repreendeu.

— O senhor olha muito para o relógio, meu amigo — ele disse, sem elevar a voz. — Tem algum compromisso?

— O senhor tem.

Meu convidado havia chegado. Eu o via, mais escuro que as sombras, petrificado no corredor que afluía ao salão. Ele esperava a saída da grande dama enlutada – se por cortesia, comoção ou medo, jamais saberei. Sua entrada foi discreta, mas segura. Uma caminhada lenta, de quem saboreia o sorvete e a manhã de sol no parque.

Apesar dos sapatos de rico, do terno caro e do brilho discreto da pomada capilar, o senador o reconheceu. Contandino ficou lívido. Vi o sangue procurar os pés. Vi as linhas de expressão murcharem. Vi o rosto desabar.

— Senador — murmurei, quase sussurrando. — Esse cavalheiro é o Gerásio Guedes, o Gera, chefe da milícia daquele bairro que o senhor nem sabe o nome. Explica que o senhor não é o senador que tem *ele* no bolso. Explica que o senhor é rico e não precisa dessa merda.

Contandino encarou-me com fúria homicida.

— Seu filho da puta. Seu grande filho da puta. Você nem imagina o que isso vai te custar.

Estendi a mão para que o chefe da milicia esperasse – e ele esperou. Eu sou uma foda viva.

— Senador, não vai me custar nada — eu disse, baixinho. — Quando eu sair daqui, três homens informados deste encontro, sendo um deles uma autoridade de Segurança Pública do meu estado, vão saber até o cardápio. Eles devem estar nervosos esperando o meu contato. Mas, olha, não é pessoal. No Rio, onde Estado, crime organizado e milícia se confundem, era isso ou a cova, eu não tive escolha. A boa notícia é que o senhor vai conseguir o *fac-símile* do livro que é sua razão de viver. Amanhã mesmo vou doar o *Óbolo de Caronte* à universidade. Então, senador, parabéns, o senhor venceu. Obrigado pelo jantar maravilhoso e pelo vinho esplêndido. Nossas relações terminam aqui. Renuncio à honra de pertencer à sua confraria. Tenha uma boa vida na Nava do Crepúsculo, deve ser um lugar muito bonito. Só peço a cortesia de rezar por mim, por minha ex-mulher e pela outra moça, a Dandara Drummond. Se um de nós sofrer um assalto, cair no bueiro, for atingido por um raio ou pegar pneumonia, até na Nava do Crepúsculo vão ouvir falar do senhor. Boa noite, senador.

Esvaziei minha taça e só não *dei a Elza* na garrafa porque tinha gente olhando.

Eu me aproximei do chefe da milícia, imóvel a meio caminho da mesa. Parecia tranquilo, mas apesar do perfume abundante, cheirava como um alambique.

— Zeramos? — perguntei.

— Zeramos.

— Bom jantar. Já amaciei o bife.

Ele sorriu. E sorrindo, se aproximou da mesa de mão estendida para o senador da República, que recebeu o miliciano de pé.

Puta vida, como dizia um amigo. Em coisa de dez, doze dias, Gerásio Guedes, o Gera, foi assassinado de modo espetacular no estacionamento de um *shopping* na Zona Oeste do Rio. Seus dois lugares-tenentes também, quase ao mesmo tempo, em Brás de Pina. Foi como o bairro de Cosmos se livrou da milícia. Por alguma razão inexplicável, ninguém requisitou os negócios. Na Rua Acauã, na Igreja Pentecostal do Deus de Cura, a igrejinha do pastor Edimar, dizem à boca miúda que foi "livramento".

Ô pastor abençoado. Ô *Grória*.

A morte do Gera significou o fim do jogo. Quando o chefão cai, os urubus alçam voo. Se quisessem minha cabeça, eu teria sido o primeiro abutre a ser derrubado. Naquele dia, dormi muito bem.

É assim que as coisas são.

*

Antes de deixar o restaurante, passei a pistola na perna para o lado direito da cintura. Saí, dei dois passos, observei que o tomatão não estava e acenei ao outro ariano. Ele se aproximou com olhar expressivo e devolveu meu celular e a pistola. Era dele mesmo ou do parceiro, mas os jagunços do senador observavam tudo. Eles sabiam que eu poderia ter duas armas, mas desconheciam a origem. É assim que as coisas…

Guardei a pistola no lado esquerdo da cintura e inseri o celular no bolso, me sentindo como Randolph Scott em *O homem que luta só*. Scott, um galã prudente, quase sempre usava dois *Colt*. Quanto a mim, eu me cuido.

— Me espera no hotel — sussurrei. — Eu tenho que fazer umas coisas e vou chegar um pouquinho depois de você. Não demoro.

Me afastei em direção ao carrão do Henrique, isto é, do Chico Lobista. Havia um *SUV* de vidros negros mais adiante, a escolta miliciana. Notei a aproximação dos jagunços do senador pelo canto do olho. Saquei a pistola ostensivamente, destravei, carreguei e, sem me deter, mirei a cara do bonitão.

— Queridão, eu tô cansado. Vai pra puta que te pariu.

Ele sorriu.

— Eu só queria te cumprimentar, Ira.

— Tranquilo, tranquilo. Mas, se der mais um passo, vou abrir outro buraco nesse canteiro de obras que você chama de cara.

O sorriso morreu e ele ficou parado. O ariano riu. Eu estava me tornando uma lenda.

Mantive a pistola em punho até entrar no carro. Ocupei o banco de trás, mas toquei o ombro do Henrique com intimidade carioca.

— Vaza, Henrique, que o jagunço acha que tá na fazenda.

Henrique era *O Motorista*. Sem balançar nem tremer, em segundos estávamos na pista.

— Eu pensei que você tivesse ido levar a *dona morta* pro hotel.

— Deus me livre. Ela não pode andar em qualquer carro não.

— Como assim?

Ele me lançou um olhar assustado pelo retrovisor.

— Aquela senhora é radioativa.

— Como?

— Radioativa. Dizem que foi o tratamento da doença, mas eu duvido. Foi outra coisa, tem muito segredo nessa história. Ela veio numa *van* adaptada. Tem uma placa de acrílico assim, dessa grossura, atrás do motorista. Ele usa... *aquelas* roupas. E a senhora não tá em hotel, tá numa casa que o senador alugou só pra ela. Meu patrão foi embora quando soube que ela vinha. Depois me mandou voltar pra apanhar o senhor.

— *Senhor* não. Ira. Só Ira. Tudo a ver com meus métodos. — Ele riu. Eu sempre causo esse efeito. — Escuta, Henrique, preciso de um favor, irmãozinho.

E precisava. Mais de um, até.

32. SALOMÉ

O hotel era muito mais bonito que o meu. O porteiro reconheceu o carrão do Chico Lobista, pensei que fosse me carregar no colo. Entrei no saguão como se fosse acionista, acenei para a moça da recepção, pisquei um olho, ganhei um sorriso e tomei o elevador.

Segui para a Suíte Presidencial.

Toquei a campainha, mas não esperei muito tempo. A porta entreabriu. Antes de qualquer visão, uma onda de fragrâncias me alcançou. De xampu, ou melhor, de *shampoo* e perfume de rico. O rosto luminoso surgiu na fresta com expressão de estranhamento.

Dandara Drummond. Chloé Leblanc. Carla. Tanto faz.

Ao me reconhecer, Dandara sorriu, escancarou a porta e se mostrou no *babydoll* mais transparente que Brasília jamais viu. Foi a primeira vez que a expressão "jamais viu" fez sentido pra mim. A loira mais bonita do DF. E olha, sem trocadilho, ali a concorrência é desleal. São Paulo, diz a malandragem de colarinho, é a Velha Chicago. Mas as profissionais que excedem a beleza operam em Brasília, onde a ilicitude move bilhões.

— Ira, o que você tá fazendo aqui? — perguntou Carla, sussurrante e rouca.

— Junta as tuas coisas. Vem pro meu hotel. Vamos encher a cara e transar até alguém se arrepender ou morrer.

— Tenho compromissos.

— Uma garota esperta como você recebe adiantado. Vem comigo.

Ela roçou os lábios em memória da minha bofetada. O rosto nublou.

— E o que rolou entre a gente?

Toquei seu queixo.

— Vou te dizer uma coisa tão sutil que só você pode entender.

Ela se agastou.

— Alguma perversão, seu babaca? Por que só *eu* vou entender?

— Porque todo psicopata é brilhante.

Ela abrandou, mas não muito.

— Eu não tenho a noite toda, Ira.

— Você perguntou "E o que rolou entre a gente?". Então…

— Anda, Ira. Que saco.

— *Um cavalheiro não tem memória.*

Ela entendeu no ato, eu vi.

— E quando você foi cavalheiro?

— Não lembro.

De súbito, sem aviso, meus ombros bateram de encontro à parede do outro lado do corredor. Seus lábios espremeram e chuparam os meus.

Os peitos marmóreos testaram minha capacidade respiratória. A pélvis convulsionou contra a minha.

Foi um beijo inflexível, obsessivo, desesperado, psicótico. Beijo de *bandida*. Pena que só durou dez segundos. Ela me libertou, deu um passo para trás, me apalpou, confirmou o efeito desejado e recuou à suíte. Mostrou-se inteira na *lingerie* fascinante, que dividia a anatomia cor-de-rosa em dois hemisférios.

— Me dá um minuto.

— Escuta, Dandara — tive o cuidado de chamá-la pelo nome de guerra. — Enquanto você arruma suas coisas... eu preciso resolver um negócio.

Ela me encarou vazia de qualquer expressão ou sentimento.

— Ah, é?

— Hum-hum.

— O que você quer?

— Encerrar uma situação em aberto.

— Setecentos e dois — entregou, indiferente às possibilidades do caos e da tragédia. — Me encontra na recepção. Não demora, Ira.

*

Não toquei a campainha do 702. Bati de leve e esperei.

Letícia abriu a porta desconfiada. Não, não, reformulo, ela estava ali para me vender: *Pandora* abriu a porra da porta e deu comigo. Dois rios de lágrimas correram do centro dos olhos, a segunda ocasião em minha vida.

Nenhum remorso dessa vez.

— Desculpa, desculpa, desculpa... — gemeu. — Como você...

— O coroa é rico e os ricos falam demais. Falam sem pensar, ofendem, mas como os bufões aplaudem, eles acham que a grosseria diverte. É a adoração do Eu e o desprezo imanente a tudo que não é. Um viés da luta de classes. O senador deixou escapar umas coisinhas que só você e meu melhor amigo sabiam.

— Seu amigo não poderia...

— Não. Ele é fã de John Ford.

— Você me perdoa?

— Como o Mestre teria perdoado Judas. Mas o perdão é íntimo, não tem nada a ver com conciliação.

— Judas teve remorso. Eu tenho...

— Judas nunca acreditou em Jesus. Se acreditasse, confiaria no perdão e não teria se enforcado ou saltado no abismo, a *Bíblia* não decidiu.

Ela arriscou.

— Você um dia me explica?

— Você tem suas trinta moedas, Pandora. Você que lute.

Letícia me abraçou. Senti seu cheiro, os peitos e a pélvis se arremessando contra a minha. O *déjà vu* de beleza e perfume trouxe a memória da sensualidade e inteligência de primeira classe. "Mamãe morreu, mamãe morreu", pensei, com medo de tropeçar e cair. Valendo-me da imagem de Dandara e sua anatomia cor-de-rosa.

Foda-se Freud. Foda-se Jung.

Ela começou a chorar.

— Eu queria... ser... diferente... — gorgolejou.

— ... mas é só uma *dama*, não é isso? — Ela baixou os olhos. — Olha pra mim... me... olha... ME ENCARA, PANDORA.

Encarou, alerta como um tigre. Era uma mulher orgulhosa, havia um princípio de incêndio nos olhos. A auto-humilhação – o teatro – cobrava o ingresso.

— Nunca mais se aproxime de mim.

— Não conta pra Val...

— Se você chegar perto de mim, eu conto. Ela vai te queimar e você vai perder muito dinheiro.

Valesca jamais faria isso. Val era aristotélica. "Uma coisa é uma coisa e não pode ser outra coisa, Ira. Não mistura as tintas."

O argumento seminal, o dinheiro, surtiu o efeito desejado. Pandora abraçou-se como se estivesse com frio. Afastei-a, empurrei-a para dentro do quarto – e fechei a porta.

Quem ensina o simbólico é a vida, que precede todos os signos.

*

Não esperei Dandara no saguão. Esperei no banco de trás do carro, mas isso foi depois. Antes, fui falar com a moça da recepção.

— Minha linda, quebra um galhão pra mim? Passa o meu cartão e me devolve um troco?

— Nós cobramos uma pequena taxa…

— Claro que cobram. É um hotel, não é a obra do padre Júlio.

Comissão de 8%. É assim que as coisas são.

Quando fizer uma boa ação – não importa se aos humildes ou aos bacanas, pois, como disse Dom Hélder, "ninguém é tão rico que não precise", o que é verdade – mostre alguma classe. Pedi um envelope, inseri a quantia e entreguei ao Henrique. Ele também tinha classe e apalpou o envelope sem abrir.

— Obrigado, seu Ira.

— Devolve.

— Obrigado, Ira.

— Bom garoto.

*

Dandara entrou no carro com um vestido de finas camadas de véus vermelhos. A cereja mais gostosa do planeta. Os dois carregadores ruborizados, uns garotos, arranjaram sua bagagem no porta-malas. Ela foi generosa com eles.

— Que vestido é esse, mulher?

— Eu vou dançar pra você.

— Vai pedir minha cabeça numa bandeja de prata?

— Com champanhe e caviar beluga.

*

Encontrei o tomatão em uma poltrona na recepção de meu hotel. Dandara se afastou em direção aos elevadores. Eu me aproximei com as pistolas em uma bolsa de tecido cedida por ela.

O tomatão não agradeceu, mas deu a dica.

— Ira, eu tenho um recado do meu chefe. Brasília ficou pequena pra você.

— Vou ter que pegar a bolsa de volta.

Ele sorriu.

— Brasília não encolheu por causa do Chico. Essa é a *situação*. O recado é pra você não perder o voo amanhã. Chico vai dizer que você tem um dossiê e chegou sabendo o nome do senador. Que o melhor e mais barato é te deixar em paz. Você sabe, ele acredita em cooperação e entendimento.

—Ah, sim, é verdade, sempre tem um dossiê. Agradeça ao Chico por mim, é a segunda vez que ele salva o meu rabo. Pode dizer que eu devo isso a ele, não vou esquecer. Eu sou um cão, tenho pulgas, mas também tenho lealdade. Por falar no seu Chico, você conhece a assistente dele? A moça do telefone?

Ele assentiu, curioso.

— Diz pra ela que "o Ira esqueceu de pedir a quentinha"? Ela sabe do que se trata.

Ele avaliou Dandara por um momento, linda e ansiosa no saguão dos elevadores.

— Você vai subir com a loira do senador?

— A conclusão é que as curvas são mais perigosas que os abismos. Os abismos você vê e evita, mas o perigo das curvas... — E acenei para a loira. — ... são as curvas. É assim que as coisas são.

— Na dúvida, vou esperar aqui embaixo — disse, com um ligeiro movimento da bolsa. Uma gratidão. Naquele instante, deixou de ser *ariano* e passou a *caucasiano*. Uma promoção. — Se houver um movimento estranho, alguém liga pro quarto. Outra coisa: meu chefe disse que o senador está bancando o champanhe, mesmo sem querer.

— O Chico previu a loira — afirmei.

Ele me fixou.

— Previu mais que isso. Mas disse que você vai se safar. Ele deseja sorte.

— Obrigado. Avisa que o senador vai bancar o caviar beluga também.

*

"Variedade é o tempero da vida". Naquela noite, Dandara e eu esgotamos o *Kama Sutra* e tentamos algumas coisas novas. Não sei como peguei o voo às onze da manhã, nem como cheguei em casa. Sei que venci a insônia e dormi como um bebê.

Um bebê travesso, de sonhos cor-de-rosa.

Dandara também não quis saber de Brasília. Antecipando o voo pago pelo senador, retornou ao Rio no jatinho de uma companhia exclusiva, quase no mesmo horário. Dias depois, ligou sugerindo um encontro no hotel entre o Grajaú e o Andaraí. Foi a conclusão de um ciclo. O único momento de simetria e coerência em uma história absurda.

Foi selvagem, foi louco, mas, de um jeito meio patológico, romântico.

*

Antes mesmo de o avião decolar, pedi ao Kepler que concluísse a doação do *Óbolo de Caronte* à universidade.

— Ira, você confia em mim?

— Porra…

— Então, deixa que eu cuido disso. Vou fazer barulho.

E fez muito barulho, sem violar meu anonimato. A doação do livro saiu nos jornais, todo mundo ficou sabendo. Tenho certeza de que me livrei de algumas variedades de assédio e de crime.

Enviei a cópia do termo de doação ao Alberto, detetive *old school*, meu parça eventual.

— Obrigado, Nêgo. Não precisava, mas foi muita consideração.

— Se foi consideração, precisava.

*

Visitei o pastor Josias e sua igreja "ao pé do Fubá". O que fiz ou deixei de fazer não é da conta de ninguém. É assim que as coisas…

*

Dias mais tarde, fui recebido pela doutora Elisa na casa de sua mãe, dona Rosa, na Tijuca. Contei a versão compacta do que levou o bobalhão do Bosco a Saint Augustine e à morte. Evitei todos os nomes sem subterfúgios. Declarei que omitiria os detalhes que era melhor não saber. Elas ouviram em silêncio. Fizeram perguntas, mas nenhum comentário.

Quando me acompanhou até a porta, a doutora Elisa divagou.

— Então meu pai tinha segredos. Mas uma coisa tão... — Ela custou a completar. —Esdrúxula.

— Seu pai tentou relacionar as crenças da seita com misticismo cristão.

— Por quê? Isso também é absurdo.

— Não sei se ele tinha fé, a ideia talvez o envergonhasse. Deus é coisa de pobre e de filósofo. Mas, seja o que for que estivesse procurando, encontrou. Reze uma missa por ele. Pode fazer bem.

— Mas meu pai...

— A missa é para os que ficam. O resto é religião.

*

Por fim, fui ao encontro de Thaís, a bela prima da Vânia. Na rua, bem entendido, longe de Camila, astróloga e fofoqueira. Valesca intermediou a conversação e depois ligou.

— Ira, já xeretou as redes sociais da Thaís?

— Não.

— Que moça bonita.

— Uma beleza serena e delicada.

— Uma beleza serena e delicada. Ela te deu alguma brecha?

— Ela é uma fonte, Val.

— Pode ser bela, pode ser uma fonte e pode ser que seja louca.

Thaís e eu nos reunimos no *Serrado*, o bistrô com a adega deliciosa no bairro mais gostoso do Rio, a Rua General Glicério. Que mulher bonita. Era pálida, tranquila, mas os cabelos curtos e rebeldes lhe emprestavam qualquer coisa de indócil. Parecia a atriz de um filme de Hollywood de 1920, em que ventava muito. Eu não quero parecer material nem nada, mas… que peitos, que cinturinha. Não fazem mais assim.

Narrei o que ouvi com cuidado para não falar demais. Foram sessenta minutos de um discurso que até a mim fez mal.

No fim, ela meio que surtou.

— Ufa… que loucura… que coisa doida… você acreditou?

— Não. — A beldade estava tremendo. Toquei sua mão. — Thaís, vai por mim. Dizer as coisas é remédio, não se acanhe.

— Por que… por que não… acreditar?

— Eu pensei muito a respeito. Mesmo.

— Eu quero ouvir…

— Acreditar em alguém ou alguma coisa é uma decisão. Ninguém conhece o íntimo de ninguém. Quando você diz que acredita em Fulano ou Fulana porque são "confiáveis", transfere para Fulano ou Fulana a responsabilidade pela decisão. Isso não é lógica nem lucidez, é insegurança. Chama-se "humanidade", é assim que as coisas são. A boa notícia é que, quando você entende isso, perdoa os seus próprios erros. O tempo desperdiçado, o abraço no Vazio, a mágoa que sentiu. Por que eu tomaria a decisão de acreditar numa mulher que nunca vi e que fere minha noção de realidade? Eu seria um louco confiando em uma louca. Quando você é um imbecil e acredita na Terra plana, está em coerência com a imbecilidade. Mas corre o boato de que sou um camarada experto e é verdade, eu mesmo espalhei.

— Mas foi…

— Impressionante.

— Foi?

— Aquela dona enorme, parecendo morta, a voz estranhíssima… a concentração… Eu me sinto mal só de lembrar.

308

— Horrível, horrível. E que lugar horrível. Por que ir? O que essa gente quer?

— Se duvidar, previram o fim do mundo e querem outro, o de sempre. O melhor é não saber.

— Me sinto tão mal, Ira. E olha que você suavizou pra mim, tenho certeza. Obrigada por me contar. Foi honesto… foi muito gentil.

— Você não vai dizer nada pra sua tia, vai?

— O que você acha?

— Não conta, pelo amor de Deus.

— Não?

— De jeito nenhum.

— Não… melhor não… claro que não. Minha tia pode acreditar… minha tia *vai* acreditar… vai pensar no Inferno cristão… e vai pra Brasília procurar a filha radioativa, com certeza… loucura… imagina se fosse verdade… a radiação não seria motivo pra Vânia retornar em segredo? Você não acredita…

— Não.

— Meu Deus, não quero pensar nisso… eu tô atordoada… Ira, o que você vai fazer agora? Digo, agora, nesse momento?

— Eu? Nem sei. Mas não volto pra casa assim. Acho que vou ao cinema.

— Desculpa, Ira… eu não queria ficar sozinha…

Levantei o dedo e pedi a carta de vinhos. Chama-se "desenvoltura". É assim que as coisas são.

CURVAS & ABISMOS

Em memória de meu amigo Holbein Menezes,
o "Velho Leão",
decano da audiofilia brasileira e autor de livros policiais.

Escrito em 79 dias, entre dezembro e março de 2024.
Burilado à espera do prelo. É assim que as coisas são.

Obrigado, Arthur Vecchi, por seu apoio e estímulo.

Obrigado, Queridos *βeta* Leitores, por sua paciência,
disponibilidade, críticas e sugestões.
Obrigado, Clara Cavados, Alexandre Santangelo,
Guilherme Tolomei, Newton Nitro (analista) e
Osmarco Valladão.

Obrigado, Thaís. Deixe-os soltos.

Ira voltará em "PAVOR & ÊXTASE".
Chama-se "oportunismo". É um mundo sujo.

Um beijo do
Gondim